卞毓方 —— 著

天马行地

山东教育出版社

·济南·

图书在版编目（CIP）数据

天马行地 / 卞毓方著 . — 济南 ：山东教育出版社，2022.5

ISBN 978-7-5701-2003-1

Ⅰ. ①天… Ⅱ. ①卞… Ⅲ. ①游记－作品集－中国－当代 Ⅳ. ①I267.4

中国版本图书馆CIP数据核字（2022）第044927号

TIAN MA XING DI

天马行地　　卞毓方　著

主管单位：山东出版传媒股份有限公司

出版发行：山东教育出版社

地址：济南市市中区二环南路2066号4区1号　　邮编：250003

电话：（0531）82092660　　网址：www.sjs.com.cn

印　　刷：山东星海彩印有限公司

版　　次：2022年5月第1版

印　　次：2022年5月第1次印刷

开　　本：787毫米×1092毫米　1/16

印　　张：19

字　　数：272千

定　　价：68.00元

（如印装质量有问题，请与印刷厂联系调换）印厂电话：0531-88881100

序

把生命留住，让时间起舞

策划为此番西半球之行写一本小书，不是一时心血来潮，而是早有考虑。有哪位还记得我在散文《书斋浮想》中的一节吗：

去年秋天，当我登上纽约帝国大厦，在一个凭栏俯瞰的顷刻，忽发奇想：嗯，这儿也可以安放一张写字台，一张属于我的、纯粹书生的写字台。纽约帝国大厦建于一九三一年，高三百八十一米，曾为纽约之最，也是世界之最。它的显赫尊贵一直持续了四十年，迨至一九七二年，才被四百一十七米的世贸大厦打破。人性总是对最高充满神往。犹记当初，世贸大厦落成不到两年，它从帝国大厦头上抢得的冠冕，又被芝加哥四百四十三米的西尔斯崇楼一把攫走。二十二年后，吉

墨西哥湾的 Costa Maya 港

隆坡的佩重纳斯闳宇，更以四百五十二米的绝对高度独摩苍穹。这游戏恐怕永远没有了结。据报载，我国的上海、台北以及东邻韩国也在摩拳擦掌，欲在更高的层面上一试身手。假如人力可以造山，真正意义上的山，我相信珠峰有一天也将屈居老二。然而，曾几何时，当我的双足踏上曼哈顿的街道，世贸大厦已不幸夷为平地，帝国大厦又重新出任纽约的制高点。血腥的联想，残酷的真实。三十四街在脚下。一百零二层在脚下。余光中一九六六年写《登楼赋》，立足点就在眼前这层顶楼。假设我把它的一隅辟作书斋，在这儿可以昼夜鸟瞰纽约，某种程度上也等于是鸟瞰西方。萨克雷当年无缘涉足的“名利场”，巴尔扎克当年未曾阅遍的“人间喜剧”，福克纳当年未能穷形的“喧嚣与骚动”，我将以我东方作家的敏锐与执着，继续书写。

这次，美国仅仅为路过，限于时间，我未能再度登临帝国大厦，但还是尽力把笔伸向了纽约，伸向了合众国，虽说是走马观花，浮光掠影，但也算是对前言的践诺吧。

游记，前提是游。此次出行，目标是加勒比海，来回皆途经美东；时间，连头带尾，总共半月；旅游团成员，除了我和孙儿翊州，基本上为上海多所大学的教授。

游记，旨在记。笔下录的，不外是沿途的见闻。我在游与记之外，还加上思，即触景生情，因情而精骛八极，心游万仞。

历来游记，着重风花雪月，即风景。我一贯认为，人是世界上最美的风景。是以，我的游记处处着眼于人。这是由思想（人类特有的天赋）决定的。窃以为，此乃游记的正宗。

我们写天写地写山写水，其实都是在写自己。纵然纯粹描绘风花雪月，也离不开力度、心绪、情操、意志。

曹雪芹谓“开辟鸿蒙，谁为情种？都只为风月情浓。趁着这奈何天、伤怀日、寂寥时，试遣愚衷。因此上，演出这怀金悼玉的《红楼梦》”，典型的风花雪月了吧，可甲戌本眉批却说：“怀金悼玉，大有深意。”更何况“风急天高猿啸哀”“花近高楼伤客心”“雪却输梅一段香”“月光如水照缁衣”，这些古今咏风诵花、吟雪叹月的名句，谁能说它们不是视通万里，思接千载？！

特蕾莎修女是我高不可及的偶像，她最有力的武器是祈祷，唯一的战略就是不断地给予。我嘛，最大的奉献就是我的文字，唯一的战略就是使笔尖尽量带有温度。

想起尼采的话——尼采是很多人都喜欢的，那么，提到他的名字，你最先想到的是他的哪一句呢？“上帝死了！”对，我想就是这一句。不过，我不会引用，最新的科学假设之一是：“太阳系可能是外星人的实验室。”诚如是，则外星人就是货真价实的上帝哈！

旅途中，我的确时常想到尼采，我想得最多的一句话是：“每一个不曾起舞的日子，都是对生命的辜负。”

是的，这就是我的初衷。我用我的笔，记下每一天的见闻感念，目的就是把生命留住，把踪迹留住，让时间起舞，让世界、古今、游伴、读者和我共同起舞。

目录 / CONTENTS

87–118

C

119–154

D

155–176

E

177–232

F

233–288

G

289–292

作者与庄孜教授合影

迈阿密街景

A

时间突然拐了一个弯

高铁是匹神妙的骏马，能把路程缩短。本来京沪列车要跑十多个小时，如今这趟 G7 费时四小时二十八分，相对来说也是把时间缩短，不，是拉长，用同等的时间跑完两倍三倍的路途。

眼角噙着岁首的微笑登程，和肩披年尾的落晖归家——如果你有幸经历，当能体会，那滋味不说天差地别，也是大相径庭。年尾挤乘高铁的旅客，犹如马拉松比赛临近终点的选手，满怀冲刺的激情，聚集全部残存的精力，作望眼欲穿的最后一搏。岁首搭乘高铁的旅客，抖落旧岁的辛劳，带着合家团聚的满足和对未了之情的弥补，以及对前程的热望，欣欣然昂首踏上征途，旧叶已谢，新绿正萌。此外，还有不能不提的此外，正月头里的列车，多数命定的行人犹猫在家里守岁，车厢相对空荡，我一人占了一排座位，仿佛乘的是包厢。突然的“升级”令我手足无措，茫茫然不知如何是好，权把自己交给冷清，冷清又把它弹回来，弹得我百无聊赖，意兴阑珊。

拿起一本期刊，随手翻了两页，撂下。

端过水杯，呷了一口，放回。

打开手机，瞄了几眼，关闭。

刚刚关上，想想，又打开。

思绪翻涌，灵感不期而然地迸发——灵感多半得益于寂寞的催生——我于是动手草拟一则微信。

从哪儿写起呢？

高铁的终点是上海——上海，仅是我此番旅游的起点。

从上海乘飞机去迈阿密——迈阿密也仅是正式观光的首站。

我的目的地是加勒比海。

心里想着加勒比海，指尖迅速流淌出一段文字：

人在旅途，新年开笔，征集“伟大”的名言。敬请网友各逞风骚，老夫翘首以待。

示例如下——

阿基米德说：“给我一个支点，我就可以撬动地球。”

真的给他一个支点，哪怕再给他一根够长的杠杆，他也撬不起来。

试问：他站在何处？他把支点插在哪儿？他的杠杆又要多长？

这事是不可能的。

这比喻却是成立的。

所谓“伟大”的名言，必须是，似乎有理，似乎又无理，仔细推敲，确实大有道理。

布勃卡说：“给我一根撑杆，我就能飞过眼前这条小河。”

这是事实，成不了名言。

如果他说：“给我一根撑杆，我就能跃越摩天大厦。”

这是大话，同样成不了名言。

如果他说：“给我一根撑杆，我就能跳上火星。”

好了，恭喜布勃卡，将来人类登陆火星，一定会把这句话镂刻在长空。

怎么会拟出这样一篇文字，天晓得。仅仅感觉这次毅然决然的跨洲远游，对我这个向来懒得离开书案，近日又正忙于埋头搜集、采访《寻找大师》续集材料的书虫来说，绝对称得上伟大。诚然，是今日之我同昨日之我相比的那种夜郎自大的伟大，是五十步笑一百步的伟大。于是，伟大着，伟大着，就伟大出了这样一番话。

储存，编辑，发朋友圈。

弹指之间，大功告成，剩下的就是等待。朋友圈就是一个大海，顷刻就会有听到呼唤的鱼儿跃出水面。

果然，鱼儿纷纷出水了，手机持续不断地振铃，就是鱼儿报到的信号。

我的伟大感也伴随着那持续不断地振铃急速膨胀。你看啊，我只要动一动手指头，全世界的网络都因我而增加一分繁忙；中国的新年，因我而骤添一分热闹；亲朋好友，随同这则微信又拉近了一分距离；亲密我的人，碍眼我的人，无所谓好恶仅仅偶然入了我微信群的人，以及，世上一切和平我们、共处我们、乃至敌视我们的“帝修反”，都知道这个“寒武纪”的老头儿活得还挺格色，远离老年痴呆。

西藏高原，一只幼年的鹰雕在试飞途中晃了一下；黄山绝顶，一朵刚出岫的白云忽然打了一个喷嚏；太平洋上的一缕清风瞬间加快了速度；百老汇剧院的首席小提琴手，莫名其妙地拉错了一个音符；迈阿密海滨的一棵嫩芽倏地拱出地表，迎来出头之日；加勒比海一头与海明威打过交道的蓝鲸浮上水面，若无其事又若有所思；牙买加的一只阿基果悄然裂开嘴巴笑靥如花；开曼群岛夜空的一个星座猝然张大了光帜……你知道吗，呵呵，都是，都是因了我手机电波产生的连锁反应。

我低头查看微信，网友的回复五花八门，一律用的是我给出的模式。譬如说：

“给我一叶风帆，就能畅游加勒比海。”——这是心愿，是在前方等待我的驴友。

“给我一块奶糖，我就能高兴半天。”——这话看似平淡无奇，实则浸透了人生智慧。对方用的是网名，我不知道他是谁。如果是一位老人，则是洗尽铅华，返璞归真；如果是一位教师，则是深谙心理学、成功学；如果是一位举世闻名的大学者，就可能成为至理名言。

等等，难道一句话能不能成为名言，还得看说话者的身份吗？

当然的啦。阿基米德说“给我一个支点，我就可以撬动地球。”这是名言。换成普通人，只会被当作胡说八道，疯言疯语。

由是想到，大人物者也，出言吐语要谨慎，慎之又慎。因为他一粒唾沫星子，有时就当得一枚炮弹；小人物嘛，尽可让他放开喉咙讲，敞开天窗讲，反正他捅破了天，也捅不到哪儿去。

你看，下面这条回复：“给我一支笔，我就能横扫千军。”同样来自一个网名，估计是个耍笔杆的。我这圈里，骚人墨客多。假设是出道之前的名作家，现在就可以祭出来当名言使用。假设是今日仍默默无闻的码字工，那么，就只能说是向往、默祷、梦境，扯不上名言。

我发现，每个句式的前提都是“给我……”，有没有人认真想过，是向谁企求，应由谁“给我”。这个问题很重要。试回到阿基米德，他提出“给我一个支点”，是冲上帝说的，冲造物主说的。若是跟芸芸众生、凡夫俗子讲，人家会说：“啥？支点？你选在哪儿？杠杆要多长？要多粗？到哪儿去找孙悟空的如意金箍棒？呃喂，更重要的是，你又站在哪里？总不能站在地球上撬地球？”如是一路逼问下去，这话还怎么伟大？

下面这条令我眼前一亮。

“给我一把钥匙，我就能捅开宇宙万古之谜。”

这位是我的挚友，耽窥天文。

还有两条，也类似于上述准伟大的名言：“给我一柄锄头，我就能锄去大地上的杂草。”“给我一把火，我就能烧尽天底下的野蛮。”

注意，我说“类似”“准伟大”，是指上述说法固然佳妙，但还不能称之为名言，更不能冠之以伟大。最终能否一声霹雳，语惊天下，就要看有没有伟大的舞台，或者赶没赶上伟大的事件。正如另一位网友供的稿：“给我一个历史的时空，我就能叱咤风云。”是啊，是啊，所有伟大的名言，都得借助于一个特定的历史时空。

所以啊，我至今尚未说出伟大的名言。

微信发送产生电波，头脑风暴也催生电波，一个激灵袭来，恍惚时间在它的轨道上突然拐了一个弯，不是为高铁，是为我，为我这番“伟大名言”的征集活动，也是我此番“仗笔出游”的前奏曲，让开了一条通路。

从西辕东辙到北辕北辙

是日午前十一点半，飞机从上海浦东国际机场呼啸凌空。

目标是西半球，航线却是向东。

因为，地球是圆的。

囿于天圆地方的古人，脑洞无法大开，所以才有南辕北辙的讽刺。

语见《战国策·魏策四》：

今者臣来，见人于大行，方北面而持其驾，告臣曰："吾欲之楚。"臣曰："君之楚，将奚为北面？"曰："吾马良。"臣曰："马虽良，此非楚之路也。"曰："吾用多。"臣曰："用虽多，此非楚之路也。"曰："吾御者善。"此数者愈善，而离楚愈远耳。

战国时的魏人不知地球是圆的，因此讥行者背道而驰，只能越走离目的地越远。大约同一时代，古希腊哲学家毕达哥拉斯意识到脚下的大地可能是圆的，仅仅是意识而已，他无法论证。稍后，毕达哥拉斯的同胞、同行亚里士多德论证了大地是圆球，也仅仅是纸张上的论证，他没有环球航行的能力。直到公元一四九二年，意大利航海家哥伦布实施西向而东行，遗憾，他只到了西印度群岛，半途而废。又三十年，葡萄牙人麦哲伦率领船队完成了人类首次环球航行。

知道了地球是圆的，并不是谁都可以南辕北辙，行不行，还得看你的"良马"，你的"用"，你的"御者"的技术。拿我们来说，我们的"良马"，就是钢铁神鸟，我们的"用"，就是足够多的燃油，我们的"御者"，就是经验丰富、水平高超的飞行员。

西辕东辙，这就是全球的视野。

早些年说"地球村"。近来说"人类命运共同体"。

因为地球的自转是从西向东，取“西辕东辙”的飞行，属于顺风。

而同时，我们将很快度过一个短暂的夜晚，然后迅速迎来日出。

不是明天的日出，而是西半球当地今天的日出。

一个段子说，怎么能让过过的日子从头再来?

答案是：赶紧登机去西半球。

这条从上海至纽约的航线，我曾经飞过两次。印象中，都是从上海向东飞，横渡太平洋，落脚旧金山，然后，继续飞纽约。

需要声明，两次都是借旧金山中转，确凿无疑，至于是不是径直东渡太平洋，不能把握。当年我理所当然地认为一直向东，沿途根本没有留心。今天，我是从一起飞就紧盯机舱小视频的飞行指南，看着箭头不是向东，而是向东北，斜穿日本列岛，直抵白令海峡。想起这海峡两岸在两万年前曾经相连，亚洲先民就是通过这段“大陆桥”前往北美阿拉斯加（有基因研究为证），然后，然后……想着，想着，我睡着了。醒来看，估计正是取道阿拉斯加湾，现在已经深入加拿大，穿越多伦多，飞了一个劣弧，再往前飞一小截，就是美国边境了，东南方向，纽

作者与孙儿翊州于迈阿密海边留影

约州赫然在望。

我很奇怪，想，两点之间最短的距离，应该是直线，任何弧线，都长于直线，航班为什么要舍短取长呢？

百思不得其解，趁去后舱取饮料的机会，请教一位空乘人员。

那是一位小伙子，他笑笑说，他也不清楚。

我想这是托词吧。

恰好旁边有一位中年人，主动为我解惑。他拿起一张纸片，说：“两点之间直线距离最短，是指在平面上。”转而拿起一只纸杯，示意：“在球形的物体上，两点之间的连线，你怎么画，也是弧形的。当然，这条弧线怎么画，除了距离，还得考虑气象条件。在北半球的高纬度上空，就是我们刚才飞过的航线，有一个信风带，由西向东吹，借助信风的力量，飞机又快，又省油。另外，还有一个安全的考虑。你想，从上海东渡太平洋，过了日本列岛，就是一片汪洋，四处远离陆地，万一途中飞机发生故障，就无法实施紧急迫降。而飞北极圈，你看看地图就知道了，一路都挨着陆地，这就多了一层保险。”

“那如果向西飞呢？”我问。

“从纽约回上海，就是向西飞。”他说，“根据气象条件，纬度要更高一点，因为顶风，速度慢于来时。”

“不，我指的是从上海直接向西飞。”我说。

“理论上可以，因为地球是圆的嘛。实际上，很少有飞机走那条航线。因为要绕道欧洲，然后再横穿大西洋，航程比东线远得多，不划算。”

哦，原来如此。

回到座位，我把这知识跟翊州说了，没想到他露出怪笑，说：“你这用的是横版地图，在竖版地图上，飞机不是向东飞，是向北飞。”

“美国跑到中国的北边？”

“就是。在横版地图上，中美两国位于太平洋两岸。现在有一种竖版地图，突出了北冰洋，显示美国是在北冰洋的北边，当然也是在中国的北边。你说的北极航线，从北京到纽约，是一万一千公里，如果走太平洋航线，是一万九千公里。”

“这么说，我们现在是东辕北辙。”

“也可以这么说。不过，你这仍是受横版地图的影响，在竖版地图上，就是北辕北辙。”

附注：后来，我在纽约机场用手机搜索了一下，竖版地图的发明者兼倡导者，叫郝晓光，毕业于同济大学测量系，理学博士，现任中国科学院测量与地球物理研究所研究员、湖北省测绘学会副秘书长、中国测绘学会大地测量专业委员会委员。

仰脖咽下三片安定。三片。第一片是谨遵医嘱，完全“计划经济”；第二片是为了加大催眠力度，属于“市场调节”；第三片是孙行者变化的金丹，趁乱混出瓶口，滑落喉咙，待到猛可惊觉，已然溜过食道，窜入胃腑，噬脐而莫及。这样也好，我反过来宽慰自己，平常服药，也许一片就解决问题，今夜不行，今夜是在万米之上的高空，波音777，钢铁的人造飞梭，扪天为近，窥地为远，在超尘拔俗的状态下，失眠者要想适应夜航的需要，尽快合拢眼皮，坠入梦乡，理应加大安眠药的剂量——说不定，这就叫与星际接轨。

作者在机舱内看书

我的座位是六十九排H，邻过道。左座是一位欧籍中年绅士，疏朗的褐发，瘦金的眼镜，衬以淡红的西服，浅紫的领带，透出一派高雅俊逸的神韵，偶尔与我交换一两句客套，感觉他的英语不是在说，而是在吟；他先前的阅读姿态——右手捏着放大镜，左手托着书——则令我想起《尤利西斯》的作者乔伊斯。不，是乔伊斯的经典照片；此刻，“乔伊斯”先生双手交叉于小腹之下，脊背舒展，头略略向后偏仰，已然沉沉入梦，不知道他的梦境是否也呈“意识流”？前排的A座与B座，是一对苏州情侣，傍晚自上海登机以来，一直唧唧哝哝，卿卿我我，说不尽的情意绵绵，绵绵情意。即使深陷爱情谷地的他和她，当飞机进入夜航，灯光调暗，四周转寂，浓情蜜意也暂且收拾，相依相偎而眠。你再向前方扫描，扩而向整个机舱，芸芸空客，莫不遵从生物钟的指令，约束妄念，松弛神经，打盹的打盹，假寐的假寐；唯有我，独自睁着空洞的眼，望着更加空空洞洞的机舱，浮想联翩而又百无聊赖，明日的行程迫来，迫来，陌生的新大陆，环环相扣的紧密安排，由不得你眼睁睁地苦熬长夜，由不得你透支明日的精力，没奈何，只得取出随身携带的药瓶，求助于镇静剂的帮忙。

怪。服了药，脑瓜反而越发灵醒。纷纷往事，包括那些平日早忘得一干二净的，此刻却如通过另一条高空隧道，轮番叩击眼帘。过不尽的，逝川千帆，拂不去的，尘缘万象，七十余年的生命仿佛被造物压缩成薄薄的一册，任你摩挲，任你翻阅，任你评注或剪辑，却不容有一丝一毫的篡改。

回头看，童年如月。月光下的《百家姓》，字字清晰，语语亲切。少年如诗。酿我的日月如缪斯樽中的美酒；一年三百六十日，连檐前的每根茅草，路旁的每朵野花，梦中的每颗星子，都系着一缕浪漫的吟魂。青年如风。风中有八千里路云和月。风中也有八千里路的荒废与失落。中年如弓。马作的卢飞快，弓如霹雳弦惊，那是古人的豪想。我无的卢。我仅挽我的血肉之躯作长箭，向着既定的目标瞄准。七十余载沧桑。天地玄黄。星移斗转。山不转水转，水不转人转。一根无形的鞭子，抽，疯狂的陀螺。所谓文坛。所谓商海。海未枯而石已烂。天未荒而地已老。

天犹未荒。舷窗外，长长的机翼尽头，孤悬着一颗眩目的星星。众人皆睡我独醒，一星如月看多时。嗨——，这不是星！你看它体积愈来愈庞大，光芒愈来愈耀眼，它是陨石，一块来自外太空的碎片，正以雷霆万钧之势，穿越大气层，径直朝我坐着的窗口砸来。情况危急，我大喊一声，本能地抱住脑瓜。声音犹未入耳，但听一声巨响——宇宙倒悬，恒星塌缩，时间撕裂，空间扭曲！怎么样？怎么样？！还——好！陨石它并没有爆炸，我的脑瓜，我的意识，依然保持清醒；约莫过了三五秒，我张开手缝，偷眼试看，发现自己竟笼身于一片五色祥云。这是哪儿？这究竟是怎么一回事？哦，嗯，记起来了，电光石火闪处，一切断了的神经重新吻合，死去的细胞集体再生，我不是谁，我就是陨石，陨石就是我，我是一粒来自外太空的生命。

别笑，信不信由你，我说的都是实话。亿载前，我来自鸿蒙的宇宙深处。我不是唯一，不是最先，也不是最后。我的生命绝对是一种天方夜谭的奇迹。人类于今探测太空，不过是重返久已失却联系的家园。悠悠苍天，莽莽大地，万古乾坤，弹指一瞬。我，一个火辣滚烫的灵魂，借各式不同的假面现身人世，混迹红尘。——曾记得，五千年外，伏羲犹在黄河岸边排演八卦，女娲犹在大荒山下熔炼补天石，黄帝和蚩尤尚未在涿鹿开战，射日的后羿、奔月的嫦娥也尚未从茫茫人海现身。那时节，我是谁？我又在干什么呢？不瞒你说，我就是那个逐日的夸父。故事你们大家都知道了：那天太阳在头顶虚晃一枪，匆匆溜向西天，像是要去急着参加谁的葬礼；也就在那一刻，我痛恨起它的无赖，它的奸刁，发誓要把它抓住，钉在蓝天示众。太阳在前头跑，我拔足在后面追。天上的云彩纷纷躲避，地上的峰峦刷刷让路。瞬息千里。瞬息又是千里。追！追！追！追得太阳失魂落魄，一头栽向崦嵫。我一只手已经扯着太阳的光髭，眼看就要把它拽到怀里。这时，我突然感到口干舌燥，五内如焚，七窍生烟。你知道我是太累太累，加上太阳又太热太烫，不得已缩手停步，就地扑向黄河与渭水。黄河入喉一饮而尽，渭水也是一口吸干，而五脏仍然燥热，嗓子仍然冒烟，今番口渴不同寻常，我擦把汗，又转身奔向大泽。大泽在雁门之北，它的水好宽好广，足够供我畅饮，可惜远水不解近渴，还没等我跑到，体内水分业已蒸发，血液也已灼干。啊，难道是天丧我，天丧我？天罚我毙在追逐的中途？！我大吼一声颓然栽倒，扑地之际，犹狠命向前掷出手杖——那杖落地生根，化作一片悲怆的桃林。

——又记得，两千年外，周礼既崩，秦政方兴，一代封建王朝大张旗鼓地拉开序幕。天涯海角的官员，俯首恭接始皇帝的圣旨；春秋战国各行其是的法律、度量衡、货币、文字，按照统一的规范重新编码。那是大专制的年代，三坟、五典被焚，八索、九丘遭禁。那也是大统一大作为的年代，东纳海疆，西收昆仑，南定百越，北却匈奴，万里长城在游牧民族骑兵的瞳孔前逶迤如龙，威严如山。我来了，我从幽冥显影，脱胎于一方青砖。此处长话短叙，孟姜女哭倒长城的故事，你一定听说过吧。问题是，长城既塌，范喜良的尸骸既现，那缺口却怎么也砌不拢，你前脚码上去多少块，后脚又必定垮掉多少块。工匠束手无策。大将蒙恬更是一筹莫展。节骨眼上，我托梦给蒙恬，让他亲自动手焙烧一窑新砖，而我，则乘机化为其中最方正厚实的一块。窑砖烧成，蒙恬从中一眼挑出我，率先砌上墙基，崩颓的长城顷刻耸立如初。

——千年外，我托生为什么来着？对不起，记忆在这儿有点儿紊乱，就像排列错误的电脑文件。哦，等等，想起来了，想起来了，千年前，我是西天取经的唐三藏。大伙甭听《西游记》胡侃，把我编派成神话故事的主角，说什么天差悟空、八戒、沙僧，助我一路成功西行。没有的事！我是凡夫俗子一个，几位徒弟也是常人。当然，《西游记》也遵循了一些基本事实，譬如说我俗姓陈，法名玄奘，又譬如说我是生活在唐初太宗之世。唐太宗你们知道的吧，一部二十五史，太宗贞观之治，不啻是繁荣昌盛的代名词。繁荣来自革故鼎新，昌盛催生中外交流，我正是托这种大背景的庇佑，才一步一步地走出国门，走向西域。如果说中国是一匹神骏，我则从西方取来金鞍，好马配上好鞍，快马加鞭，四蹄生风！如果说中国是一株老槐树，我则从西土扦来菩提枝，千年老槐得着菩提的嫁接，越发根须如铁，枝叶如玉！

——百年前，鸦片战争的硝烟方燃，清王朝的大梦未醒，洪秀全的“拜上帝会”犹在暗中酝酿，林则徐正一步三回头，跋涉在流放伊犁的路上……而我，则随一艘英轮漂洋过海，远赴欧洲，化作贝多芬的《英雄交响曲》。你肯定想象不到，想象不到！哈，莫忘了我的灵魂，原本是一朵噼啪燃烧的火焰！什么？不对！让我再想想。嗯，不是不对，是有过那么一段，短暂而又轰轰烈烈。贝多芬他老哥真够朋友，而且绝对知音知心。高山永远昂着头，树枝树叶一律向上生长，目随征鸿，手挥五弦，弦上是热烈跳动的音符。

——来生来世，我不愿再成为谁，也不愿再成为别的什么，唯愿，我是一粒自由的元素。在接纳我的这个椭圆的星球，我是展示骄傲美色的大海；在一碧万顷、横无际涯的海面，我是踩着芭蕾节拍的和风；在风里雾里，我是纵情浩荡的鸥鹭；在鸥鹭之上鲲鹏之乡，我是亘古不变的蓝天；在浩浩青冥，我是朗照大千的红日；在阳光如瀑的原野，我是东风第一枝鲜花；在衣拂美人香的花丛，我是多情自在的蛱蝶，所谓“穿花蛱蝶深深见，点水蜻蜓款款飞”“穷巷春风元不到，一双谁遣过墙来”“幽人为尔凭窗久，可爱深黄爱浅黄”……

……梦醒，隐约听得广播在说，飞机遇上了气流，有点儿颠簸，请各位系好安全带。哦，原来如此。我揉揉眼，窗外已从一片漆黑转为暗蓝，四周布满了漩涡状的烟云。云簇拥着而又躲闪着波音大鸟的劲翅，云诱惑着而又撕扯着我前世来生的幻象，也许在云的眼睛看来，一舱空客，正是一舱过境的“神仙”。

俯瞰美利坚

昨夜得梦，梦得那样酣畅淋漓，那样括古囊今，这是多年前就种下的了，直到昨夜在穿越北极圈的摇篮中才发芽。可见梦也分大气与小气，蜷缩在斗室中的眠床和漂浮在万米高空的云乡，那潜意识的释放也有霄壤之别，前者是为红尘困扰，为琐屑拘束，后者在与天神交流，与这个星球上的过往英杰对话，与自己最隐秘的心迹沟通。那心迹之隐之秘，连我平素也浑然不觉，只在离神最近的梦境，由另一个自己，梦中的分身，豪情勃发大言不惭一泻无余地滔滔而出。及至悠悠一梦醒来，大呼过瘾，意犹未尽，无奈梦是回不去的，赶紧索纸取笔，匆匆记下。岂不闻“作诗火急追亡逋，清景一失后难摹”，诗情一跑就捉不着了，何况梦乎！何况又是百年难得一遇的蘧蘧大梦乎！记罢，抬头凝视窗外，不，窗下，太平洋、白令海峡消逝无踪，取而代之的是连绵而陌生的大陆，哥伦布梦寐求之的“印度”，神州大地隔球相对的美利坚，东半球遥相呼应的西半球。揿开嵌在前排座椅后背的视频，调到实时航空路线，飞机正接近加拿大和美国的边境。我曾经沿上海—旧金山—纽约航线飞过两次，大脑皮层没有留下一点儿痕迹，想留也留不下哦。身在座位，如果不向窗外看，与待在自家书房并无二致，即使凭窗俯视，也不过是浮云和隐隐约约的雪山冰湖而已。神话说，天上一日，人间千年。眼前是，实时航空路线图上的箭头向前移动一点点，下界已急速退逝了数百里。这还不算太高，倘若你深入宇宙空间，回望，地球不过是一个暗淡的蓝点。人类的自大感，随飞翔的高度而提升，人类的渺小感，也随飞翔的高度而提升。待在这机舱，活动范围也局限在这机舱，想自由有多珍贵，而自由又绝对有边际，逸出这飞行器的边界，也就没有了自由。除非有降落伞，你说。须知降落伞也有边际，它只能下，不能上，一旦飘飘着陆，你就只能享受在地表的奔走，而失去在虚碧的逍遥。

纽约华尔街

我带着一幅美国地图，忘了在哪一年，从哪一本书上复印的了，比例尺为 1∶4000 万。美国在北半球的纬度大体和中国相当，面积也是八九差不离。从地图上看，美国繁华发达的城镇和中国类似，主要坐落在东部——东部沿海，濒临大西洋。这是因为最早的移民是从东部上岸，跑马圈地，兴家立业，然后逐步做大。通过什么？战争加贸易。首先是独立战争，十三个英属殖民地携手并肩，挣脱大不列颠王国的统治；然后趁拿破仑之危，买下法属从密西西比河到落基山山脉的广袤内陆，让国土增加了一倍；然后再向西，打墨西哥手里，夺得大片领土，使国界直达太平洋——水能生财，西线边陲也由此新城迭出，朝气蓬勃；尔后更向西，吞并了夏威夷群岛；在这之前还北上，与俄罗斯交易，购下了阿拉斯加。

若从文学的角度观之，据说，最能形容美国的发家史的，就是《阿甘正传》，在这方面，电影又胜似小说。阿甘就是美国的化身，他小时候体弱，双腿要用铁架子支撑才能勉强行走。奈何一帮坏孩子总欺负他，他唯一自救的方法，就是拼命奔跑，直到在跑动的过程中，把铁架子甩掉了，人也就越跑越快，快到谁也追不上。

这是人家的政治寓言。他不说战争、扩张、兼并，他只说自己被人撵着跑，为活命，跑得比任何人都快，所以落到他头上的好运就比别人多得多。

小说里，阿甘是个白痴，智商不到七十，魁梧臃肿，十六岁时，身高达六英尺六英寸（一米九八），体重达两百四十二磅（一百一十公斤），跑得却是飞快。这样的演员没法找。影片里，男主角没有那么高，也没有那么胖，更没有那么傻，只是反应略显迟钝，行动较为执着。现实中的美利坚，集中了清教徒的严格，冒险家的犯难，开拓者的果敢。独立前，仗着大西洋的屏障，天高皇帝远，英国虽鞭长而莫及；独立后，以东西两大洋为跳板，一方面，改革开放，八面引风，另一方面，又坐山观虎斗，明修栈道，暗度陈仓。蠢在哪里？笨在何方？

将新生的美国比作阿甘，绝对是文学的涂脂抹粉。

当年，影片《阿甘正传》之所以能击败艺术更为高超的《肖申克的救赎》，夺得奥斯卡奖，证明了世俗的一厢情愿，证明了人家的“政治正确”。

奥地利心理学家弗兰克尔赞赏美国东海岸的自由女神像，因为自由乃人之天性，但他认为光有自由还不够，应该在西海岸再建一座责任女神像，因为没有责任也就没有真正的自由。

美国人标榜责任，但没有神性的责任，常常是他人的灾难。

美国是由共和、民主两党轮流执政，上演“你方唱罢我登场”的大戏。关于这方面的知识，我毫无储备，对不起，那就只有“半两棉花——免谈”的了。

我既往两次入境，自上海而观之，地理上，或说政治上，纽约是在西方；自飞行路线而观之，纽约则是在遥而又遥的东方。且说前两次落脚纽约，一番蜻蜓点水，走马观花，然后北上波士顿，南下华盛顿，继而折向西，取道拉斯维加斯、洛杉矶、夏威夷一线。前后相加，驻屐之城也仅八九座。但若说起名称，众多未经一顾之地，却耳熟能详、张口即来、如数家珍，像丹佛，像休斯敦，像底特律、芝加哥、奥兰多、达拉斯，像亚特兰大、克里夫兰、密尔沃基、菲尼克斯、俄克拉荷马，等等，等等。何也？爱好篮球的读者当会莞尔一笑，这都是拜 NBA 在央视的直播所赐。正如一个短跑选手博尔特的光环，映亮了牙买加的整个星空，体育运动的魅力真是不容小觑，它的上游是世界纪录，是奖牌，它的下游是潜移默化，深入人心。

这辈子，就文化而言，若说遗憾，最大的遗憾，就是错过了英文。英文是什么？是通向西方世界的窗口（这也是英文的霸权）。我对美国的了解，最初是通过马克·吐温的中文译作——《哈克贝利·费恩历险记》和《汤姆·索亚历险记》。译者之一是张友松。二十世纪八十年代初，我曾与老先生见过一面，或许还有之二、之三，记不清了。那是初二，那时我正停学“赋闲”，马克·吐温的小说使我对密西西比河兴起无限向往，感觉它太像我彼时尚未见过面的长江，还有对自由的渴望。啊，自由！正在梦中腾云的少年，哪个不心驰神往。瞧人家汤姆·索亚说的：“宁愿在谢武德森林里当一年绿林好汉，也不愿意当一辈子的美国总统。”这话现在还有人会说吗？这话要说到联合国讲坛，怕不引发怪啸，巴掌拍得山响。予我以遥远而亲切的呼唤的，还有惠特曼的《草叶集》：“哪里有土，哪里有水，哪里就长着草。”可不是，我虽然失学在家，顾影自叹，可怜兮兮，自打有了《草叶集》，自打读了《草叶集》上的这句忠告，顿觉眼前一亮，豁然开朗。

草可以在任何逆境扎根，只要有水，只要有土。我从书包中取出一本《乔布斯：用“苹果”改变世界的人》。这是孙儿的课外读物。行前，从他的书架上“顺”来的。乔布斯也是一棵草。他是私生子，是父母的弃儿。大学仅念了半年就退学，不是因为疾病或贫穷，而是感情上和学院教育格格不入，他选择自学。我以为乔布斯是计算机天才，错了，他是设计专家，营销专家，真正的计算机天才是他的朋友沃兹，成功在于两人的合作，他俩创办了苹果公司。然而，合久必分，沃兹不认同朋友的独断独行，辞职当了小学教员，乔布斯呢，则因为运营管理不善，被自己请来的总裁踢出了公司大门。

理所当然，苹果公司的商标就是一只苹果，但是不完整，像被谁咬掉了一口，有人赞扬它代表了“活力、知识、希望和无拘无束”。我不置可否，我不用苹果电器，这与时下爱国不爱国的巨大话题无关，我远离时髦，考虑的是实用而又便宜。

乔布斯生涯中最柔软也最戏剧性的部分，是寻找他的生母。他聘请的私家侦探找到了帮他接生的医生，医生明明有他生母的信息记录，却谎说在一次火灾中烧毁了。线索就此中断？不，没有。医生将秘密留在一封信里并告诉家人，他死后把信寄给乔布斯。医生不久辞世（也许他预知来日无多，不想在临终前受到新闻舆论的骚扰），他的遗孀遵嘱照办。

峰回路转。又经过侦探一番查询跟踪，乔布斯在洛杉矶敲开了生母的门。可以想象，乔布斯的生母是何等意外，何等激动，又何等愧疚。她一再向儿子道歉，因为她当时未婚，名不正言不顺，不得已才把新生儿交给别人抚养。乔布斯倒过来安慰生母，说他在养父母家里生活得很好，很幸福，又说感谢母亲，当初承受了那么大的压力，还是把他生了下来。

乔布斯的生母后来还是跟他的生父结合，生了一个女孩，叫莫娜。五年后婚姻破裂，莫娜随母，现时在纽约曼哈顿，当作家。

乔布斯跟莫娜见了面，觉得这个妹妹很多方面都像他，这就是遗传的魔力。莫娜执着于艺术，目光敏锐，活力四射。在乔布斯看来，就是有点儿不修边幅。作为兄长，他为胞妹定购了大批衣服，尺码、颜色、风格，莫不符合莫娜的审美。

乔布斯对生父心存隔阂，因为他既抛弃了自己，又抛弃了母亲和妹妹。莫娜是作家，感性压倒理性，她怎么能放弃这样一个绝妙的小说素材呢。老美有的是私家侦探，莫娜也是得其帮助，在加州州府萨克拉门托找到了生父。谈话中，生父无意中说起，在莫娜之前，还有过一个男孩。莫娜追问："他怎样了？"生父嗫嚅："送人了，也许不在了……"莫娜牢记乔布斯的叮嘱，忍住没有说出实情。接下来，生父不无炫耀地说到一个细节，让莫娜如遭电击。生父说："我在圣何塞开过一家地中海餐厅，人气很旺，硅谷的科技专家常常光临，其中包括乔布斯。"生父见莫娜瞠目结舌，面孔苍白，以为她不信，特别强调："是真的，乔布斯来过，他随和友善，小费给得很多。"

乔布斯听到莫娜的转述，也大吃一惊。他的确去过地中海餐厅，还和老板，也就是他的生父握过手。这真是神奇，乔布斯自忖，难道冥冥中真有一只大手在安排。

故事没有再向前发展，乔布斯对此保持沉默。生父尔后得知了真相，也绝口不提乔布斯。我承认，我老实承认，比起异日乔布斯的东山再起，“苹果”电器旋风般席卷世界，我还是对这种人性深层柔婉而又坚忍的痛，更感兴趣。

忽然想到比尔·盖茨。他和乔布斯是电子技术领域的双子星。盖茨予我印象最深的：一、小学差点儿降级，不是因为笨，而是实在太超常，上课总是心不在焉，对老师布置的作业不屑一顾；二、在哈佛大学中途止步，他意识到他所热爱他所期待的计算机革命正在大踏步到来，机不可失，时不我待，于是断然退学。这一点，和与他同龄的乔布斯十分相像，他俩都是听从了时代的召唤，是地地道道的时势造英雄。三、盖茨曾长期位居世界首富，是名副其实的富可敌国，他将财富的相当部分拿出来搞慈善，他也占据了精神道德领域的高地。

我看人，喜欢看他的语录。在我看来，一个领袖人物的著作很多，你不一定读得过来。最简捷的方式，就是咀嚼他的口号、纲领，那必然是他理论的精华。对待专家名人也是如此。“也许，人的生命是一场正在焚烧的‘火灾’，一个人所能做的，也必须去做的，就是竭尽全力从这场‘火灾’中抢救点儿什么东西出来！”这是比尔·盖茨说的。这也是我心仪的比尔·盖茨。我想我此番的加勒比海之游，虽然离开书案，偷得浮生几日闲，但铭记“尺璧非宝，寸阴是竞”，因此在这万米高空，仍忍不住写下我的见闻、我的梦、我的浮想联翩，也正是努力从生命的燎天大火中抢救出一点儿什么。

如果我生在美国，又晚个十来年，和乔布斯、比尔·盖茨同代，也许会迷上计算机应用与开发，也许。人是环境的产物，乔布斯说的实在，环境的力量大于遗传。但这只是，想想罢了，早已落地的事情，没有如果。我的少年，我的青年，是在阶级斗争的惊涛骇浪中度过的，那时理工科的同学，也无缘和最新科学技术相逢，及壮，及老，才算享到了个人电脑的好处，拿来书写、查询、交流，我辈是收割别人种下的福缘，吾人是信徒，不是天使。

机舱提供的视频，就是IT行业开出的花朵。这是国际航线，播的自然是各种语言的影片，我挨序按了一下各个频道，选了一部俄罗斯故事片《航海家》消遣。

邻座视频上的飞行箭头显示，飞机已经进入纽约范围。我关闭视频，收拾起一直摊开的笔记。猛可想到，在美国上空生的孩子，自动获得美籍，实在浪漫得可以，不知这是人道？还是神道？进而想到，身为作家，我在美国上空获得的灵感，写下的文字，其知识产权，又该属于谁呢？——哦，这还用问？当然是文随主人，从属作家本人的国籍，而与游戏云天时的瞬间方位无关。

纽约海滨

大纽约的三副冷面孔

气候反常，冷热乖戾，极寒天气袭击美国北部，芝加哥地区一度降至零下五、六十度，低于南极。纽约地处美国东北，亦当其冲，元月底，也有零下二十度的记录。有鉴于此，出发前，我特地多带了两件寒衣。

当地时间午后一点半，我们乘坐的波音 777 降落在纽约肯尼迪机场。步下飞机，心情是爽朗的，因为，隔着廊道的玻璃长窗，看到天上白灿灿的太阳。有太阳的日子，想必是温暖的。而且，查天气预报，今天适逢阳气亢奋，最高达零上二度，明天嘛，又将迎来飞雪，再度大幅降温——敢情我们运气好，收获老天特别的眷顾。

沿着廊道，进入出关大厅。这是客气的说法，按国人的眼光，“大厅”其实很小，和国内地市一级的差不多。惊讶，肯尼迪机场鼎鼎大名，世界一流，怎么会如此狭小？有同伴解释，机场有九个航站楼，这里只是某个航站楼的一角。

恍然。旅客列队，鱼贯而行，拐一个弯，进入内厅，我们中国来的团队，被告知要在机器上验证指纹。

作者摄于华尔街铜牛旁

这是差别待遇，限于美国之外的欠发达国家。

来之前，已在美使馆签证处留下十指指纹，现在是验明正身，核对无误。

乖乖照办。

翊州顺利通过。我的十指，总有一根两根指头作怪，频亮红灯。

我用电脑，一开始就弃用鼠标，改用指头摸，摸来摸去，指纹磨蚀迨半，是以，纹路不明？

也许是。但短短一个月，就发生了对不上号的变化？不可能。我沉下心，十指平放，齐按，均衡用力，一次不行，两次，五次不行，十次，机器终于亮出绿灯，长舒一口气。

出关，领取行李，回头看，同行者仅出来一半。还有一半，仍在排队。

等。

左等不见出来，右等不见出来。在飞机上折腾一夜，累坏了，想找个地方休息。

没有。

厅里有两个取行李的转盘，一个忙着，一个闲着，有人在闲着的转盘边沿坐了下来，我不假思索，也把半边屁股搁了上去。

跟着又坐下去两三人。

翊州警告："赶快起来！要是有人拍了照片，把它传到网上，你们就丢人丢大发了，让人家说中国人多没有素质！"

我立马站了起来，谁知一个晃悠，又坐了下去。恰好身边又坐了一个女子，瞬间的印象，她像谁，像，像……冲那目光、微笑、动作，我想起了一个人，斯佳丽，就是电影《乱世佳人》的女主角。这是老电影了，我的记忆也已褪色，吃不准究竟有几分像，也许白人年轻女子，在我眼中都是一个模样。我手里拿着手机，我装着拍摄同伴，也想悄悄把她摄入镜头。慢！这是美国，人家特别强调肖像权，倘若没有征得同意，贸然拍摄，她要认起真来，会和你打官司，那就惹上大麻烦，我只好果断放弃。

扭头瞧向出口处，心里嘀咕，他们怎么还不出来？

强撑着站起，走回出关口，隔着栏杆，向里边瞅，剩下的同伴仍在排队。有人大声喊话，说指纹机器验证通不过，要验证官当面复核。

验证官人呢?

一个也不在。

可能吃饭去了?

也可能是休息?

这办事效率，今日得以见识。

一小时后，同伴总算陆续走出关口，说起这白白浪费的空等，唯有摇头叹气。

纽约地陪杨导（大名杨彦超）来接。现在是午后三点，转机去迈阿密的时间是晚上十点五十，还有近七个小时，杨导建议去逛法拉盛，那是目前美国华人最大的聚居地。

最大?

杨导说，早先是曼哈顿唐人街，那里地皮有限，人口已经饱和，加上九一一后，出于安全考虑，大批新华人移民纷纷来法拉盛安家。

又说，这里本来以韩国人居多，随着华人的络绎涌进，已是满满的中国元素。国内来的团，一般都会来参观、购物。

那就去吧。

在一华人饭馆用餐，滋味谈不上好，也谈不上坏。

吃罢，分头逛街。

马路对面就是食品超市，约四五十平方米，几分钟逛完。

隔壁，是卖家庭日用百货的。

稍远，是售药品的。

天冷——毕竟在零度上下——街头，寒风刺骨。远眺，少见人影，人都缩在家里吧。房屋倒是整齐，但对于这帮上海、北京的游客，没有任何吸引力。

我估计，大小也就相当于国内的县城，繁华不过南方的乡镇。

也许闹市在别处。

别处，我忽然想到了王鼎钧，他老先生在纽约。老而弥坚，文字老辣、实在、素朴，明净如霜，百炼钢化为绕指柔。在当代散文界，要说大师级别的，他是当之无愧。其他当然也有，但同他一个级别的不多。木心算一个吧。木心多思，东贤、西哲、古代、近世、政经、艺术，往返、切换自如，可惜已逝。余光中也算一个，也已仙逝。余氏多文，他痛感仓颉所造、许慎所解、李白所舒放、杜甫所旋紧、义山所织锦、雪芹所刺绣的中文，有可能在我们这一代手里衰败。其实败象早现，二十世纪，中国大陆的革命狂飙突进，语文趋于实用，虽勇往直前，义无反顾，毕竟所遗过多，而又创新不足——不谈了，不谈了，说这些扫兴的话干啥呢。劲可鼓而不可泄，苟日新，日日新，又日新，才是正道。鼎公心得“走尽天涯，洗尽铅华，拣尽寒枝，歌尽桃花”，其四重境界，我是一重也没有抵达，日头偏西，人生苦短，我得抓紧赶路，身外的潮起潮落，随它去吧。

有人提议去机场，说那里至少可以休息——这是最低的要求。

统一意见，站在寒风里等大巴。

即来即上。再见，法拉盛！移民的心理和游客的眼光，总归是不一样的。

中转站在拉瓜地亚机场。

因为我们的机票是晚上十点五十的，按规定，七点才能进，现在才五点，对不起，请在外边等两个小时。

外边，没有座椅，只能随便找个角落，蹲着。

莫名其妙——我常常会莫名其妙地想起一些人和事。此刻，我突然想起周从尧。

周从尧是谁？你不知道的吧，你肯定也不想知道，真的，这个星球上的人太多了，哪儿想得过来呢。

在我，却是动不动就想起，不过，现在我不想说，我想等个安静而又舒适的场合。

思绪急转，忽然又想到爱伦·坡。美国是一七七六年建国，那前后，就文学而言，依然是循欧洲的老路，没什么有创新的作家。直到十九世纪上半叶，据萧伯纳日后评论：“美国出了两个伟大的作家——埃德加·爱伦·坡和马克·吐温。”我对后者钦佩有加，对前者却所知甚少。出发前，临时抱佛脚，特地买了本《爱伦·坡小说精选》翻了翻——怎么样？若说伟大，绝对是锁定在推理小说，是他推出了这一品种。可惜寿命太短，只活了三十岁，“千古文章未尽才”。说到十九世纪上半叶，我熟悉的美国作家，还有《红字》的作者霍桑、《白鲸》的作者梅尔维尔，以及哲学家兼文学家爱默生和梭罗。此外，还有诗人惠特曼，不过，他的主要作品是在下半叶。

思绪又急速跳开，我也拿它没办法，它要跳只好随它跳——爱伦·坡笔下的杜宾爵士（《毛格街血案》主角）能阅读别人的思想，我连自己的思想也把握不住——话说在小说《阿甘正传》中，天生弱智的阿甘，因为前半生一连串瞎打误撞的传奇经历，被怂恿竞选美国参议员。那天，在当地的体育馆，他照着别人拟好的稿子，发表了一通竞选演说。随即，一位女记者站起来发言，历数美国面临的灾难和疾病，然后问：“甘先生，依你看，什么是最迫在眉睫的问题？”

阿甘说：“我要尿尿。”

他说的是实话。因为前面有好多人发言，他在台上待得太久，这是他本能的生理反应。

观众却把他的话当成政治隐语，霎时间，整个体育馆沸腾了，众人都跟着跺脚高呼：“我们要尿尿！我们要尿尿！我们要尿尿！”

这句话旋即成为阿甘的竞选口号。“这是一种象征，”评论者说，“‘我们要尿尿’象征了摆脱政府的迫害——排除这个国家所有的污秽……它代表了焦虑和即将来临的解脱！”

你想说明什么？

我什么也不想，前面说了，我只是莫名其妙地想起，莫名其妙。

七点，同伴通知我进机场，办理登机手续。

旅行社事先告知，我们买的是边疆航空公司的票，大件行李箱，要付三十美金的托运费。

柜台纠正，不是三十美金，是五十美金。

而且，不光大件行李箱，所有的行李箱，不论大小，一律交五十美金托运费。擅自带上飞机的，追缴六十美金。

这是家廉价航空公司，机票便宜了，从机票外补。

有人不忿，觉得一件小尺寸的行李箱，按国际惯例，可以随身携带，不收费，现在来回竟然要收一百美金，折合人民币将近七百元，太坑人了，干脆把它腾空，将物品塞进不用付费的双肩包。

“可以，”柜台说，“你不要的小箱子，也得交给我。”

算盘精到家了。

肯尼迪机场使我领教老美的拖拉。

法拉盛小镇使我感慨寒风中的萧索。

边疆航空公司使我悟到廉价之外必有代价。

所幸还有微笑。在拉瓜地亚机场候机室，和一位金发碧瞳的女子对面而坐（这位不像斯佳丽，像谁，我熟悉的白人女子太少，因此说不出），偶尔视线相交，我冲她送上一个五百年前，不，五千年前就预约下的微笑，她也还我一个微笑，不知她是否晓得这微笑是从五千年前出发的？马克・吐温说：“人类有一种真正有效的武器，那就是笑。”我想马克·吐温是清楚的，他意识中的笑，至少是从亚当夏娃的时代就登程。

谢天谢地，这微笑顿时把纽约的阴霾一扫而光。

天声人语

——祖孙空中对话

“爷爷，问你一个问题。”随行的孙儿翊州说。

“你讲。”我扭过头。

“在一个星际系统内，恒星是核心，是发光的，行星、卫星是不发光的，行星围着恒星转，卫星围着行星转，是这样的吗？”

“是的。你们地理书上应该讲过，太阳、地球和月球的关系就是这样。”

“假如有个行星不想围着恒星转呢，比如说地球，或者火星。”

“这不是想不想的问题，而是由它们的质量决定的。宇宙的法则是强者为尊，引力为王，地球要想不绕着太阳转，它的质量就必须大过太阳，能逃出太阳的引力。”

“假如它们能逃出太阳的引力，就能成为恒星吗？”

“不一定。说不定又成为更大的恒星的俘虏。它要成为恒星，我说的质量，不仅指体积，还包括能量，它的核心要能进行强大的核聚变，发出光和热。你看，银河系内有许多发光点，它们其实是遥远的恒星。”

“那你那天给郝爷爷题词，为什么说‘你自己就是太阳’呢？”

“哦，那是文学语言，郝爷爷身体不太好，我这是鼓励他克服困难，坚定不移走自己的路。文学和科学，是住在两个房间的。”

“文学和科学，住在两个房间？你能再详细解释一下吗？”翊州问。

“东方红，太阳升。语文书上是这么说的吧。”我说。

“是歌里唱的。”

“对应的说法是：西边的太阳快要落山了。”

“嗯，也是歌里唱的。”

“现代地理常识：太阳无所谓东升，无所谓西落，是

作者与孙儿翊州留影加勒比海

地球围绕着太阳自西而东旋转。”

“对，地球围着太阳自转。”

“那你能说，早晨，地球的这一面转向了太阳，傍晚，地球的这一面远离了太阳？”

“说起来别扭。”

“是吧，科学是科学，约定俗成是约定俗成。”

“说到约定俗成，我想起了一个词，天马行空，你熟悉吧。”我问。

“知道，就是思维活跃，想象力特别丰富。”翊州答。

“什么是天马？”

“天上的马呗。”

“行空呢？”

“就是在空中飞奔。”

“错了，‘天马’就是骏马，‘行空’就是形容在大地上撒开四蹄，风驰电掣，像飞一样。”

“嘿，这个词，我查过。天马行空比喻诗文气势豪放，不受拘束；也比喻浮躁，不踏实。”

“这是转意。词的本义是一回事，理解和转用则是另一回事。”

卞毓麟先生在《巨匠利器》一书中写道：

一九二九年，哈勃发现几乎所有的星系都正在远离我们而去，而且离我们越远的星系远去的速度就越快。哈勃的这项发现，奠定了现代观测宇宙的基础。不久，英国天文学家爱丁顿指出，哈勃的发现正好证实了爱因斯坦广义相对论预言的几种可能性之一：宇宙在膨胀！

我们的宇宙正处在一种宏伟的整体膨胀之中，这使得所有的星系不仅仅是远离我们而去，实际上它们相互之间全都在彼此远离。你到任何一个星系上去，都会看到同样的情景。这有如一只镶嵌着许多葡萄干的面包正在不停地膨胀，面包中所含的葡萄干就会彼此离得越来越远。

我把这一段指给翊州看：“这是你上海的一位爷爷写的，说说你的感想。”

“我们老师说，宇宙是由大爆炸形成的，宇宙在膨胀，意味着大爆炸仍在继续。”

“完全正确。你知道我在想什么吗？”

“星球，包括地球，将越来越孤独。”

“你这么想，也没错。不过，我不研究天文，我研究的是人。现代社会发展越来越快，也可以说，现代社会在加速膨胀，因此，人与人之间的距离也越来越远。”

“搞不懂，不晓得这两者间有什么联系。”

“不是联系，是联想。你还小，长大了慢慢就会明白。”

“爷爷，你有一篇文章讲‘天才是对孤独的补偿，恒星的光芒往往要过几万年才能抵达地球’，也是文学语言吧。”

“当然。”

“你想说明什么呢？”

“离地球最近的恒星是太阳，它的光芒到达地球要八分钟。银河系的直径约十万光年，因此，银河系恒星的光芒经过几万年抵达地球，是常态。用作文学语言，只是极而言之。比如说，哥白尼、布鲁诺、伽利略，你应该听说过的，他们都是天文界的恒星，他们的‘日心说’，明明是真理，当初却被宗教裁判所判为异端，布鲁诺还被活活烧死，直到三百年后，梵蒂冈教皇才为他们平反。再比如说，曹雪芹的《红楼梦》是文学世界的一颗恒星，但它的光芒，是在作者死后才慢慢发出，直到一两百年后才广为人知。再举一个，胡适。啊，胡适是谁，你不知道？那么，顾准，你就更加不知道了。胡适，顾准，都是二十世纪一等一的大学者，他们的光芒起码几十年后才传到我们这些人身边，传到你们，恐怕还要隔很久很久。”

“美国有三大宇航中心，一在洛杉矶，一在休斯敦，一在我们游轮的出发地佛罗里达州，从地理上说，居于美国的西南、正南、东南。”

我说。

“为什么航天器的运载火箭都是自西向东发射的呢？”翊州不解。

“因为地球是自西向东旋转的。毫无疑问，地球表面的所有物体均沿着纬线的方向随着地球自西向东转动，因此，火箭在地面未发射之前，就已具有了一个和地球自转速度相同并且是向东的速度。如果火箭的发射方向是朝东，那么它就可以利用这个初始速度使自身快捷加速。”我这是从网上查的。

“为什么航天中心要尽量靠近赤道呢？”看来翊州对此早有思考。

“因为地球表面各处的线速度是不同的，南北极点的线速度最小，纬度越低线速度越大，赤道的纬度等于零，所以赤道的线速度最大。这就类似于一把转动的雨伞，伞的顶部相当于北极，转动时，线速度最小，而伞尖就相当于地球的赤道。雨伞转动时，雨滴会先从伞尖而不是伞的顶部飞出去，因为伞尖的线速度最大。对于地球来说，赤道上的线速度最大，选择在赤道发射火箭，最节省燃料。欧洲纬度高，因此，把航天中心建在靠近赤道的法属圭亚那。同理，日本把航天中心放在最南边的种子岛。我国，也已把航天中心建到了海南的文昌。”

“我们去的加勒比海，是哥伦布最早发现的。”翊州说。

“又对，又不对。”我答，“站在欧洲人的立场上，是哥伦布的船队最早到达了加勒比海，但站在全球的立场上，也有证据表明，亚洲人早在几千年前就到达了那里。”

“我想不明白，”翊州说，“哥伦布只是到达了加勒比海一带的岛屿，岛屿和大陆的概念是不一样的，那么，为什么不说哥伦布发现了加勒比海群岛，而说他发现了新大陆？”

“这个问题，我也没想过。我是这样考虑：地球上百分之七十一的面积是水，剩下的是陆地和岛屿。面积大的为陆地，面积小的为岛屿。陆地和岛屿，并没有严格的界限。哥伦布先发现的是岛屿，后来也到了中美洲的洪都拉斯、巴拿马，从这个角度看，也可以说他发现了美洲新大陆。”

“你看过乔布斯和比尔·盖茨的传记吗？”我问。

“看过，你刚才翻的《乔布斯·用“苹果”改变世界的人》，就是从我书架上拿的呀。《比尔·盖茨》是我从学校图书馆借的。”

“你最深的印象是什么？”

“我记得，他们都是一九五五年生的，比我大五十岁。美国很幸运，一年就出了两个厉害的人物。他俩的共同特点，就是瞄准了科技前沿，在最适当的时机抓住了最应该干的事情。”

“对，就是这么回事。回想起我这一辈，最好的年华，都浪费掉了，很可惜。”

“搞不懂，怎么叫浪费掉了？”

“三句两句跟你说不清楚。你们运气好，赶上了好时候，有书念。不过，念书也有诀窍，有人会念傻，有人会念聪明。你要多看伟人传记，看他们是怎样一步一步由小聪明走向大聪明的。”

“牛顿是天才吗？”我问。

“当然是。”翊州答。

“说说他的成就。”

“我们物理还没学到牛顿。我知道他最出名的故事，就是坐在苹果树下，被一只掉下来的苹果砸中了脑袋，然后灵感爆发，想出了万有引力。”

“那时他很年轻，大概是二十四岁，金子般的年龄。”我感叹。

“好像大学刚毕业。”翊州补充。

“牛顿是遗腹子，家里很穷，母亲不让他念书，要他回家干农活，亏得中学校长帮忙，才念完了中学又念大学，这才有了一位伟大的物理学家。牛顿晚年的选择，我认为是浪费。”

“牛顿晚年干什么了？我不知道。”翊州说。

“牛顿五十四岁时，当上了皇家铸币厂总监，后来又升任总裁，主持英国最大的货币重铸工作。他改善了造币的工艺，断了造假者的路，为此当上了太平绅士。但是作为一个伟大的科学家，他的才能没有能得到持续的发挥。”

“爷爷，你这本书里（《二十世纪的发现》）夹着一张纸条：‘勇气号，挑战者号，美国，九岁，索菲·科利斯；普鲁托——古希腊神话中永远不见阳光的地狱之神，牛津，十一岁，女，维尼夏·伯尼’，没头没脑，什么意思？”

“哦，这是从一篇文章中摘下来的，作为备忘。具体意思是：勇气号，挑战者号，是美国的宇宙探测器，它们的命名，是向全美国的中小学生征集，结果，一个九岁的小学生索菲·科利斯的提名被选中。普鲁托，译成中文，就是冥王，科学家在太阳系的八大行星之外，又找到了一颗新行星，征求命名，英国牛津一个十一岁的女孩维尼夏·伯尼的提名被认可。我觉得这种征名方式很好，可以调动中小学生对科学事业的强烈热爱之心。”

“我们国家的宇宙探测器，比如嫦娥号，是谁命名的？”

“我不知道，好像没在群众中征集，有关人员自己定的，不过，以后这样的宇航活动会越来越多，你可以向科学院提建议。”

“他们会听我的吗？”

“你只要做，总归有结果，起码你个人的科学和文学素质会得到提高。”

“霍金，为什么偏偏是霍金，得了那样的肌肉萎缩症呢？”翊州问。

“不是的，病不认人，得这种病的也不是他一个。”我说。

“霍金要是不得这种病，成就将更惊人。”

“是啊，我也这么想。海明威在《老人与海》中说了两三次‘光景太好，总不可能持久。’大概就是天妒英才的意思吧。”

“给你举一个例子。”我翻开《巨匠利器》，指着霍金的一段话，给他看：

我们只是一颗小小行星上的一些微不足道的生物，我们这颗小小的行星环绕着一颗普通的恒星转动，这颗恒星处于一个星系的边缘地带。而宇宙中又有一千亿个这样的星系，所以难以相信上帝会关心我们，或者注意我们的存在。

“霍金明确表示不信宗教，”我告诉翊州，“但是，一九七五年四月，他还是去梵蒂冈领取了教皇授予的奖章。”

翊州在阅读关于迈阿密的资料，我看到他在有些关键词下画了红线。等他看完，我拿了过来。画上红线的是这样一句：

二〇〇九年，迈阿密被瑞士联合银行评为“美国最富裕的城市”。

“这是就某一方面而言吧。”我说。

“网上下载的。”他答。

迈阿密市容

还有这样的一句，也被用红线突出：

二〇〇八年，迈阿密被《福布斯》杂志评为“美国最干净的城市”。

沉吟。我说：“网上的东西不可全信。”

“你怎么看？”翊州问。

我说：“迈阿密无疑很富裕，但那是建立在贩毒和赌博的基础上的。现在走上了正轨，成为超级繁华的大城市。但未必是‘最’。按常识，美国最富裕的城市是纽约。迈阿密无疑也很干净，它东临大西洋，西临墨西哥湾，阳光好，空气好，绿化好，水质好。但是这个‘最’字，只是一说，类似于广告，它是旅游城市，它要招徕顾客。”

迈阿密机场，飞机在下降。

最先瞥见的是海，是椭圆而精致的人工岛，是城市璀璨的灯火，然后靠窗的旅客一律注目俯视，然后所有离窗的旅客都伸长了脖颈，然后是——我几乎要霍地站起来，当然没有，也不可能，腰里系着安全带呐，我只是尽量挺直了腰杆，勾头斜窥。

“迈阿密，我来了！”有人迫不及待地欢呼。

我的思绪又飞开了：“假如我是普希金，我怎样写《致大海》？假如我是王勃，我怎样抒发‘海内存知己，天涯若比邻’？假如我是李白，我怎样续写‘乘风破浪会有时，直挂云帆济沧海’？”

迈阿密脸上有道疤

镜头回放。

戊戌年十一月中旬，四弟玉清来函，说拟发起春节后出境游，起点是迈阿密，方式是乘坐皇家加勒比海游轮，问我是否有兴趣。

四弟是家族中的老牌驴友，印象中进入二十一世纪以来，每年都要组织两次以上境内外游。我曾跟他跑过两次，一次是西欧，一次是北美。还有一回去澳洲，钱都交了，人也到了上海（四弟居沪，组团都是由浦东机场出发），结果澳方领事馆拒签，理由：他户籍在北京，怎么跑到上海出发？这就叫知其一，不知其二的了。

丁酉年，大概是我最忙最累的一年。毕竟年纪大了，岁月不饶人，长期伏案，这儿，那儿，总有一点儿小小的不舒服。接函时，正在为《寻找大师》续集忙得不可开交。实话实说，所谓寻找，就是稀缺，难得一见。如果满街都是，还要你找个什么。有人劝我改题，比如《寻找大家》之类，我不改，那样一来，就味道全失。加上，这当口，又挤进来编选几本文集的杂务。就想，这世上的事，哪有干得完的时候呢。网络朋友圈不总是告诫“养生，养生”吗？说得对！生命是要养护的，咱干脆放下，出境玩一趟，顺便也转换转换思路，于是回复：可以考虑。

迈阿密，迈阿密在哪儿？大脑首先反应的，是迈阿密热火队，我爱看NBA，是球迷；其次，是海明威的《老人与海》。我记起，我也不知道怎么会瞬间记起，老人在海上与大鱼苦苦相持，头顶忽然掠过一架飞机，老人判断它正循着航线飞向迈阿密，落在海面的影子惊起了成群的飞鱼。老人是在靠近哈瓦那的海上，这说明，迈阿密离古巴不远。海明威是我书案上的一盏灯，古巴是我青年时代的一个“邻村”，冲着这两条要素，我想我应该去探一探迈阿密。

了解从网络着手，那资料是干巴的，枯燥的。于是转向影视，我在电脑上搜出若干部片子，都是以迈阿密为背景，按其上映的年代顺序，最先看的是《疤面煞星》。

这是一九八三年拍摄的。主演阿尔·帕西诺，一九四〇年出生于纽约，大我四岁。人家出道早，一九七二年，即凭与马龙·白兰度联袂出演《教父》而一飞冲天，大红大紫，奠定巨星地位（往事袭来，那时我刚离开劳动了两年的湖南西湖农场，分配去长沙）。一九九三年，因在电影《闻香识女人》中的精湛演技，阿尔·帕西诺获得“第六十五

迈阿密海湾

届奥斯卡最佳男演员奖”和“第五十届金球奖最佳男主角”。二〇〇七年，他又获得美国电影协会颁布的终身成就奖。在这部片子里，帕西诺扮演主角托尼，一个被古巴甩包袱甩到迈阿密的恶棍。

说到古巴“甩包袱”，就不能不提菲德尔·卡斯特罗。这是我昔日心目中的“神兵”，形象不逊于现今走红荧屏的钢铁侠。我一九六四年参加高考，作文中写到“一方有难，八方相助”，就乘机把笔拐向社会主义阵营的小兄弟古巴，拐向传奇英雄卡斯特罗。卡斯特罗生于一九二六年，三十岁上，即一九五六年，策动古巴革命，推翻亲美独裁的巴蒂斯塔政权；一九六一年，宣布走社会主义道路。怎么走啊？古巴有古巴的国情，卡斯特罗有卡斯特罗的绝招，他的惊人之笔（这是几十年后才听说）是网开一面，把耿耿眷眷于资本主义的富人，净身出户，流亡到隔海相望的美国佛罗里达。史载，仅一九六五年，就一次性送出十万。这招高，既剥夺了富人的财产，又凸显了卡氏的人道主义。一九八〇年，卡斯特罗故技重施，这回驱逐的不是富人，而是社会底层的渣滓，诸如囚犯、娼妓、精神病患者等等，总数高达十五万，政府派出三千艘船只，首尾相衔，千帆竞渡，一股脑儿倾泻给迈阿密。

你（美国）不是老批评我们限制移民出境吗，那今天就开放给你看看！

小伙子托尼，就是被古巴清洗出的杀人犯。

扮演托尼的阿尔·帕西诺，身高一米七〇，谈不上魁梧，相貌却奇伟，英气逼人，打个国人熟悉的比喻，是《水浒传》中林冲的角色。导演为了刻画出高俅、蔡京的冷血，祝龙、祝虎、祝彪的剽悍，以及董超、薛霸的歹毒，特意在他的左颊添了一道寸余的伤疤，左眉也剃去一小撮，形成断眉——瞧，恁地神采飞扬的帅哥，只要破一点儿相，立显丑陋狰狞。伤疤，在某些艺术家手里，是阴暗心理的标签（抱歉，无意中也损害了脸部有伤残的人士）。譬如我看过的影片，像《加勒比海盗》《纽约行动》《复仇者联盟：无限之战》《星际大战：原力觉醒》，其中的反派人物，都要在脸上画出一条或数条醒目的刀疤。更难怪，地无中外，人无古今，整容、美容都大受追捧——进化论说，人和低等生物的区别，就是人演化出了脸；市井哲学强调，人活在世上，要的就是一个面子，一张干净光鲜的脸皮。

收容托尼的迈阿密，当初是一个什么样的城市？

迈阿密地处佛罗里达半岛比斯坎湾，原是不毛之地，是蛮荒、偏僻、贫瘠的代名词。建市很晚，那是一八九六年，时值大清帝国前直隶总督兼北洋大臣李鸿章访问纽约，严复翻译《天演论》，安德鲁·卡耐基创办“卡耐基国际展”，也就在那一年，迈阿密拥有了首批区区两百出头的市民。后来，历经一战、二战的红利，伴随着美国的强势崛起，更得益于赌博业的开放，络绎涌来了大批中南美洲的贩毒团伙，加勒比海的海盗，撒哈拉以南非洲的劳工，美国内地的不法分子、投机者，欧洲大陆的亡命之徒、冒险家，迈阿密迎来了畸形的繁荣。听一听历史学家是怎样描述的吧。一九五三年，海伦·缪尔在《迈阿密：美国》一书中指出：迈阿密是一个罪恶的城市，是赌窝、毒窟。外地水手到了迈阿密，扑面而来的是她的恶浊，其污秽无法形容，只能用“地狱的厨房”来比拟。居民嗜赌成性，轮盘赌的赌具，径直摆上了大街。每晚发生两三起命案是司空见惯的寻常事。迈阿密市中心四分之一的建筑都被用来从事黑色的可卡因交易。

翻开当地的主要媒体《迈阿密先驱报》，你可以查到建市以来层出不穷而又千奇百怪的犯罪记录。《迈阿密先驱报》还创下了另一项记录：从它麾下的雇员中，走出了一批又一批专写犯罪题材的作家——这也算靠山吃山、靠水吃水吧，属于另一种意义上的得天独厚。

杀人犯托尼来到迈阿密，不啻是蛟龙入水，龙是恶龙，水是浑水。影片有一段台词，道尽了他的欣喜若狂：“这里是天堂，这个镇就像个等人调戏的风骚女人，我十年前就该来了。”世，总是乱的，不乱就难以称之为“世”。乱世出英雄，乱世也出枭雄，是以天使和魔鬼，没有一个不竞相入世。托尼生命中的春天来了，这是古柯树的春天，罂粟花的春天。托尼厕身黑道，负责从哥伦比亚向美国偷运可卡因，他是刀刃上舔血的狠角，敢于赴汤蹈火，冒险犯难，危急时刻，更能英勇不屈，坚守帮规。黑道老大对托尼极为赞赏，特意当面调教，传授的第一条要诀，就是：“不要低估别人的贪婪！”

这个自以为是的黑道老大，还是低估了初出茅庐的托尼的贪婪。托尼明里为老大卖命，虎口拔牙，龙头锯角；暗里为自己打拼，唯利是图，不择手段。托尼的生意越做越大，翅膀越来越硬，等到老大幡然醒悟，已是船到江心补漏迟，托尼一枪崩了老大，坐上黑道的头把交椅。

托尼成了老大。钱，不再是问题；豪宅，不再是问题；女人，更不在话下；唯一的担心，是个人的安全。

看到这儿，笔者想，倘若托尼从此金盆洗手，改邪归正，说不定会成为道貌岸然的大亨。退一步，凭托尼的形象及演技，未尝不可成为影界的另一个巨星史泰龙。我这么比，是有理由的：一、托尼左颊破相，史泰龙也是自幼就左颊肌肉瘫痪，口齿不清；二、托尼流亡到了迈阿密，史泰龙也是先去瑞士谋生，然后回到美国，进迈阿密大学专攻戏剧表演；三、托尼在迈阿密坐拥豪宅，史泰龙也在比斯坎湾置有奢华的别墅。

但这是不可能的。

剧情忽然急转直下。托尼当上老大不久，竟然患上了“老大综合征”，而且是“晚期”。

无论黑道白道，老大都必须有大气象。宰相肚里能撑船，将军额上能跑马嘛。否则，怎么笼络人，指挥人。而患了这种“老大综合征”晚期的托尼，却是心胸越来越窄，器量愈来愈小。一方面，作为暴发户，他头脑膨胀，忘乎所以，梦想掌控“全世界，以及世上的一切”。另一方面，作为龙头老大，他又看谁都不顺眼，性格暴躁，疑神疑鬼；尤其不能容忍老二的存在，担心有朝一日被抢班夺权。托尼的崩溃就在于此，他乖张、他暴戾、他独断，他着手清除一路风雨同舟的伙伴，包括提供毒品的上线，充当保护伞的警员，帮助洗钱的银行家。

这样的偏执狂，这样的歇斯底里（也许跟吸毒有关）。他不仅遭到母亲的痛斥，妻子的鄙视，连部属、保镖、佣仆，甚至连触喉的美酒、沾唇的雪茄，也都对他露出不屑与敌意。托尼的世界是魔鬼的世界。他想挣扎为人，寻求堂堂正正的尊严，却离人性愈来愈远，注定了不得善终。尽管如此，导演的处理，还是让我大跌眼镜：最先对托尼开枪的，竟然是他的嫡亲妹妹吉娜——想不到吧。乍一看，确实匪夷所思，大感意外。仔细推敲，倒也事出有因，合情合理。毕竟，毕竟在前一刻，托尼枪杀了自己的亲密助手，也是事实上的妹夫曼尼。吉娜采取的是鱼死网破，既然你不让我活，我也不让你活。

这是厄运的开始。容不得托尼反省，杀手已从四面八方包抄了上来。被吉娜击伤的托尼出现在二楼的栏杆前，高举双臂，仰面咆哮：“我是托尼蒙大拿！”然后持枪狂扫——总归寡不敌众，托尼的末日到了，他身中多弹依然顽强挺立，狂呼：“你们打不死我！”真的打不死吗？这时，导演安排了一个戴墨镜的杀手出场。他从托尼身后，砰砰补了两枪，直中要害。托尼摇晃了几下，俯身扑下一楼的水池。

疤面煞星托尼的时代结束了。他的对手还在，黑道还在。迈阿密，仍然在罪恶的道路上向前延伸。

好莱坞的整容术

四

弟于是着手组团。

我继续观看与迈阿密有关的电影。

有两部，值得一说。

其一：《真实的谎言》。男主演：阿诺德·施瓦辛格，扮演美国联邦调查局特工哈瑞。女主演：杰米·李·柯蒂斯，扮演哈瑞的妻子海伦。

这是二十世纪九十年代的作品。说起阿诺德·施瓦辛格，这是一个符号化了的角色。早期“雕琢”肌肉，七次获得“奥林匹亚健美冠军”，注意，七次！奥林匹亚！这几乎相当于男神。尔后转战银幕，以钢铁般的体魄和钢铁般的意志著称。美国也有主旋律，施瓦辛格发达的大肌群就是不可或缺的音符。壮年从政，出任加利福尼亚州长。美国前总统里根曾调侃自己：“戏演得不够好，所以改行，当了美国总统。”施瓦辛格呢，大概是戏演得太好，在州长任上干了七年，又重返影坛。杰米·李·柯蒂斯，在片中和施瓦辛格搭档，她的绰号是“恐怖片女王”“尖叫皇后”，据此，不难想象她独树一帜的惊悚造型。

此刻，我眼里既没有施瓦辛格，也没有柯蒂斯。不是我目中无人，或不解风情，而是心无旁骛，视而不见——我的目光越过人物，直抵背景。影片后期的拍摄地在迈阿密，迈阿密的街巷、岛屿、桥梁、沙滩在前方召唤我。风景是一地的魂魄，是美的聚焦。我得预先探探路，踩踩点，免得届时目不暇接，晕头转向。

智能电脑知趣，可以随意前进、倒退。我快速浏览了一遍剧情。然后，锁定一处外景：

佛罗里达群岛的一隅，恐怖分子根据地。

哈瑞的妻子海伦为恐怖分子劫持。

恐怖分子驾驶两辆汽车，前往迈阿密。一辆是装有三枚核弹头的大货车。一辆是载着一位女匪徒和海伦的小轿车。

哈瑞和同伴驾驶两架鹞式战斗机，在低空急追。

特写。画面显示的是七英里（10.93公里）大桥，是当地四十二座跨海桥梁中最长的一座。左侧是蓝得沁魂的墨西哥湾，右侧是绿得炫目的大西洋。

从空中俯视，大桥有两座，一新一旧，并排而行。拍摄用的是旧桥。这桥岁数一大把了，建于一九〇九年至一九一二年，比当世活着的百分之九十九多的人都要长寿。一个世纪前，绝对是横空，啊不，跨海出世的钢铁长龙。可是台风不服气，它一次又一次向大桥发起挑战，终于在十九世纪三十年代与六十年代，创下两次拦腰折断大桥的战绩。这是多么惊世骇目的气旋！世人一般把太平洋上生成的热带气旋称作“台风”，把大西洋上生成的热带气旋称作“飓风”，而飓风的大本营，正是加勒比海。

这一带的山海风物，包括人，莫不久经飓风的考验，脾气，乃至外貌，都是热辣辣、火暴暴的。

说到人，不由想起海明威。他在一九二八年至一九三九年，即二十九岁到四十岁的壮年，在这儿的西礁岛生活了十一度春秋，创作了极具飓风气质的《永别了，武器》《丧钟为谁而鸣》《乞力马扎罗的雪》等中、长篇力作。

游览路线中有西礁岛，这景点使我怦然心动，我可以不在乎这岛那岛，但西礁岛无论如何不能错过。

海明威一度移居的古巴，仍在加勒比海热带气旋的裹挟之下。正是在那儿，他写出了荣获“诺贝尔文学奖”的打鼎之作《老人与海》。

西礁岛处于美国的最南端，号称美国陆地的“天涯海角”，又称“作家之岛”，网上可查出一长串在那儿居住过的作家的姓名，其中包括十八位获得“普利策文学奖”的小说家。我老实承认，除了海明威，其余一概陌生。那些就免提了吧。海明威是代表中的代表，有他一个已足。西礁岛还因海螺共和国而闻名，那是一九八二年成立的，而且只存在了一分钟，对，你没有看错，就是一分钟，抓狂吧！然后，便向联邦政府投降，宣布独立解散。美国人真会玩，闪电般的把戏让人目瞪口呆，俄而又忙不迭地大呼上当。

回头再说桥。旧桥两次被飓风打败，不得不让它告老退休。人类的技术日新月异，一九七九年至一九八二年，又修了一座让飓风也望而兴叹、无可奈何的新桥。

旧桥没有拆去，而是留作纪念。正好，正好被众多影片，包括《真实的谎言》，选作天赐的外景。

好莱坞擅长的特技镜头出现了。

哈瑞的同伴用空对地导弹炸毁了大桥，切断了恐怖分子的去路。货车恰好驶到缺口，前轮悬空，危如累卵，摇摇欲坠，但后轮还扒在桥面。恐怖分子正庆贺自己死里逃生，相视讪笑，一只海鸥飞来，落在车头，成了压垮骆驼的最后一根稻草。货车的平衡刹那打破，车、人、连带三枚核弹头，一起掉进了大海。

轿车里，海伦与押解她的女匪徒搏斗。好人与坏人打，让古龙导演，总是一招就将对手制服，痛快是痛快，但略去了打斗的过程，也就失去了刺激，吊不起观众的胃口。这里用的是金庸的模式：你来我去，拳打脚踢，见招拆招，环环相扣。扭打中，海伦踢飞了女匪徒的手枪，眼看就要取胜，谁知风云突变，女匪徒扼住了海伦的脖颈，扼得眼珠都要爆出来，安危系于一发，场面惊险万状，让观众提着心，捏着汗，吊着胆，蓦地，海伦强力反击，一脚蹬开了女匪徒，顺势抄起一只酒瓶，砸向对方的太阳穴……这正是好莱坞吸人眼球的噱头，也是动作题材屡见不鲜的套路。

一波才平，一波又起。驾驶员中弹身亡，轿车失控，凭惯性向大桥前方的断裂处滑去。说时迟，那时快，哈瑞从低飞的战斗机舷窗伸出手，海伦从轿车的天窗举起手，抓呀，抓！错过来，错过去，再错就没有机会了。机会就剩这一秒，稍纵即逝。哈瑞像老鹰叼小鸡，一把抓住了海伦的手，在空中耍起了救人的杂技。这是施瓦辛格的卖点，此君巅峰时期上肢臂围粗达五十七厘米，抵得普通成人的大腿，所以他抓住柯蒂斯的右手飞越被炸毁的大桥缺口，平安降落在前段桥面，完全是小菜一碟。

我知道结果肯定是这样。

我的心并不为情节所动。

我死死盯住的，是两座作为背景的长桥，是蓝得虚幻的天，是白得空灵的云，是蓝中带绿又间白的海，是小岛上弯腰曲背向海风宣誓效忠的椰树——它一定也曾亢奋地拼死拼活地抵抗过，最后明白了大势所趋，选择姑且从之的驯服，倒也舒服，倒也别具姿态。草木就是这样顺应自然的，人类也是一样。想远了，索性再想远一点儿，如果一切顺利，包括组团、签证、机票，两个月后，我将出现在迈阿密，出现在长桥，不知这株物竞天择的椰树，是否还在原地等我。

其二：《迈阿密风云》。于二〇〇五年拍摄，男主演杰米・福克斯（美国）和科林・法瑞尔（爱尔兰），都是大腕级的，分别饰演美国联邦黑人警探里卡多，及其风流跌宕的白人助手桑尼。女主演巩俐，中国的表演艺术家，娜奥米・哈里斯，英国明星，分别扮演哥伦比亚毒品走私集团头目伊莎贝拉和迈阿密卧底警员约普琳。

我不关心人物。那些人脸，那些衣饰，我也记不住。在我看来，只要不是亚裔，黑人都是黑模样，白人都是白模样，混血儿都是混血的模样。我撇开人物看风景。风景会说话，不同的地点，有不同的腔。

影片是在乌拉圭、巴西、多米尼加、美国、巴拉圭拍摄的，统统围绕着加勒比海。开场，夜总会，桑尼对一位葡萄牙籍的侍女说：“你是在迈阿密晒黑的吧？”点出迈阿密的地理纬度，那是美国的“三亚”，肯尼迪航天中心就在那地方。我翻阅了一册叶永烈的《畅游加勒比海》，他提到一九七九年采访火箭专家钱学森。钱学森告诉他“天”与“空”的区别：“离地面一百公里之内，叫作‘空’。一百公里之外，叫做‘天’。”如是说来，我们普通人，终身只在“空”中讨生活。我们走得再远，飞得再高，也只是在一只叫“空”的掌心翻筋斗。

里卡多和桑尼，是理所当然的联邦英雄，奉命打进哥伦比亚贩毒集团。画面切换，出现巴拉圭的埃斯特城。这是贩毒集团的大本营，位于巴拉圭、巴西、阿根廷的边境。那是一个“三不管”的地界，是无法无天者的乐园。镜头跳跃，推出里卡多、桑尼与贩毒分子的约会地点：海地太子港。这是海地共和国的首都。我们此行，游轮将穿越古巴与海地之间的海峡，过而不拢，那就只好借影片一饱眼福吧。唉，真穷！真正穷！海地岛是哥伦布在首次探索新大陆航程中发现的，先为西班牙殖民地，后该岛西部割让给法国，称法属圣多明戈。一八〇四年，法属圣多明戈宣告独立，成立海地共和国，为拉美第一个独立共和国，也是世界上第一个黑人共和国。海地是世界上最为贫困的国家之一，是财富世界的洼地。镜头摇出狭窄的街道，乱如蛛网的电线，破败颓废的房屋，墙头上坐着一个小男孩，镜头闪现了一次又一次，男孩的神态，似穷极无聊，似惝恍迷离——导演也许着意刻画的就是贫穷，饥寒起盗心，毒犯将接头地点安排在这里，上应天时，下合地利。我却对那个男孩的姿态、眼神十分惦记，来来回回倒放了几次，你猜我在想什么？我想的是，海地在地球的那一面，在富裕相对的那一极，刹那间我想起了《老人与海》中的小男孩，他叫马诺林，也是在贫穷中生长，因为身边有位雄狮级的老人作标杆，他的童年堪称幸福。而镜头中的这一位，显然正彷徨无主（我以为）。

巩俐饰演的伊莎贝拉现身了，她是大毒枭的妻子。我觉得巩俐的扮相、语言和伊莎贝拉的身份并不契合。也许这就是伏笔，且往下看。镜头转到哥伦比亚的瓜吉拉半岛，然后是熟悉而又陌生的白云、蓝天。两架飞机近乎重叠地飞在一起，混淆下界雷达的扫描。然后，伊莎贝拉和桑尼驾驭快艇，乘风破浪，驰向哈瓦那。

这种乘着快艇在大海上兜风的场面，我看过不知多少次，那是通过别人的镜头。现在依然是通过别人的镜头，感觉却不一样。因为，若干天后，它有可能为我的相机拍摄。运气好的话，我也可能权充某艘快艇的主人，成为他人镜头猎取的对象。

还记得那首《美丽的哈瓦那》吗？我们这一拨的青春时代，都谙熟那深沉而又昂奋的旋律。伊莎贝拉是中古混血儿，她的母国是古巴。喂，等等，为什么偏偏是中古混血儿？这是典型的好莱坞式的话语，让中国和古巴躺着中枪。巩俐接受这角色时，她能意识到这一点吗？她纵然意识到这一点又能放弃好莱坞的诱惑吗？王尔德说："我能抵抗一切，除了诱惑。"又说："摆脱诱惑的唯一方法就是向它屈服。"王尔德的意思就是无法抵挡诱惑，他的隆誉之毁也正在于向诱惑低头。巩俐呢？不说了，不说了。我还是看她的表演。接下来推出的哈瓦那夜总会，揣测是在别国拍的。古巴有夜总会吗？答案是“有”。但拍摄时卡斯特罗健在，相信这位大胡子元首决不会让它变做好莱坞的外景，绝对。毒枭的老婆和美国特工纠缠厮混，亦真亦假地走向床戏。好莱坞的片子少不了这份佐料。按键快进，情节跳跃到南美。特写，由远而近的瀑布。应该是伊瓜苏大瀑布，位于阿根廷与巴西边界，状如马蹄，高八十二米，宽四千米（为世界之最），平均落差七十五米。瀑布忽然跌足，仿佛滑出屏幕，挂到我的窗口——我朝向公园的书斋长窗。

故事转到迈阿密。河流，桥梁，街道，公园。特工、警员和毒贩斗勇斗智。结局，不言而喻，贩毒分子统统被击毙。唯一漏网的，是伊莎贝拉，大毒枭的妻子，她得到美方特工兼假戏真做的情人桑尼的庇护，乘坐先前兜风的快艇，返回原籍古巴。

为什么要放伊莎贝拉一马？难道联邦政府允许手下特工如此徇私舞弊？难道古巴的边境不设防（片中人使用的是袖珍手机，点明它的现代背景）？还是另有伏笔？存疑。

饭桌上，家人问我巩俐演得怎么样。我说，没有记住。这是实话，我的大脑仓库有限，我只拣需要的装，其余的，尽量舍弃。当代信息爆炸，我的脑库并没有随之爆炸，原来容量多大，现在还是多大。因此，我没有必要操心施瓦辛格、柯蒂斯、巩俐，他们之所以出现在加勒比海圈，只是借了那儿的风水，而我此番冲着去的，恰恰就是那儿的风水。我全神贯注，弱水三千，只取一瓢饮。

唯一要说的是:《疤面煞星》是黑帮内讧，黑吃黑;《真实的谎言》和《迈阿密风云》是联邦特工与贩毒分子近身相搏，是好莱坞的整容术大行其道，大放光彩。人家注重用形象说话，而不是用标语口号贴金，因此，她更能虏获人心。

小哈瓦那与大美洲

纽约飞迈阿密，这是一次地道的夜航。起飞，拖延至子夜十二点半，降落，已是翌日凌晨两点三刻。

说是廉价，代价并不菲。登机，我与翊州，额外各交五十美金托运费。机舱，搁物的小桌宽仅一掌，座椅不能前后调动，无茶饮供应，白开水也没有。

见识一位空姐，黑皮肤、黑上衣、黑短裙、黑皮鞋，黑发编成若干小辫，除了围巾暗绿，整个儿一色黑。

美国空姐

机舱也是黑的——飞行途中，灯光熄灭，为了旅客打盹？抑或为了省电？

迈阿密机场。地勤人员基本以黑人为主。

旅客鱼贯而出，这下看清楚了：一是黑，以暗色或棕色皮肤为多；二是瘦，鲜有美国特色的超级胖墩儿——这趟航班，全部为经济舱，空间狭小，搁不下他们庞大的身躯。

落地，第一件事就是轻装。来时，北京、上海、纽约，三地皆为寒冬，迈阿密属亚热带，此时此际，单衣、单裤正适合。

地接导游姓任，天津人。

大巴在夜幕中疾驰，是郊区吧，路旁，一溜的小洋房，门前屋后，绿树环绕。

翊州正埋头看一份英文报纸，问他看啥，答："关于热火队的介绍。"

嗯，热火是迈阿密的篮球队。这名儿起得贴切而又响亮。热，象征热气腾腾，热情奔放；火，标志红红火火，蒸蒸日上。它的队徽，是一只燃烧的篮球穿越篮筐飞腾而上。我记得，它成立于一九八八年，同年加入 NBA，麾下先后拥有韦德、奥尼尔、莫宁、哈斯勒姆等悍将，迄今，曾三次夺得 NBA 总冠军。

"迈阿密的足球队怎么样？"我问。

"不怎么样，"翊州说，"业余水平啦，也就在美国乙级联赛混。"

"贝克汉姆不是来了迈阿密吗，他要打造一支世界级的强队。"

"是的，来了，球队也上马了，名字叫'国际迈阿密'。"翊州是足球迷，这方面的信息比我了解得更为详细。

翊州给我看一幅图片：两座毗连的大楼的平顶，被设计成一个，不，两个灯光足球场。

是啊，迈阿密天气太热，白天，顶着烈日踢球，是个苦活。夜晚就不一样了，海风习习，月色溶溶，而且是在房顶，仰，见满天繁星喝彩，俯，窥万家灯火助兴，尤其对上班族，真是难得的享受。

思路急转。如果让我为迈阿密足球队起名，不妨就叫月光队，既与热火篮球队相呼应，又符合当地的风情。

还有一个联想：二〇一六年十月，巴里·杰金斯（一九七九年生于迈阿密，少壮派的美籍非裔著名导演）推出了一部取材于迈阿密黑人社区的影片《月光男孩》，人气爆棚，好评如潮，仅仅四个月后，就斩获奥斯卡金奖。

片中人说："月光下，黑人男孩都是蓝色的。"

蓝色，正是迈阿密日日面对的多情蓝。

在拿下美国使馆签证之后，我突击阅读了大量有关加勒比海地区的资料，具体到迈阿密，我看过一个名为《迈阿密二十四小时》的视频，印象深刻的，有：

清晨，沙滩上的慢跑大军。成员，多是上了年岁的，有老爷爷辈的，有老太太辈的，有穿背心的，有赤膊的，他们的目的，就是慢跑，慢慢地跑。

据说，这是一个叫瑞文·克拉夫特的老先生带动的。一九七五年元旦，那时他正年轻，开始练习跑步，沿着海边，每天跑八英里。起初，谁也没把他当回事，运动嘛，是人的天性，是本能。直到后来，日复一日，月复一月，年复一年，他风雨无阻，一日不落，准时出现在跑道，那条他踩出的沙滩小道；甚至，连史上最强的厄玛飓风过境，居民被强制疏散之时，他仍旧顶风作浪，啊不，顶风作跑。这才成了新闻，成了当地的传奇人物。在他身后，也拉起了越来越长的慢跑队伍。

迈阿密市中心有座米黄色的方形大厦，叫自由塔。它建于一九二五年，是模仿西班牙塞维利亚的回旋塔建造的，曾是《迈阿密新闻》的总部。二十世纪六十年代，大批古巴难民主动或被动地流入，这里成为他们的收容所和过渡站。随着古巴移民日益增多，此楼便成了古巴裔美国人移民的纪念碑。设在塔底层的博物馆，记录了古巴移民跨海投奔、异域求生的真实历史。

一九七九年，自由塔被列入美国国家历史遗迹名录；二〇〇八年，被列入美国国家历史地标。

我还想起，二〇一六年，美国的第五十八届总统大选，共和党一位古巴裔的候选人，就把竞选演讲场地放在了自由塔。

迈阿密南滩海洋大道，有许多名人的住宅，其中有一座，属于服装设计大师范思哲。

范思哲的时装手艺得于家传，他母亲是出色的裁缝。

范思哲视枯燥的学校课程为鸡肋，他中学毕业就止步学业，代之周游世界，撷取各地的服装元素。

范思哲力反传统，大胆革新，剑走偏锋——传统哪是轻易就推得倒的呢，所以他一而再再而三地头撞南墙。

母亲鼓励他：“不要灰心，记住，每一个天才都是将来完成时。”

知音来了。知音不在多，而在其质。范思哲的时装得到好莱坞明星麦当娜、英国王妃戴安娜的认可。名人说好，凡人也闻风转舵，争相夸好，说早就看出来了，就是好！就是好！

范思哲走运了。范思哲日进斗金。范思哲被捧成时装界的恺撒大帝。大帝得有大帝的气派。他在位于迈阿密南滩的海洋大道，买下一座地中海风格的豪宅及相邻的地皮，重新加以装潢，并扩建了花园与泳池，真正是穷奢极侈，挥金如土——若不趁年轻挥霍掉那些本起于泥土的黄金，连老天爷也皱眉。

一九九七年七月十五日，范思哲的好运走到尽头。早上，他去邻近的新闻咖啡馆用餐，顺便买了几份杂志，然后回家。当他掏出钥匙正要开门，遭致来自脑后的枪杀。

他太麻痹、太大意了！

他怎么没有配贴身保镖？

（也有人说，他丧命的起因在于同性恋。）

抵达预订的宾馆。因为前台搞不清中国人姓名的拼音，致使部分团员的房间乱了套。

又是一番折腾，待到进入房间，已经是凌晨四点。

接通宾馆 WIFI，积压已久的信息瞬间涌进。

儿子说：“连续四十多个小时未睡，累坏了吧？返程飞机座位升舱。”

“嘿，你给我钱，我也舍不得。”我想。

儿媳说：“翊州寒假英语作业还没有完成，让他抓紧点儿。”

我问翊州，他说还差一点点，很容易的啦。

大学校友网名“紫衣”的说：“在我的老家，某人对现实不满，又很无奈，别人就跟他说，‘你去背石头打天哪！’”

这是对我“征集伟大的名言”的回应。

还有网友“AAA”的建议：“卞老师可以趁机参观一下肯尼迪航天中心。”

这个中心，我倒是想去。可惜咱跟团，身不由己。

网友“齐天大圣”寄来一幅照片，是在街头的“露天画廊”拍的，他是画家，数年前曾来过迈阿密。

正是因为他的介绍，出发前，我查过有关资料。迈阿密近年已经成为美洲最大的艺术市场，每年十二月第一周举行的迈阿密海滩巴塞尔艺术展，吸引来自全球的两百多家画廊，展品涵盖绘画、雕塑、装置艺术、摄影、印刷品。在它的影响下，迈阿密的艺术社区不断扩大。

迈阿密市北的怀恩伍德，原来是一片萧条冷落的工厂区，二〇〇九年，古德曼地产公司将艺术项目带入该社区，将大量的建筑墙面变成街头艺术的“露天画廊”。

近年来，更有一些收藏家将旧仓库改造为私人美术馆。由于画廊和艺博会的带动，怀恩伍德成了美国最重要的艺术区域之一，并且是全世界最大的街头艺术展示中心。

网友“风卷残云”好心提醒：“加勒比海有飓风，卞老师要小心！”

哈哈，飓风是夏季的事，现在是冬天，它也在休眠。

奇怪的是，飓风的破坏力越大，越是有人要以它为荣，为标志。譬如，迈阿密大学的橄榄球队叫“飓风”，美国卡罗来纳的冰球队叫“飓风”，阿根廷的足球队也叫“飓风”。

老伴的信息姗姗来迟，她说：“到迈阿密了吧，说说你的第一印象。”

第一印象？机场，郊区公路，宾馆，浮光掠影，行色匆匆，有什么好说的？想了想，我端出大作家的派头，给她来了一句大而化之、笼而统之的官腔：“小哈瓦那与大美洲。”

我说小哈瓦那，不仅因为古巴裔美国人在迈阿密占据相对多数，还因为迈阿密的一个街区，它的名字就叫小哈瓦那。

在某种程度上，可以说，没有古巴移民，就没有今天的迈阿密。卡斯特罗的大清洗、卸包袱，驱逐的是国内的异己分子和社会渣滓，但恰恰就是这一群人，成就了迈阿密的发展繁荣。

在王尔德眼里，这就是："每个圣人都有不可告人的过去，每个罪人都有洁白无瑕的未来。"

我说大美洲，因为迈阿密是北美、中美、南美各色人种群居杂处的大熔炉，通常又被说成是"美洲的首都"。

迈阿密的开放，使它赢得了今天的超大人口红利。

还有……不看，不看了。关机，刷牙，洗浴。然后，果断吞下两粒安眠药，冀求在早餐前囫囵一觉。

游轮前作者与刘教授夫妇合影

B

冒险者号方舟

迎接我们的，是“海洋冒险者号”。它从属于皇家加勒比国际游轮系列，排水吨位为十三点八万，当今游轮，最大的排水吨位已达到二十二万，它处于中间稍稍偏上。

拥有者，美国。建造者，芬兰。注册地，巴哈马。

是的，你没有看错，船是在芬兰造的。别看芬兰小，人口只有五百多万，却是一个高度工业化、自由化的市场经济体，人均产出超过美国、日本、法国、英国、德国等老牌强国，远高于欧盟平均水平，与其邻国瑞典相当。经济的主要支柱是制造业，其中就包括造船。

注册地是巴哈马，该国更小，人口仅三十来万，但它是著名的避税天堂，居民因此而得益，人均国内生产总值为加勒比之冠，在西半球国家中仅次于美国和加拿大。

冒险的前提，建筑在谨慎上。上船第一课，就是训练救生。救生艇的号码，醒目地印在登轮时发的“一卡通”上，我的是“D24”。救生衣搁在衣柜，船上响起警报，七短一长，全体在甲板集合，有专人点名，告知救

作者与孙儿翊州在“海洋冒险者号”游轮前留影

我团在“海洋冒险者号”游轮前留影

生艇的位置，以及万一发生不测，大家应如何有序应对。

其实，我们来到世上，每日每时，都在求生。而当生命遭遇危险时，就需要求救。“救”从“求”，从“攴（pū）”，“求”表示“请求、要求、需求”，“攴”在甲骨文中表示“手持棍棒”，“求”“攴”组合在一起，意味“出手援助”。小小的救生衣、救生艇，就是人类在遭遇大自然挑战时挥舞的一根棍棒。

国内正在热播电影《流浪地球》，电影中人类已经想象太阳毁灭，着手携带地球远航。搁前半世纪，这是恶毒的诅咒；搁在今天，则是大胆的假设。在这儿我不想侈谈科学，我关心的，是人性。我希望人类从现在起要竭诚保护地球，母亲也好，摇篮也罢，毕竟，地球是唯一的、不可取代的。站在地球的角度，人类是自私的。站在宇宙的角度，人类中最杰出的分子，其实也是最自私的。带着地球去流浪，你征得了谁的同意？

午间，在自助餐厅，遇到中国籍刘姓女服务员，得知“冒险者号”

丰盛的餐饮

载客三千八百多人，加上船员，约莫五千。游客主要来自美国；其次是中、南美洲；再其次是欧洲；亚洲人，极少；中国，就我们一个从上海出发的团。

下午五点半，是正餐。我和翊州、玉清夫妇等八人，被安排在五楼，餐桌为二十号。菜分三道：前菜、主菜、甜点。男性服务生来自印度，鼻子尖尖，两颊泛红，目光明亮，会说话，长相酷似美国喜剧片中的憨豆先生，是一本正经时的憨豆。

适逢游轮启航，我站到窗口，掀开乳白的窗帷，一个劲地拍照。我要留下这精彩的一刻。尽管我清楚，大航海的时代随哥伦布、麦哲伦远去了，加勒比海盗的三桅帆船仅仅搁在博物馆供展览，但是，在我内心深处，仍潜伏着探险、冒险的渴望。“世界还是一样大，”加勒比海盗的船长杰克感叹，“只是我们的空间小了。”有理，人人都感到天空太矮，大海太窄。“世界还是一样小，只是我们的空间大了。”倒过来说同样成立，证而明之的例子要多少有多少。世界是大了还是小了，这

与游轮上的印度服务生合影

是形而上的问题，关键在于你心脏的大小和搏动的频率。我没有大心脏，我从事不了宇航，文学的指针旨在对准内心。星空被雾霾障蔽，北斗七星只在诗词歌谣中眨眼，市场上兜售的罗盘，一律标示指南，讳言指北——这是辨不清北的时代，人心迷航，欲念泛滥，道德、理想高标，永远像地平线，可望而不可及。加勒比海盗并没有绝迹，只是摇身一变，以堂堂正正的面目出现。科学解决不了的，要文学去冲锋，我的任务就是用笔，进入人的内心世界，内宇宙，那里也有大爆炸，也有星际航行，也有三维四维五维时空，也有平行宇宙和多重宇宙……文学的笔，多情而又清醒的笔，它的极致不是天花乱坠，不是无中生有，而是正视现实，面对未来，挖掘自我，活出自我。

突然，感觉是我碰到了窗户的一个什么机关，窗帷瞬间全部向上卷起，外面的港口、碧波、鸥鸟，唰地奔来眼底。那样的一幅海天空阔、烟浮霞映的景象，惊得我差点儿失手把相机跌落——餐厅顿时爆发出热烈的欢呼。邻桌的老外，似乎把我看成启航仪式的揭幕人（其实，应该是游轮预先的设定），争相和我合影。

匆匆用罢晚餐，登上十一层甲板。劳德代尔堡在后方渐行渐远，陆地在海平面之上匍伏为庞然莽然的魅影。这是一种告别，一种舍弃，一种忘却。纵然短暂，却是新生之必须，发展之必须。

天老大，海老二，我是老三

高处风烈，况且无天棚，无遮挡，阳光自然也来得唐突放肆。这是十二层，一处圆形的高台。座椅凌乱，显是热闹散场，人去台空。绕过半圈，拐角处，撞见一对中年男女。男的，半倚在墙壁，赤膊，纹身，纹的是铁锚，戴着大号蓝光墨镜——这是很酷的点缀——迎着日光，手里捧着一本寸厚的书，不是休闲的道具，是真用功，啃读得津津有味。女的，比基尼，俯身在大幅浴巾，背对太阳，让阳光尽情热吻。我怀疑那背上的花纹，也是阳光的杰作，左边是一簇怒放的花，右边是我不认识的文字，似梵文，或印地文。墨镜、书——游轮上，边日光浴边看书的人很多，不稀奇——我感叹的是老外不怕晒，情愿晒，追逐晒。他们白得令人目炫的皮肤，却偏偏向往东方人避之唯恐不及的小麦

游轮风景

黄，高粱红。

“手里拿着锤子的人，”马克·吐温说，“看什么都像钉子。”我手里拿着一支笔，到处寻摸的是值得书写的材料。女郎的右臂纹着一个符号，直觉是汉字，仅仅露出一小半，难以定夺。我不能走上前，那样太冒失。我又不忍放弃，这是一个细节，作家追求的就是细节。怏怏走下楼梯，总归心痒难耐，转了一圈，又转回来。她姿势未变，我择背阳处坐下，决心等待，等待她亮出右臂上的谜底。反正我手里拿着一本书，我在哪儿看都是看——你问是什么书，对不起，现在是度假，还不是谈论学问的时候。

冯老师与游轮上的两位中国服务生合影

好奇心终于得遂。十二点，准时，他俩同时起身。是午餐的时候了。人再休闲，肠胃也不能不办公。我远远地瞅着，欣喜如破案得手的福尔摩斯——她右臂上纹的是一个汉字“马”。

斜坡状的塑料水池。海水从底部激射，向高处涌去。人站在踏板上，逆向而舞，与波峰浪谷共低昂，要诀是保持平衡。

我坐在船尾，我的角色是捧场，不论表演者技优技劣，一律卖力鼓掌。

运动惊险、刺激，游客争相下池体验，以男性为多，男性中又以青年为多。女性亦有，少，且限于少艾，她们展示的岂止是技巧，更多的是芳华，技高者如水上芭蕾，技拙者亦如广场舞。

这位先生年纪显然偏大，五十出头了吧，衬衫、短裤、金边眼镜，

孙儿翊州与阿秋老师的合影

花白栗发，是学者的模样，儒雅有余，干练不足。管理人员知他是初试，反复交代动作要领。而后，他下水，站上冲浪板，扒稳脚跟，一推池边，顺势滑到浪尖，未及转身，哗地摔倒，被浪卷到水池高处尽头。爬起来，笑。跨出水池，摘下眼镜，甩了甩水珠，哈几口气，戴上，再次下水，站上踏板。

不出意外，他是接二连三地摔，愈摔愈笑，淘气的笑，不信邪的笑，自我鼓励的笑。其间，最成功的一次，左摇右晃，前俯后仰，居然不倒，足足挺立了半分钟，过了一把“弄潮儿向涛头立”的瘾。

游轮上微型的高尔夫球场

晚餐前的合影

餐厅里我见他眉飞色舞，向同伴大谈冲浪的刺激与乐趣，还做出摔倒的狼狈相——他的同伴是一位半老的欧娘，也透着三分学究气，不过，看样子是被他的浪漫打动了，我从她的碧瞳中分明读出跃跃欲试。

坚持看完最后一部露天电影，直到屏幕用多种文字打出“晚安”。回头望甲板，仅剩稀稀拉拉十来个人。最近的两位，居然早就退出观看，合上眼皮，裹毯蜷躯而眠。

啥时入睡的，不晓得。

睡觉怎么不回房间，纳闷。

我自然要回我的房间，七六七二号，这是花了大把美金才租得的，不能浪费。

凌晨两点。一觉醒来，口渴，持杯到十一层自助餐厅门外取水，隔着玻璃长窗，隐隐瞥见甲板上仍然有人露宿。

甲板风很大。

夜间风更大。

且凉，是夜心特有的那种阴阴的凉。

绕出边门，远远地数了数，一、二、三、四、五、六……总共八位。

男女老少自然有别，露宿的大放松大惬意是一样的。

那一刻，想起少年时代的夏夜，在故乡，也曾在门外空地铺一张苇席，或者摆一条长凳，数着天上的星星入梦。

既然万里迢迢来到这儿——美国人的东南之南，烟水之乡，中国人的天涯海角——度假，就忘我地、投入地回归一次少年吧。

我找到昨晚看电影坐过的那把帆布椅，毫不犹豫地躺了上去——仰观星月，想起川端康成《雪国》中的名句："银河好像哗啦一声，向他的心坎上倾泻了下来。"今夜的银河并不明亮，但我分明听见了那哗啦声。

真的，不是海，是银河。

老伴发来手机图片——她已到了埃及，背景是法老博物馆——我是在牙买加登陆时才看到的。她问我在船上的体会。体会嘛，哈哈：昨天在船上结拜了两个兄弟，天老大，海老二，我是老三。

加勒比海的日出

这个早晨，是从游轮十二层的塑胶跑道开始。一位金发老人，头上系着一条白布带儿，灰绿T恤（印着7号），火红短裤，橙黄运动鞋，打我身边跑过，腿脚迈动已不是很有力，看那形容，年纪不会小于我，快八十岁了吧。

一位黑人大叔不由分说，拔脚跟了上去。

一圈之后，老人脚底加速，精神愈发抖擞。黑人大叔想停（他的犹豫不决已在神态上表现出来），这时，忽然觉得背后如有鞭子在抽，扭头看，一个棕肤小胖哥，贴着他的屁股追。

动力源于压力，黑人大叔被这一老一少夹着，身不由己而又欣然自得地跑了下去。

（早餐之后，游客在牙买加法尔茅斯上岸，直到傍晚才陆续返回游轮——我的观察得以从晚餐之后继续。）

三层，剧场。一银发女郎短打劲装，霍如羿射，矫若龙游，她的出手迅如霹雳，她的间歇酷似江海凝聚的波光。俄而，换了长裙出演，仪静体闲，衣袂飘飘，仿佛兮若轻云之蔽月，飘摇兮若流风之回雪——俨然从公孙大娘一变而为洛神。我是佩服，不过，我更佩服的是我自己，满场观众，也许只有我，娴熟这种穿越的技艺。

隔壁，艺术画廊一侧，搁着数部智能电脑，里面存着游客的活动照片，是游轮上的摄影师随机抓拍的。

你用房卡刷开，就能看到有关自己的镜头特写。

你若想要，付费就可取走。

一位美国来的华人老先生（餐桌上照过面，知他是从台湾迁美的），犹豫再三，买，还是不买，在他，一定和我一样，颇为纠结，毕竟智能手机兼具摄像功能，每个现代人，家里的照片都多得不知朝哪儿搁。

最后，老先生还是毅然付费。我想他买下的不是寻常那种刻意的摆拍，而是那种浑然不觉中流露的一份自然随意。

四层，赌场。一个矍铄老外坐在推币机前，手持一杯里边装的是作筹码的硬币，往入口一枚一枚地丢，利用后浪推前浪的原理，把落在平台上的硬币大军一点儿一点儿往前挤。这种挤压力当然是有限的，发明者为了引人入彀，预先设计了几种机括，当某一枚硬币恰逢节点，它就扮演了平台的不能承受之轻，从而引发整个硬币方阵雪崩似的垮塌——那坠落台面的硬币（包括我不明其来路的纸币），也就成了玩家的战利品。

五层，商店街。四位黑人男子在街头边奏边唱。张晓风说："沉默的时候，黑人是输家——可是，只要黑人一开口，连天使都要震动三分、退避三分。"黑人天生是音乐家，舞蹈家，他们一旦弹起来，扭起来，整个世界就成了他们的天下。两旁，一帮白人女子，从娇娃到老妪，也情不自禁地合着节拍手舞足蹈。更逗乐的是，一髫龄小儿，拉着妈妈的手，跳起了双人舞。毕竟他太矮，妈妈太高，动作难免笨拙。男孩索性弃了妈妈，转而搂着妹妹（至多两岁）的双肩转圈。

七层，图书馆。一位华人老爷子坐在前排，俯窥直达五楼的中庭——他像谁？慢，我当然清楚我心里想的是谁，是我《寻找大师》初稿中的一位角色，后来被我删掉了，这次（续集）正犹豫。补，还是不补，事涉两难。这话题有些复杂，且沉重，暂时还是抛开吧。这时，一个红裤绿衫的黑人小男孩，正举着望远镜，对着上方凝视。男孩看见了老爷子，男孩挥手，冲着老爷子大喊大叫。老爷子愣了一下，猛地回过神来，也对着小男孩，大声招呼"你好"。我知道他是徒劳，因为隔着厚厚的玻璃长窗，又隔着两层楼的空阔，那男孩根本听不到。但他的礼貌值得敬重，那一刻，他甚至想站起来，贴近玻璃窗，忽闻身后呼吸急迫，调头，讶见一位黑人老祖母，正冲着男孩摆手——敢情他俩是一家，男孩的喊叫是应着她的手语。

尴尬？不，恍然，豁然。老爷子和老妇人四目相对，双方禁不住哈哈大笑。

十三层，迷你高尔夫球场。四个小男孩各霸了一根推球杆，东躲西溜，一个学会走路不久的小女娃，跟在后面边撵边哭。他们的爸爸快步

游轮上的跑道

走来，虎着脸。四个小男孩乖乖“缴械”。

小女娃得到一根推球杆，乐颠颠返回场地，模仿大孩子推球。她力气太小了，线路又总是推偏，噘嘴，生气，干脆拿手把球直接扔进洞里——她没想到，劲使得太大，惹得球也发了脾气，一反弹从洞里蹦了出来。

走过去，是篮球场。一对夫妻正在教一双小儿女投篮。孩子短腿短胳膊，投出的球总够不到篮筐，但孩子每球出手，爸爸妈妈必发出由衷的欢呼。

轮到爸爸示范，我说“拍球”（在心里说），他拍；我说“上篮”，他陡地跃起；我说“中”，球应声入筐。

我笑，他也笑。

篮球场对面，是攀岩墙。三人同时出发，左边的女娃率先登顶，拉响表示成功的铃铛。居中的壮汉在高点不慎失足，功亏一篑。右边的男娃反复试足，不得要领，始终悬挂在原地。

末了来到十一层，这是游轮的主甲板。我的左侧，靠近船舷处，为吸烟区，尽有一些黑白豪客在喷云吐雾。留神观察，这里也是超级胖墩儿的聚集地，轮椅人士的出入场。往右，越过一排躺椅，是一个长方形的泳池，救生员的白 T 恤上印着红得亮眼的单词“LIFE GUARD”。一个小女孩，穿着绿色的泳衣，在池边跳舞，马尾辫一甩一甩，额发随风乱舞。水中有人喝彩，像是她的妈妈。再过去，是两个圆形的温泉浴池。左面的轮空，右面的是祖孙同享天伦之乐。少年仰脖大喝饮料。老人目不转睛地盯着大屏幕：演的是人狗对话，人深陷某种研究，遇有不明白的，就请教狗，狗穆然正色作答。

没头没脑。我想，我需要上网查一查，弄清电影名。

随即失笑，查什么查，只要我想知道，他（影片主人公的扮演者）稍后自会来电话。

“吹牛吧！”读者您也许会说，“人家怎么知道你的电话？人家凭什么又要给你回电话？”

哈哈，这您就不知道的了。实话告诉您，今天，我在这游轮上直接间接见到的芸芸众生，虽然国籍、肤色不同，年龄、性别各异，他们——都是我一而十、十而百、百而千的化身。

胖之囚

从三层剧院到四层赌场，有Z形的步行楼梯可供使用。一位马尾辫、寸须、花衬衫、灰短裤的美国胖哥，正趿拉着拖鞋，一步一顿地向上攀登。他还不算太胖，我以为，我是拿他跟船上那些低头不见抬头见的超级胖墩儿相比（有的已早早坐上轮椅）。他应该也不觉得自己太胖，否则，就不会舍弃近在咫尺的电梯，改为徒步拾级而上。然而，爬到一半，他竟然累得抬不起腿，不得不停下来，双手扶栏，大口大口地喘气。

我来到楼梯，跨上两级，旋即停步。

他侧过身，向我做了一个手势：你先上。

我讲礼貌：不，你先上。

于是他调整呼吸，借助栏杆的依托，使劲搬动右腿，跨步，然后，再拉抬左腿，勉强上了两级，又停了下来——按他的年龄、体格来看，不至于如此，我猜他是腰腿或内脏器官出了毛病。

他向我投来狼狈的苦笑。

我犹豫，不知是从他身边绕过去好，还在停在原地好。

他涨红了脸，在我这个老头儿面前，多少有点儿不好意思。

我倒是觉得他精神可嘉。

他有多大？三十壮岁。多重？二百二，也许二百五（斤——嘿，怎么偏偏想到这个数字）。我的生活中缺少胖子，我能确定他的身高（以我的身高为尺），一米八七，或一米八八，但无法用目光称量出他具体的体重。

他再次向我示意：你先上。

我想帮他，怎么帮？扶，我扶不动，弄得不好还会被压趴。原地站着等，也不好，对他是一种压力。

我用临时蹦出的几个英文单词鼓励他，大致意思是：你行，慢慢来，不要着急。

这在吾邦，曾是一句关乎江山社稷的名言。

我得给他时间。

说罢，我迅速转身，拐一个弯，改乘直上直下的电梯。

十一层，甲板。这位是名副其实的超级胖哥，他从室内出来，迎面一阵大风，把他的帽子吹飞了。

吹到两米开外。

他走过去，弯腰——这才看出他没有腰，从顶到胯就像一座移动的肉山，越往下越粗。没有腰，就弯不下去，弯不下去，就捡不起来。

好尴尬。

后面出来的一家人，遇风，本能地压住帽子，理顺吹乱的头发，扯扯衣襟，若无其事地走过。

又出来一个超级胖大叔。不到美国，不登游轮，你就想象不出美国的胖墩儿有多密集，体态又有多臃肿。

此胖与前胖，目光没有交汇，旁若无人，晃晃悠悠地朝前挪。

我坐在十米开外，挨着船舷，有一眼没一眼地闲眺甲板世相。超级胖哥的帽子落在我的视线内，我想总该有人帮他捡起，但不是我。我等待着，等待一个善解人意的后生。

等、等、等，只见人来人往，但不见有人出手相助。我动了恻隐之

游轮上随处可见的胖人

心，蹭、蹭、蹭，跑过去，一把捡起，双手递上，然后，不等他感谢，立刻转身，离开。

我不要那廉价的感谢。我想用行动提醒他，该减肥了，小兄弟！美国号称有世界上最优秀的制度，为什么任由肥胖猖獗？据网络资料，美国的肥胖率高达百分之七十四，这不是个好数字。你看人家日本的公司，对求职者腰围的粗细都有着明确的硬性规定，超过了，就不予录用——看似违反人性，其实“大善似无情”，正体现了公司对员工健康的爱护。

仍是十一层甲板。晚餐之后，我半靠在躺椅上，欣赏着大屏幕上播放的电影。

电影演的是车技。骑自行车沿斜坡而上，腾空飞起，连车带人在空中翻了一个筋斗，然后，稳稳落下。

继而是连翻两个筋斗。

继而是三个。

最后出场的选手，也是连翻了三个筋斗，但人和自行车在空中分离，人翻了三圈，车也翻了三圈，然后，人一把抓住车柄，款款落在坐凳，从容、潇洒落地。

画面上的观众喝彩，我也在心里喝彩。

观众冲的是惊险，我冲的是盘旋在脑际的文体（啥文体？嘘——保密）。

身旁有人鼓掌。斜乜，一位老美，不，小美，约莫十七八岁。他激动得挥起拳头。在他这个年纪，正是雄性激素分泌最旺的当口，他有理由激动，他不激动谁激动。

错了，他虽然年轻，但是体型严重拖后腿。他太胖，胖得都没有了脖子，自然也没有了腰，胳膊上的肉一节一节的，身上的肉一堆一堆的，腰部像套了两个游泳圈，胖到这程度，他已被车技关在门外。

为他着想，剩下的运动，只有下棋、打牌、钓鱼了。

我为他可惜，年纪轻轻，就与很多运动绝缘。

真想问他：“是谁让你变得这么胖的呢？难道你不明白，过度肥胖是一种病态？”

思绪飞开，想，美国的政治家，有这么胖的吗？大老板，有这么胖的吗？著名学者，有这么胖的吗？

运动员倒是有，如“大鲨鱼”奥尼尔，身高两米一六，体重三百三十斤，人家那不叫肥胖，叫壮实。

身旁这位胖仔，八成还没踏入社会，他的父母是干什么的呢？是否也属于肥胖一族？有钱的人热衷于减肥、健身，没钱的人却胡吃海塞把自己弄成大胖子——报上都这么说；难道这就是社会发展的阶段性？抑或是福利社会的优越性？

肥胖是精神和肉体的双重枷锁。

节目更换。现在播出的是摩托车越野比赛。胖仔又嗷嗷叫起来了，仿佛那一骑绝尘的英雄正是他自己——不是我仿佛，是他仿佛，看他满脸的向往、陶醉，恨不得起身冲上银幕，我不由得送上一声沉重的叹息。

胡须，男子汉的第六官

游轮上，让我眼界大开的，一是胖子，二是胡子。胖子，往往又兼胡子。胡子，倒未必是胖子。因此，胡子的数字远远大于胖子。

泼眼的胡子先生，我一个都不认识，却似好多人都曾相熟，都在哪儿谋过面——促使我产生这种幻觉的，是他们的髭须。

话说登船次日。清晨，在十一层甲板，我看到“虬髯客”在展示他的丰仪。他坐在风口，面朝大海，任海风吹扬一头长发。那发似乎要挣脱而去，飞向太空，但最终还是被他的头颅生生拉住。就这样，僵持着，胶着着，既显出长发的潇洒不羁，更突出前额的崭然特起。

稍顷，转过脸来，这才看清他帅气的络腮胡，卷曲而又浓密，柔顺而又坚挺。《唐人传奇》中，红拂女初见虬髯客，识得对方器宇不凡，主动与之结为兄弟。我初见当代萍水相逢的虬髯客，亦感叹其天生异质，英气逼人，主动与之合影。

走过去，见“列夫·托尔斯泰”和“泰戈尔”在对弈。我说列夫·托尔斯泰，是因为其中一位大胡子和传世的托翁颇为神似。茨威格曾如此描绘托翁的胡子：“长髯覆盖了两颊，遮住了嘴唇，遮住了皱似树皮的黝黑脸膛，一根根迎风飘动，颇有长者风度。”托翁的五官生得有点儿尴尬，多亏了这“犹如卷起的滔滔白浪的”大胡子。我对托翁有特殊的亲近感，说出来你别笑。那是一九六六年春，我因患肝炎，和俄语系一位老师被隔离在北大三十八斋，从他那儿得知，托翁年轻时也进过喀山大学东方语言文学系，学的是土耳其语和阿拉伯语，由此，使我对误入东方语言文学系多了一分安慰。我说泰戈尔，则是因为另一位的大胡子比前者银亮，白发也比前者茂密，使我油然想起《飞鸟集》《新月集》中的作者肖像。

说到这儿，想起一件往事。中学阶段，学校图书馆曾临时转来一位管理员，听说是从县图书馆调来的。他沉默不语，喜欢搞点儿新鲜花样。比如，有次他在图书馆门外贴了十来幅外国作家的头像，称猜中者有奖。一般同学多不识，我一看，都是我的“熟人”，里边就有列夫·托尔斯泰和泰戈尔。奖励什么，忘了，好像也就是可以进去随便翻书、借书。

言归正传。这是在加勒比海，倘若移枰俄罗斯的庄园，或印度的菩提树下，两位文豪闲敲棋子，绝对是一幅和平至爱的圣画。有人引述泰戈尔的“名言”：世界上最遥远的距离，是托尔斯泰和我泰戈尔的差距。我没有查到出处，姑且定为创造。既然别人能创造名言，哈哈，我们也可以创造名画。——前提是，当今世界太需要这样的画面。

犹如，西洋人看中国人，怎么看都是一个模样。我们看西洋人，也是千人一面，难以区分。所以我就抓住胡须，这是男性的第二性征，也是男性在五官之外的第六官。

男人的胡须是气质的外露，是美感的加分。有人下颏短，山羊胡给它拉长。有人牙齿缺，上唇胡给它遮掩。有人眼睛细，两颊及鬓角的大胡子给它放电。美国第十六任总统亚伯拉罕·林肯下巴尖削，在他竞选总统前，有个十一岁的小女孩就建议他：把胡子留长一点儿，这样看起来更帅，男人、女人都会给你投票。林肯从此就蓄起了连鬓胡。

曾经，我们的古人也是蓄须的。“身体发肤，受之父母，不敢毁伤，孝之始也。”这是有严格的约束的。胡子自然得大行其道。少时看《三国演义》，记住关羽首先是他的美髯，其次才是他的青龙偃月刀；又画鲁迅先生头像，大惊诧大震撼的，是他的横眉和一字胡。

到我们这一代，胡须运交华盖，渐渐式微。大人物都不留胡子，瞅着利落、精神。等闲百姓，自然也视胡子为多余、为累赘的了（少数民族例外；近年，有些艺术家也爱上了留胡子）。

记忆中，祖父、父亲留胡子，是胡须的末世。我在北大，几乎没见过哪位老先生蓄须。据说冯友兰是大胡子，我跟他没有交集。若干年后，见识文怀沙，他的年龄有争议，他的美髯应该没有疑义，根根是真的。

此番，登上游轮，顿觉进入了胡子世界。美国人体毛浓密，蓄大胡子者比比皆是。转了一圈，我上了十三层，见翊州和一帮黑、白小伙玩篮球。我从旁边路过，一眼瞧见了小号的哈登。哈登是NBA悍将，身高一米九六，寸发，长脸，蓄有下垂如婴儿兜嘴布似的连鬓胡。这位黑人小哥，他的发型、须型，明显是冲着哈登去的，他的崇拜不仅是嘴上叫唤叫唤而已，他用同样天赋的异禀，在腮帮和下颏上大大秀了一把。要是他再高几寸，形象就更加逼真。可惜身材矮了，止于一米七五、七六。

第三天，游轮在法尔茅斯靠岸。下船的时候，我盯上了前面走着的一位壮汉。我觉得他像海明威，不用说是因为他长着一副兜腮胡——在胡子家族中，好像也只有兜腮一类才能体现出男性的威猛。身高，海明威的确切身高，我不知道，估计在一米八三、八四，不能再矮的啦，矮个子将为兜腮胡减分。你瞧，眼前这位汉子，被阳光烤糊、被海浪漂白的茂密胡须，以及纵横如沟壑、如刀劈斧砍的皱纹，以及高大魁梧的身材，还有那双褐色的眼睛，和海明威何等酷似！热带的炎阳炙人，他索性脱了花衬衫，露出古铜色的皮肤和老鹰的纹身。如果他肩上再扛着一杆猎枪，或手里再拿着一根钓竿，我绝对有理由把他当作是《老人与海》的作者转世。

晚间回船。三层，剧场。台上坐了一帮主持人，有男有女，先是自我介绍，然后，围绕某一话题，和台下的观众互动。我听不懂，正想退席，瞥见右前方一位大胡子，颇像帕瓦罗蒂。曾经，世界三大男高音，只有帕瓦罗蒂最好辨认，标志就在他的胡须。他在聚光灯下，用手帕精心拂拭长髯的镜头，已成了音乐史上的经典。其他二位，多明戈、卡雷拉斯，面光无须，缺乏个性，就很难记忆。

我重新坐稳，等待臆想中的帕瓦罗蒂转身。现场的节目，看不懂就不看，我就看人，看有待证实的当代帕瓦罗蒂（此君已于2007年去世）。或许他压根儿就不像帕瓦罗蒂，而像另外一位大胡子歌唱家。或许谁也不像，就像他自己。那样也好，在我的记忆中，他将被定义为“在加勒比海游轮误被当作帕瓦罗蒂的大胡子”。

西餐中用

晚餐，我自作主张，改回游轮十一楼自助。规定是在五楼，要求正装出席，程序按部就班，菜肴一律西式，勉勉强强忍耐了四日，总归老大不自在。

得知晚间自助餐厅照常开放，而且客人稀少，菜品繁多，对我这个老式的中国脾胃，正是得其所哉，得其所哉。

更重要的，人在拥有选择权时，才有坚实的存在感。

我首先选定稀饭。形式，有点像熬麦片，比粥稠，比饭稀，按中国人的眼光，姑且定义为稀饭。虽然不正宗，不地道，但也差强人意。胃口是大半辈子养成的，一时半会儿，改不了，只能安抚，不宜强迫。

倘若没有别的饭菜，只有稀饭，我也能对付。我是打这日子过来的，老马识途，老胃知趣，人在异国旅途，有稀饭糊口果腹，顶好顶好的了。

当然，能搭配一点儿小吃，如榨菜、腐乳、萝卜干、花生米之类，就更加心满愿足了。

寻寻觅觅，终于发现了花生米。纠正，不是我眼睛发现，是它在叫我——我老远就听见了它狂喜的欢呼。知音难觅，并非限于人，物质也需要知音。

好了，有稀饭加花生米，还有什么不知足的呢！

慢，断然放弃五楼的正餐，改回自助，面对琳琅满目、逶迤如龙的食柜，仅仅挑一点儿稀饭加花生米，未免太辜负造物的盛情，也太对不起大把撒出的花花绿绿的美钞——换您也会这么想，是不是。

拐过去，煎鸡蛋的盘旁搁的是番茄汁煮黄豆，煎鸡蛋我所欲也，煮黄豆也不想放过。据说这道菜是英式早餐佳品，老夫也要试一试——我从小就喜欢吃炒黄豆，现在人老了，牙不带劲，黄豆煮得烂熟，岂不正是瞌睡了送上枕头。

既有黄豆，就想到豆腐。豆腐是中国的国粹，滋养了中国人的胃和精神。西洋人懵懂，只知有黄豆，不知有豆腐。初登游轮的那天我上过当，看到蔬菜汤里半沉半浮着白色块状物，以为是豆腐。打上来，吃进嘴，方知是三文鱼肉丁。

说到鱼，随即盯上了鳕鱼块。我爱鳕鱼，它肉嫩、味美、刺少，当然，最好是红烧。西餐嘛，只晓得煎、烤、炸。嗯，炸鳕鱼也能将就，入乡随俗，嘴太刁了吃亏的是肠胃。

你看，我的中国胃并非那么古板，它也深知生活之妙在于变通。

稀饭有了，煮黄豆有了，炸鳕鱼有了，寻思还得来点儿干的饱肚。

面包啦。从前，面包是高档食品，咱平常人家，见一眼都难，更甭提吃。现在此物普及，外国有的花式品种，吾邦也照单全收，应有尽有，虽未能击败馒头、包子，一统天下，至少是平分秋色。

游轮上琳琅满目的西餐点心

专家们说，西式面包多油脂多糖分，吃多了对健康不利。但也不能就此因噎废食吧，事属两难，权衡利弊，我弃面包而取了镶葡萄干的圆饼。我看中的是葡萄干，它的甜是天然的，不含化学成分。

稀的有了，干的也有了，那么，再来点儿水果，这不过分吧。

翊州随我改回自助。此时，他拿了一个苹果。我瞅着那玩意儿是整的，不好下口。

翊州又拿了一个橘子，我嫌酸。翊州说：“一点儿不酸，你尝尝看。”我摆手，酸是记忆中的，是贫穷年代、积弱胃囊加劣质柑橘留下的创伤，如今只要一提到橘儿，胃就本能地泛酸水。

我选了哈密瓜片，爱其脆。

又选了西瓜片，喜其爽。

香蕉，拿起又放下，不是不好，是嫌其饱人。

这些日食得太多，我想我应该控制。

话是这么说，看到去壳的熟鸡蛋，白嫩嫩，光滑滑，还是忍不住又添了一个。

走到饮料柜台。热咖啡，点过一次，又黑又浓又苦——三个“又”之后，是精神亢奋，整夜无眠，从此敬而远之，不敢再问津。

冰水。这是西餐特色，对西人的胃。我本来不习惯，但登船以来，吃食太多，气胀舌燥，偶尔一试，觉得也别有一番爽冽。

翊州推荐加冰的苹果汁，我来了一杯。

翊州推荐加冰的葡萄汁，我也来了一杯。

我的酸劲（不是酸水）又上来了：把杯子放在亮处耀了耀，觉得像极了葡萄美酒，我甚至看到了它们背后的果园，恰巧有一只小蜜蜂在苹果花蕊上啜饮既罢，扇扇翅，又飞上了附近的葡萄架。

“肉食，不来一点儿吗？”翊州问。

他正忙于长高长壮，选择大块的牛排。

我已老迈，量胃而行，选择小而酥软的肉丸。

我和他，隔着两代，岁差正好是闭关锁国和改革开放的叠加。

人说，生命如自助餐厅，要吃什么我自己选择。果能如此，像眼前这样，那就进入了“各取所需”的境地。

翊州坐到餐厅靠右的一隅，埋头独食。道不同不相为谋，年龄不同，肠胃不同，吃饭也吃不到一块。

我则把肴馔端到船尾，直面蓝天碧海。人又说，吃饭有三大要素：跟谁吃，在哪儿吃，吃什么。你看，今天我三大要素占全，堪称完美。于是，我一边与天把杯，邀海同饮，一边又禁不住乐滋滋地想：这是我登轮以来，在西餐王国最接近中餐的一顿自助。

船长举办的游轮盛宴

书香与气度

我住在七楼，楼道出口挨着图书馆（在我眼里，其实就是一个图书室）。架上的书籍，清一色为英文。这符合游轮的身份，它是美国皇家加勒比国际游轮公司旗下的一艘。注册地巴哈马，通用的也是英文。

登船第一天，我就把架上的书籍浏览了一遍，确信，没有英语之外的文字；我感到遗憾，当然怪自己不擅英语，也怨船方缺乏地球村的目光。你看，联合国除了英语之外，还规定了另外五种常用语，即阿拉伯语、汉语、法语、俄语、西班牙语。游轮既然想把生意做到全世界，文字就不能闭关自守。

图书馆提供免费借阅，这很好，台桌摆着登记簿，你只要写上书名、房间号，就可把书拿走。

游轮上的阅读者

从记录看，借书的名单，日日在拉长，他们或许借回房间看，更大的可能，是坐在、躺在阳光下的甲板上看。待在现场阅读的，寥寥无几。

首日，始终只有一位老先生，坐在沙发前排，专心致志地翻书。我心忖，他也许是图书馆管理人员。

晚餐后，老先生还守在那里，更增加了我的猜测。

次日，海上航行，天的茫茫覆盖着海的茫茫。图书馆热闹起来，都是和我年纪不相上下的老头儿、老太太，大概嫌房间郁闷，甲板嚣杂，聚到这儿，呼吸可嗅可闻而不可买卖的书香。

是晚，我借图书馆整理笔记。我之外，还有一位老先生。不是昨天见到的那位，年纪更大，头发更白。

谁都不说话，他看他的书，我写我的笔记。

两小时后，老先生依然没有离场的意思。我得撤了，我想到要写一篇游记，我喜欢躺在床上构思。

是夜，凌晨两点，翊州出去打开水。

问他图书馆是否还有人。

“有，”他说，“一个老太太。”

释然，不是那位老先生，他终于也撤了。

吃惊。接替他“岗位”的，竟然是一位老太太。是什么样的老太太在这么深的夜，仍然待在图书馆看书？

第三天，发现泡图书馆的，都是白人老者。我没有种族偏见，并不是说只有白种人才喜欢读书。我只是陈述事实，指证的是图书馆现场。至于那些把书借走的，我无法核实。

对了，那天晚上，我遇见一组六人亚裔团体，占据了图书馆中间部分的沙发。不过，他们不是读书，是玩牌。我没能弄清他们的国籍，因为人人如哑巴，只管用目光示意，用手指出牌，一声不响。

顺便提一下，我们一行二十四人的团体，曾想借图书馆一隅开会，馆方不允许，理由正大得让人无话可说：众声喧哗。

第四天，感慨在图书馆流连的老人，一律着装整齐。虽然不像出席船长晚宴那样，恭而敬之地“正装”。以首日邂逅、尔后时常碰面的那位老先生为例，银发纹丝不乱，短袖衬衣、长裤、皮鞋，全身都像量身打造，浑然一体而又活力四射。

第五天，惊讶沉醉在书香里的老人，身材都保持得很好。似乎一跟书打交道，就等于进了健身房，不论男女，都胖瘦得衷，修短合度。

是的，那些满甲板转悠的超级肥胖族，一个也没有在书架前出现。他们，请原谅我的一叶障目，他们留给我的典型镜头，就是手抓一个印有皇家加勒比标志的大号水杯（价值一百多、二百多美金，持之可免费领取游轮提供的十二种饮料），里面盛了可口可乐、雪碧之类，一边开怀畅饮，一边翻看手机。

第六天，我半夜醒来，睡不着，为了不影响翊州，跑到图书馆写笔记。在那儿碰到两位老者，一男一女，可能是夫妇，也可能不是，因为一个前排，一个中间，而且互不言语，形如陌生，让人难以定义。我选择后排，奋笔疾书。临了，打算回房，看到他俩像钉子那样钉在座位上，腰板笔挺，全神贯注，活像图书馆的某种象征。

第七天，也就是今天，游轮从墨西哥的科苏梅尔岛返航。晚餐后，我去到图书馆，仍旧坐在后排，整理白日的见闻。末了，从挎包拿出一本中文书，堂而皇之地插上书架。我想用这种方式提醒船方，图书文种要为游客着想，尤其像我这种来自东方的少数游客。

你问书的名字，对不起，我不便透露。

——不会是你自己的书吧。

哪能呢？你想，出境度假，谁还会带着自己的书。再说，你看我像那种挖空心思、见缝插针、无耻推销自己的人嘛。

我自有我自己的、也是民族的尊严。

游轮内景

C

巴哈马的“名”

源于十六世纪西班牙殖民者的最初印象“浅滩”，按其发音命名为巴哈马。

在大航海时代，这儿众多的岛屿、浅滩、暗礁及水港，为亡命之徒看中，一度成为加勒比海盗的大本营。

而今，她摇身一变为“避税港”，跻身国际金融中心，获称“加勒比海的苏黎世”。

据说，海明威曾在它辖下的比米尼岛居住，并在附近海域捕捉过四五百磅的大马林鱼，这段经历成了《老人与海》的蓝本。

墨西哥 Costa Maya 小渔村景

古巴的“跳”

古巴跳得最远的运动员是佩德罗索。一九九五年，他在意大利赛斯特塞雷田径赛跳出八米九六的成绩（世界纪录是八米九五）。同年，他在泛美运动会跳出九米〇三。可惜，两跳都未能得到正式承认。他被认定的最好成绩是八米七一，也是在当年创造的。

二〇一八年，十九岁小将埃切瓦利亚异军突起，他的正式成绩是八米六八，在微超风速的情况下，跳出八米八三。

古巴跳得最高的运动员是索托马约尔。他在一九九三年创下的二米四五的世界纪录，至今还在横杆上趴着。

无论是爆发力，还是弹跳力，古巴人都得天独厚。在体育上是这样，在政治、文化上，也是这样。

附注：游轮此番走的是西线，而巴哈马、古巴属于东线，两地均过而未拢。

圣地亚哥考

源于西班牙的圣地亚哥小城，那里是基督教的三大圣地之一（另两处是耶路撒冷和梵蒂冈）。

西班牙人以圣地亚哥为荣，争相把它当作自己的名字。

后来，随着西班牙殖民者的脚步延伸（由哥伦布开的头），古巴、巴拿马、智利、阿根廷、危地马拉、墨西哥、美国，相继出现了圣地亚哥城。

巴西诞生了圣地亚哥河。

尼加拉瓜冒出了圣地亚哥火山。

菲律宾耸起了圣地亚哥城堡。

以圣地亚哥命名的村镇、街道，更是比比皆是，数不胜数。

对我来说，最熟悉，也最亲切的，莫过于海明威的《老人与海》，它的主人公，就叫圣地亚哥。

俗与不俗

一四九二年，哥伦布发现了新大陆。从海上回来，他成了西班牙人民心目中的英雄。国王和王后也把他当座上宾，封他做海军上将。这下，很多贵族不乐意了，他们背地里嘀咕：“这算什么能耐？只要乘船出海，一路向西，谁都会碰到那块陆地的。”

一次宴会上，哥伦布听见有人公开挑衅：“上帝创造世界的时候，不是就安排好了大海西边的那块陆地了吗！发现？哼，这算哪门子发现！”

哥伦布知道来者不善，他没有反驳，而是站起身来，在众目睽睽之下，从盘子里拿出一个鸡蛋，在大家眼前晃了晃，说：“女士们，先生们，我有个提议，看谁能把这个鸡蛋竖起来。”

众人觉得，这有啥难的。于是纷纷出手尝试。结果，都无一例外地遭遇失败。鸡蛋立在桌子上，只要手一松，随即便倒。

最后，鸡蛋又传回给哥伦布，大家要看他如何表演。

作者在墨西哥科苏梅尔岛留影

哥伦布微微一笑，他把鸡蛋的一头在桌上轻轻一磕，弄破了一点儿壳，鸡蛋就稳稳地直立在桌子上了。

“这算什么本事？”

“这玩意儿，谁不会呀！”

“你当我们是傻瓜！”

众人七嘴八舌闹起来了。

等大家闹够了，哥伦布望着他们，平静地说：“是很容易，然而，刚才你们为什么就做不到呢？”

“你没说可以把鸡蛋敲破。”人丛中有人指出。

“我是没有说过，”哥伦布依然不慌不忙，“可是，我也没说过不允许把鸡蛋敲破啊。”

众人面面相觑。

趁大家发愣的当儿，哥伦布动身离席。临走，他丢下一句掷地有声的话：“我能想你们之未想，这就是我胜过你们的地方。”

墨西哥科苏梅尔岛风光（一）

二十世纪八十年代初，我读到这个故事，眼前一亮，悟到平凡和非凡，往往就隔着一层纸。

然后又读到，然后又读到，然后又读到。

读多了，就不觉得新鲜。

久而久之，觉得俗。

一次，听某位经济学家报告，他又引用了此典。

我起了腹诽，觉得简直俗不可耐。

可是，不就是因为一而再再而三地被人提起，你才觉得俗的嘛！

既然一件事值得让人一而再再而三地提起，难道不正是因为它的出人意料、不落俗套的嘛！

蔚蓝是什么蓝

人们形容晴朗的天空，用蔚蓝。

人们形容浩瀚的大海，用蔚蓝。

从甲板望出去，天是蓝的，但蓝得淡，海是蓝的，但蓝得深。

天，在清晨阳光的映衬下，那蓝透明、纯净、炫亮，蓝得使人心软，蓝得使人想哭。

海，在正午阳光的逼射下，那蓝深邃、苍茫、雄浑，带点儿烟，带点儿紫，带点儿魔，蓝得一塌糊涂，蓝得像一个耸人听闻的警示——对于醒者；而对于那些睡着的人，蓝色本身就象征着忧郁。

墨西哥科苏梅尔岛风光（二）

港口

两轮并泊。

前人：停船暂相问，或恐是同乡。

今人：隔空挥挥手，你吼我也吼。

墨西哥科苏梅尔港

露天电影

我从头看到尾的，只有一部。

一个少年和一头狼的故事。

时间为两万年前的冰川时代，地点在北欧。

少年为部落首领之子，生性淳良，父亲为了培养他在弱肉强食环境下的生存能力，带他出去狩猎。

猝遭野牛攻击，少年不幸坠落悬崖。父母与族人认定他必死无疑，洒泪祭奠而去。

少年大难不死，只是脚伤，行动不便。他一瘸一拐踏上归程。夜遇群狼袭击，少年上树躲避。搏斗中，他打昏了一头狼。

黎明，群狼撤退。少年下树，他本想杀死那头昏迷的狼。仁心一闪，他饶了野狼一命。

人与狼开始磨合。少年以自己的智慧和勇敢，确立了主人的地位。狼则用它超强的攫食能力，出任少年不可或缺的助手。

人与狼正式搭档，人类历史上的“第一只狗”就此诞生。

途中，少年不慎跌入冰窟，狼敲冰救主。

狼突发昏厥，少年把它抱在怀里，继续顶风冒雪前行。

少年携狼，历尽艰险，终于抵达家门。

少年绝地求生、与狼共存的经历，成了部落的重大新闻、宝贵财富。

回头再说那头狼，原来它是头母狼，怀孕已近临产。在少年母亲的照拂下，顺利产下一窝狼崽。

母狼和它的幼崽统统被部落接纳，宣告“狗”这种动物正式进入人类的生活圈。

屠格涅夫只说对一半

屠格涅夫说：“你无论怎样喂狼，它的心总是向着树林的。”此话只说对一半，要不，人类历史上的第一只狗就不会产生。

读微信有感

凡是花言巧语、哗众取宠的新闻，总是能博得读者的转发。凡是移花接木、偷天换日的作者，总是在事先就订购了“10 万 +”。

生活在这个网络时代，注定了要目不暇接，眼花缭乱。

而我，只能限定每天浏览的时间，以不变应万变。

没有微信的日子

这才，有工夫抬起头，
看看云，看看海，
在一览无垠的波涛上，
寻找白浪、白羽、白帆。

然后，出神地、死死地盯着海平面。

想象，那里突然冒出一根大航海时代的桅杆……

海蒂·拉玛

因为 WIFI，想起了海蒂·拉玛。

她曾是艳倾天下的明星，被誉为“世界上最美的女人”。

现在还有几人记得。

她年轻时曾借鉴自动钢琴的原理，与朋友共同开发出扩频通信技术。

她申请的专利，直到半世纪后才得到认可，被广泛应用于电子领域，包括无线网络、手机。

二〇一四年，在她去世十四年后，她入选“美国发明家名人堂”。

美貌过眼烟云，唯技术永恒。

寂寞，明星们的大敌

海蒂·拉玛首开影界的“一脱成名”，但她的演技并没有得到社会的公认，美貌也没能带来幸福的婚姻。她息影之后，生活非常落寞，为了寻找存在感，竟然不惜铤而走险地行窃，以期再度引起世人的注意。

临风随想

乔布斯的宗旨：“让我们一起当海盗吧！”

所有我见到的文本，都没有对此做出令人信服的诠释。

其实，也用不着诠释。

乔布斯（1955—2011）去世早，他没能听到《加勒比海盗》第五集中的经典台词：“海盗唯一能采用的生存方式，就是背叛其他海盗。”

但乔布斯一定会想到：当今，科技界的海盗，最想攫食的，就是他那天生缺一口的“苹果”。

乔布斯也用不着苦笑，列夫·托尔斯泰早就为他的命运作出欣慰的判断："每个人都会有缺陷，就像被上帝咬过的苹果。有的人缺陷比较大，正是因为上帝特别喜欢他的芬芳。"

《二十世纪的发现》

这是我在甲板上，唯一读完的一本书。

艾萨克·阿西摩夫著，卞毓麟、侯卉芳译。

进入二十世纪，人类的眼光，主要着眼于两点。

一、愈来愈小。由分子而原子、而原子核、而电子、而质子、而中子、而夸克……

二、愈来愈大。先地球，继而月球、火星、金星、太阳系，继而银河系、河外星系……

路是殊途，道是同归。一滴水映太阳。一轮太阳也只是宇宙间的一滴水。

轮椅骑士

继胖子、胡子之后，游轮最触目的景观，就是坐轮椅的人士。

他们，或是因为老，或是因为胖，或是因为病。

这一位，既不老，也不胖，而且面色红润，精神抖擞，也不像有啥病——除了坐轮椅。

他先我一步来到十一层的电梯口。

上前，揿钮，右侧的电梯门应声而开。

他没想到门开得这么快，待到发觉，倒车，右拐，迟了一步，门又关上了。

他调转车头，再次揿下按钮。

过了一分钟，两分钟，这回是斜对面的那扇门开了，怕他再延误，我伸出手，打算帮他揿牢按钮。

看到他愠恼的眼神，我迟疑了一下，手伸出又缩回。

我知道那意思是：我自己能办到，不劳费心。

“轮椅骑士（这是我封赠的）”——忌讳说老，忌讳说胖，忌讳说病。

也拒绝别人同情。

黄雀在后

一个瘦黑、纹身、墨镜推到额头上的男子，坐在靠船舷的圆桌，手拿速写簿，勾勒甲板上的众生相。

我坐在他后侧，隔一张桌子，手拿须臾不离的笔记本，干着和他同样的活——他用的是线条，我用的是文字。

过了一歇，我起身转悠，打他身前过，冷眼一瞥，发现他刚刚画的是我：休闲帽，眼镜，T 恤，短裤，低着头在本上书写。

是晚，在三楼画廊的智能电脑上，我查到了一幅照片，主角正是我和他，一个埋头书写，一个定睛画画。

“海洋冒险者号”游轮甲板一瞥

最佳镜头

温泉浴池。

老翁，仰靠在池边看书。

老妇，眯缝着眼，对着天空的白云吹口哨。

甲板上看书的老夫妇

与巴菲特共进午餐

登船次日，面对天的苍苍海的茫茫，看久了，看酸了，也就看腻了，忽然想到，来了不能白来，玩了不能白玩，也要为此行写一点儿什么。

午餐时，我与翊州把饭菜端上甲板，选择人少的地方，一边吃，一边商量。

翊州说："爷爷，你去年四月逛日本，来回半个月，回来写出十万字。这是你和合作者事先商定好的数字。我相信，如果事先让你写十五万字、二十万字，你也照样写得出，这是你的本事。这趟游加勒比海，来回也是半个月，你也可以写它十万字呀。"

我说："我对日本很熟悉，走过的地方，看过的东西，可以深入浅出，举一反三，信手拈来。对美国，多少有点儿研究，对加勒比海周围这些国家，了解得很有限，发挥不出来。"

"签证下来后，我看你查过很多资料呀。还在电脑上看了很多电影，光《加勒比海盗》就有六部。"翊州指出。

"那是临时抱佛脚，"我说，"《加勒比海盗》我是下载了六部，只看了五部。第一部还可以，有点儿历史价

游轮每天开放 16 小时的自助餐

值，后面四部都是妖啊怪啊鬼啊魂啊的，越看越玄、越看越没有意思。第六部，干脆不看了。它跟这次旅游基本没关系。”

“签证没下来前，我看你就很忙，桌上、地板上堆的都是书，你在忙什么？”翊州问。

“我在做《寻找大师》续集的案头准备。”

“不对呀。”翊州说，“《寻找大师》写的都是中国人，可我看你堆在桌上、地上的书，都是外国的，有小说、有戏剧、有传记，你还向我推荐了《巴菲特传》和《特朗普传》。”

“这就是案头准备。”我解释，“你要描述大写的中国人，也得了解大写的外国人。”

“那么……”翊州想了想，说，“你可以站在巴菲特的角度考虑一下。”

“怎么考虑？”我有点儿不明白。

“你最喜欢巴菲特的哪几句话？”

“这个，”我脱口而出，“我喜欢的第一句，是他说，如果比尔·盖茨卖的不是软件而是汉堡，他也会成为世界汉堡大王。”

“对了，”翊州说，“你要把自己想成比尔·盖茨，不管你怎么写，都会写得很棒。”

哎，这小家伙！巴菲特的话是我当初用来鼓励他的，现在却反过来用到我的身上（不过这话不能让盖茨听见，免得人家要广告费）。

“你是跟着我一块来的，照你说，我应该怎么写？”在小家伙面前，我首次谦虚起来。

“你写《寻找大师》，每个人物的写作手法都不一样，用词也不一样，这是你的长处。你只要发挥你的长处，自然就能写得好。”看样子，他对我还顶有研究。

“我喜欢写人物，我最看重的是人，尤其是内涵丰富的人。游记嘛，我也会写，但必须是真正打动我的。像这种跟团旅行，所见所闻都被限制了，挥洒不开，写几篇可以，写十万字，无论如何也做不到。”我表示无奈。

“你可以增加维度。”

“什么意思？”

“巴菲特还有一句话：‘做你没做过的事情叫成长，做你不愿做的事情叫改变，做你不敢做的事情叫突破。’对吧。”

是的，这也是我当初让他抄在本子上的。

“你可以突破单纯游记的框框，把《寻找大师》的思路和部分材料，拿来和游记穿插在一起。”

电光石火，我觉得海波突然凹陷，海平面无限延伸。

沉默。他望着我，我望着他。

“这是你教给我的方法呀，把两个看似不相关的事情，放在一起写，会出现出人意料的效果。”翊州打破沉默。

太好了！我没有白教他。

“我让你抄的巴菲特的话，你还记得哪几句？”我有意考问。

“只要想到隔天早上会有二十五亿男性需要刮胡子，我每晚都能安然入睡。”

“这句话对我有什么参考？”

“有呀！现在旅游是时尚，你只要想到有多少旅游者在等着看你的书，还有大量的文学爱好者，还有大学生、中学生、小学生，你就一定能把它写好。”

“还有呢？”我觉得翊州的悟性上来了。

“其他的话，记不得了。还有就是他的小故事，他五岁兜售口香糖，六岁贩卖可乐，小学开始送报，这些，你比我清楚。”

“我跟你讲过巴菲特午餐的故事，你还记得吗？”

“记得，就是跟他吃一顿牛排，公开拍卖，谁出的钱最多，谁就获得那个机会。”

“是从二〇〇〇年开始拍卖的，去年已经拍到了两千多万人民币。”我补充。

“吃顿饭，听他说几句话，最好的结果，就是古人说的‘听君一席话，胜读十年书’。”

“当然，这是最理想的结果了。也有的人，只是想跟他见个面，照张相。巴菲特的名气就是广告。”我说。

“花那么多的钱？”翊州惊讶。

“前提是人家不缺钱。”我提起一件事，“有位中国的富豪，拍得那年的‘巴菲特午餐’，事先没有想好怎么利用这次机会，到时直截了当地问巴菲特如何炒股，巴菲特冷冷回了一句‘不知道’，你想这场面得有多尴尬。你要跟巴菲特交谈，你要把他研究透彻，问话要问到点子上。”

“如果巴菲特也在这艘游轮上，我就替你问他这本加勒比海的游记怎么写。”翊州幽了一默。

“不用的，”我说，“他的确就在这游轮上，而且，就在你我中间，今天，我俩一分钱未花，就……”我故意顿住不说，我想翊州会明白。

果然，翊州恍然大悟，他用叉子夸张地举起了牛排。

我的盘子里没有牛排，我就顺手从他的盘子里叉起一块，也高高举起——祝贺今天咱俩免费和巴菲特共进了一顿午餐。

邀索罗斯喝一杯咖啡

与巴菲特先生共进过午餐，想到也要邀索罗斯先生喝一杯咖啡。那是次日，在游罢牙买加港口城市法尔茅斯之后，我提早上船，从自助餐厅取了一杯热咖啡，仍旧坐到甲板上，选择靠外海舷窗的一张圆桌。

没有通知翊州，索罗斯对他完全是陌生人。

同是投资界的巨头，巴菲特被人称为“股神”，索罗斯被人称为“大鳄”，以及“魔鬼”“纵火犯”，褒贬不啻霄壤。

巴菲特和索罗斯，都以慈善家自诩。巴菲特这些年来，已捐出三百多亿美元。他还承诺在有生之年，或去世之后，捐出百分之九十九的个人财富，生不带来，死不带去。巴菲特的慈善之举，得到世人的激赏。索罗斯也捐出了很多钱，他设立了一个基金会，一次就投入一百八十亿美元。但是世人似乎不买他的账，质疑他是伪善，是为了逃避高额遗产税。为什么厚此而薄彼？这是因为，巴菲特和索罗斯的最大区别在于：巴菲特的投资，投的是对方业绩的上升，对方效益越好，他赚得越多；索罗斯的投资，投的是对方的破产，对方跌得越狠，他赚得越多。索罗斯以他一个人的力量，曾让英国、墨西哥、泰国、马来西亚等国央行濒于崩溃（据称，唯有在香港的投机遭遇强力阻击，没有得逞），在金融界留下了恶名。

与巴菲特把自己当成企业家不同，索罗斯喜欢把自己说成是人道主义者。他的指导思想，就是在伦敦经济学院跟卡尔·波普尔学得的“开放社会”。他从自己的出生地匈牙利的“封闭社会”吸取教训，决心推动全球化。比如，在二十世纪八十年代到九十年代，他资助了许多欧洲国家的革命活动，包括捷克斯洛伐克、克罗地亚、南斯拉夫。后来，他又把目光投向美国以及世界其他地区。然而，多数世人（包括他的一部分美国同胞）

并不承认他的人道主义，认为他只是谋求将政治利益与商业利益挂钩。

索罗斯有别于巴菲特的，还有：他喜欢把自己说成是哲学家。索罗斯爱好文学，经常阅读诗歌、小说，然而，他从不把自己当成文学家，只说是哲学家。

当然，索罗斯酷爱哲学。据说，他的床头就常年摆着马克思、恩格斯的著作。索罗斯敬重这两位思想界的伟人，认为他俩改变了人类的进程。索罗斯到北京，一次去西单书城，看到财经类、理财类的书架前人头攒动，而哲学类的书架前却乏人问津，不由得摇头叹息："唉，现在追求真理的人越来越少了！"

索罗斯曾与朱镕基总理会谈（我不知道他们有没有谈及当年在香港隔空交手。这种外交场合，应是心照不宣）。他说："我希望从事金融活动的人，应该有文化底蕴，应该有对社会的关怀，应该有道德价值标准，我希望看到中国有这样的族群进入金融社会，他们是读诗的，他们是关心社会的。"

朱镕基的回忆录中记载的这番话，让读者对他刮目相看。

索罗斯与季羡林吃过一次晚饭。据他的助手梁恒回忆："两人一见如故，惺惺相惜，饭后继续聊，一个是东方巨子，一个是西方巨子，从西方哲学聊到东方哲学，双方侃侃而谈，我在旁边看着、听着，不由产生了庄严的感动，真是好美好美。夜深了，索罗斯和我送季先生离开酒店。当季先生的背影消失在灯火阑珊处，索罗斯讲：'我在中国还有自己的哲学之友。'"

游轮停靠码头，网络接通，上述一些资料，我都是在网上查的。

可惜，索罗斯和季羡林具体讲了哪些哲学问题，网上没有披露。

那么，索罗斯哲学的核心是什么？

我把目光移向大海，极力回想。

首先浮上脑际的，是他的投资信条："世界是不完善的，要成功就一定要发现漏洞，发现漏洞不一定能成功，但是没发现漏洞则一定成功不了。"

所以他说："洞悉混乱，你就可能变得富有。"因为，混乱中必然漏洞百出。

简而言之，投资就是抓漏洞，也就是抓现行经济政策与经济实际之间的矛盾，所以有人又把它称为投机。

这个我懂。

假若你以为索罗斯的哲学理念就这么简单，那就大错特错了。我读过一本《超越金融：索罗斯的哲学》，关于索罗斯的思维框架，书里谈了十条，我能记得的，仅剩两条：一、“为什么说一个人对世界的认识永远是局部和扭曲的？”这个好理解，因为任何认识都带有主观性、局限性，永远无法做到绝对、完全客观。二、“什么是反身性，为什么说反身性是理解人类社会现象的钥匙？”得，这一“反身”，就把我卡在那儿了。我曾经对这一条反复思索，始终没有弄明白它的妙谛。

查360百科，解释说：“索罗斯的核心投资理论就是所谓‘反身理论’。简单来说，反身理论是指投资者与市场之间的一个互动影响。索罗斯认为，金融市场与投资者的关系是：投资者根据掌握的资讯和对市场的了解，来预期市场走势并据此行动，而其行动事实上也反过来影响、改变了市场原来可能出现的走势，二者不断地相互影响。因此根本不可能有人掌握到完整资讯，再加上投资者同时会因个别问题影响到其认知，令其对市场产生‘偏见’。”

我模模糊糊觉得，这就是一种混沌状态。

试问，用这种混沌的概念如何指导投资？

不光是我茫然。索罗斯的同事勒纳也同样茫然。勒纳说，一九六九年，索罗斯开始撰写《金融炼金术》，让他试读前五章，他老实承认，一个字也没看懂（不敢想象！）。尤其是“反身性”，他特意查了字典，还是莫名其妙。二十五年后，即一九九四年，勒纳承认：“我仍然不理解反身性，我根本不知道索罗斯想要表达什么。”

索罗斯笃信：“你越能抽象地定义你的努力，在实践中你就会做得越好。”

既然他的实践是成功的，指导他实践的理念必然大有道理。

可惜，没有几人能懂。

这让我想起他的犹太同胞爱因斯坦的“相对论”。“相对论”这个词，要比“反身性”明白多了，可是，在爱因斯坦当初发布时，据说，全世界只有三个人能领会。

“反身性”比“相对论”晦涩多了，糊涂者众，想来也是可以理解的吧。

犹太谚语说：“思想好比钱币，价值最低的最流行。”

是啊，就我来说，这种现象，在文学、艺术领域表现得更为明显。

姑且认为，索罗斯的哲学思想太深奥了，尽管“天生丽质”，至今还是“养在深闺人未识”。

我们对于超出我们理解力的思想，应该保持体面的谦虚。

想到这儿，我把杯中的咖啡一饮而尽。

亦真亦假基辛格

在当代美国强人中，我对基辛格博士的兴趣，远超其他任何总统。

自打登上游轮，我留心关注，没有发现有人长得像基辛格。

基辛格登上中国的舞台是在二十世纪七十年代初，他在中美建交这一历史性的大事件上，担当了穿针引线、牵线搭桥的角色。

我读过数本基辛格的传记，看过的报道，更是不胜枚举。说起来，印象最深的，反而是两则八卦新闻。

其一：基辛格做媒。

基辛格为了锻炼谈判技艺，曾主动为一位老农的儿子做媒。

他对老农说："我已经为你物色了一位最好的儿媳。"

老农摇头："我从来不干涉儿子的事。"

基辛格劝诱："你弄清楚，这姑娘是罗斯切尔德伯爵的女儿（罗是欧洲最有名望的银行家）呀！"

老农动了心："嗯，如果是这样的话……"

基辛格转身去找罗斯切尔德伯爵，说："我为你女儿找了一个万里挑一的好丈夫。"

罗斯切尔德伯爵婉言辞谢："别急，我女儿还年轻哪。"

基辛格交底："这位年轻小伙子是世界银行的副行长。"

伯爵也动心了："嗯……如果是这样……"

基辛格于是找到世界银行行长，说："我给你物色了一位副行长。"

行长摆手："我们领导层不需要再增加成员。"

基辛格附过耳去："你知道吗？这位年轻人是罗斯切尔德伯爵的女婿。"

行长欣然一笑，表示首肯。

基辛格大功告成，他让农夫的儿子摇身一变，成了金融巨头的乘龙快婿。

这故事多半是假的，而且多半是国人编的。这是传销中常用的案例，利用基辛格高超的谈判艺术作背书。我没有把话说死，还留了一小半，我乐于看到有人能举出反驳我的证据。

其二：基辛格与芬克斯酒吧的故事。

有一位名叫罗斯恰尔斯的犹太人，在耶路撒冷开了一家名为芬克斯的酒吧，面积不大，只有三十平方米，但口碑极好，声名远扬。

一天，他接到一个电话，对方极其和蔼地跟他商量："我有十个随从，将和我一起前往你的酒吧。为了方便，你能谢绝其他顾客吗？"

罗斯恰尔斯不假思索，一口回绝："我欢迎你们来，但要因此谢绝其他顾客，这不可能。"

打电话的不是别人，乃美国国务卿基辛格博士。他是在访问中东的议程即将结束前，经别人推荐，打算到芬克斯酒吧体验一番。

基辛格只好坦言相告："我是出访中东的美国国务卿，我希望你能考虑一下我的要求。"

罗斯恰尔斯礼貌地回答："先生，您愿意光临本店我深感荣幸，但是，因您的缘故而将其他客人拒之门外，我无论如何也办不到。"

基辛格觉得岂有此理，恼怒中摔掉手中的电话。

第二天傍晚，罗斯恰尔斯又接到了基辛格的电话。博士对昨天的失礼表示道歉，说明天打算只带三个随从，预订一桌，并且不必谢绝其他客人。

罗斯恰尔斯回答："非常感谢您的厚爱！遗憾的是，我还是无法满足您的要求。"

基辛格大感意外，他问："为什么？"

"对不起，先生，明天是星期六，本店休息。"

"可是，后天我就要回美国了，您能否破一次例呢？"

罗斯恰尔斯解释:“不行，我是犹太人，您也是犹太人，您该知道，礼拜六是个神圣的日子，如果经营，那是对神的亵渎。”

基辛格无言以对，只好无奈地离开了耶路撒冷。

这个故事有很多版本，流传极广。据说，芬克斯酒吧虽小，但知名度极高，曾连续三年被美国《新闻周刊》列入世界最佳酒吧前十五名。美国的确有《新闻周刊》(Newsweek)，也常搞一些大学排行榜之类的排名，但它有没有搞世界最佳酒吧排行榜？如有，芬克斯酒吧连续上榜的“三年”又是哪三年？这些都是糊涂账。所以，我认为这故事也可能有假。

当然，我说的是“也可能”——我给自己留了退路。

不管怎么说，这故事是双赢，酒吧老板大赢，基辛格的形象也没有受损。

在动身赴美之前，我还突击翻阅过从朋友那里借来的一部《基辛格传》，作者为(美)杰里米·苏瑞。此书着眼于宏观，论述枯燥而生硬，很少，不，几乎没有过目不忘的逸闻趣事。是日，坐在游轮十二层高台一个僻静的角落，我仔细回忆那部书的内容，我能想起的，是基辛格对中国的评价。他说，中国社会不具有“扩张主义”秉性，而是一个“内向型”社会。再就是洛克菲勒对基辛格的评价，洛克菲勒认为，基辛格不是传统概念中的学者，他擅于标新立异。

再有，那就是作者对美国的描述了。他说，美国就像一棵树，它的根脉深埋在大西洋底，绵延交错，连接着大洋的两岸。——这一点，从迈阿密的人口种族构成，就看得一清二楚。

再有……我实在想不起来了。

反而是基辛格的部分名言，自动浮来眼底。这都是看多了，记忆从小苗长成大树，想忘，也忘不了。例如:

* 权力是最好的春药。

* 谁控制了石油，谁就控制了所有国家；谁控制了粮食，谁就控制了人类；谁掌握了货币发行权，谁就掌握了世界。

* 全世界的黑暗，都挡不住一根蜡烛的光明。

* 我相信历史的悲剧性成分。我相信一个人的悲剧性是他花费了巨大的努力却仍未得到他所想要的。然后，我相信更为惨痛的悲剧是他最终获得了他要的但却发现是他并不想要的。

前三则我不置可否，因为倘要引用，必须查证原文，我人在游轮，办不到。第四则，存疑，因为它太像王尔德的名言“生活中有两个悲剧：一个是得不到想要的，另一个是得到了不想要的。”——也许，这就叫英雄所见略同。

但凡名人，总免不了被美化、附会、张冠李戴、移花接木，但有一点不用怀疑，美国当代杰出的外交家、中国人民的老朋友基辛格博士，是国人心目中一位卓越而又风趣的老头儿。

儿童乃成人之父

——小议马克·吐温

每晚给翊州讲一节语文，这是出发前就定下的。今晚讲的是马克·吐温。

马克·吐温是美国十九世纪的伟大作家、幽默大师。我随身带着一部《马克·吐温自传》，就以它为范本。

行家一出手

开篇，就显出作者的绝活：

一八三五年十一月三十日，我出生在密苏里州门罗县一个叫佛罗里达的偏僻小镇。……那镇子恰好一百个人，我的出生，使当地的人口猛增百分之一。对于一个不起眼的小镇，我带动的增长，超过了历史上那些最出色的人对一个城市所作的贡献。我这样说，也许不够谦逊，但事实就是这样。一个人的能量能达到这样的高度，堪谓前所未见——就算是莎士比亚，也达不到我这样的高度。我想，我能够给任何地方作出类似的贡献，包括伦敦。

美国的最南端地标

西礁岛风光（一）

不久前，有人从密苏里州寄来我出生的那间老屋的照片。此前，我一直把那间老屋说成是一座皇宫，现在看来，我今后说话得稍微放低一点儿姿态了。

夸张，一本正经的夸张，把一件微不足道的小事，一个百人的小镇，其实就是小村，添加了一个婴儿，人口增加了百分之一，无限放大，胡乱对比，吹嘘成史无前例的壮举，“就算是莎士比亚，也达不到我这样的高度”。读者明知这是偷换概念，强词夺理，也不会跟他计较。何况，他紧接着就用老家的旧照片，揭穿自己惯于吹牛的伎俩，既取笑了自己，又娱乐了读者。

中国作家的自传，也有幽默的短章，比如贾平凹：

姓贾，名平凹，无字无号；娘呼“平娃”，理想于顺通；我写“平凹”，正视于崎岖。一字之改，音同形异，两代人心境可见也。

生于一九五三年二月二十一日。孕胎期娘并未梦星月入怀，生产时亦没有祥云罩屋。幼年外祖母从不讲甚神话，少年更不得家庭艺术熏陶。祖宗三代平民百姓，我辈哪能显发达贵？

原籍陕西丹凤，实为深谷野洼；五谷都长而不丰，山高水长却清秀，离家十年，季季归里；因无“衣锦还乡”之欲，便没“无颜见江东父老”之愧。

先读书，后务农，又读书，再弄文学；苦于心实，不能仕途，拙于言辞，难会经济；捉笔涂墨，纯属滥竽充数，若问出版的那几本小书，皆是速朽玩意儿，哪敢在此列出名目呢？如此而已。

启功先生自撰的墓志铭，也是幽默上品：

中学生，副教授。博不精，专不透。名虽扬，实不够。高不成，低不就。瘫趋“左”，派曾“右”。面微圆，皮欠厚。妻已亡，并无后。丧犹新，病照旧。六十六，非不寿。八宝山，渐相凑。计平生，谥曰陋。身与名，一齐臭。

注意，文中的“谥曰陋”，网上多数写的是“谥日陋”，包括一些正式出版物，这篡“曰”为“日”，也是大大幽了启先生一默。

怎样凭空赚三美元

一次，马克·吐温身无分文，但又急需三美元，怎么办呢？

马克·吐温在大街上晃来晃去，一筹莫展。他走进一家旅馆大堂，一屁股坐下。一只漂亮的小狗跑来，盯着他看，似乎认定了他是值得信赖的，快乐地摇晃着尾巴，围着他团团转，还拿脑袋瓜往他的身上蹭。马克·吐温很快和小狗打成一片，他亲热地抚摸着小狗的脑袋，像久别重逢的老友。

一位将军走进门，一眼就看中了这只小狗。将军和马克·吐温搭讪：“这是一只逗人喜爱的小狗！你愿意卖吗？”

马克·吐温爽快地说：“可以。”

“卖多少钱？”

“三美元。”他报出数。

将军大吃一惊：“三美元？只卖三美元？可它至少值五十美元。你大概不懂行情，我不想占你的便宜。”

马克·吐温回答：“没错，我只卖三美元。”

“好吧，既然你坚持这个价。”将军递给马克·吐温三美元，欢天喜地地带着小狗上楼去了。

大约过了十来分钟，一位中年绅士走进大堂，东张西望。

马克·吐温问：“你是在找狗吗？”

对方连忙回答：“是啊，是啊！你看见啦？”

“刚刚还在这里。”马克·吐温说，“它跟一位将军走了，不过，我能帮你找回来。”

“那太好了！”对方说愿意出十美元，只要他能把小狗找回来。

马克·吐温说：“我只要三美元。”

西礁岛风光（二）

马克·吐温于是上楼找到将军，经过一番绕来绕去的解释，他退回了三美元，领走了小狗。

马克·吐温把狗交给主人，从他那儿领取了三美元的酬谢。

马克·吐温很高兴，他退回了将军的三美元，因为那狗本来就不属于他，所以钱也不应该归于他。他接受了狗主人的三美元，因为这是他帮忙的报酬，没有他的帮忙，狗主人就很难找回他的宠物，所以这钱他拿着心安理得。

——怎么会这么巧呢？你说。

故事天衣无缝，简直像是老天在暗中安排。

马克·吐温承认："其中有一部分是真实的。"

就是说，有一部分是编的，是源于生活而又高于生活，是艺术。

艺术的真实不等于生活的真实。

所以古人说，无巧不成书。

不过，据我的体会，假若马克·吐温的生活中从来没有过类似的经历，他很难写得如此滴水不漏，活灵活现。

道歉的艺术

马克·吐温尚未出名时，把一部后来走红文坛的书稿交给某位出版商，希望在他那儿出版。

出版商满脸不屑，断然予以拒绝。

二十一年后，马克·吐温已经家喻户晓，大名鼎鼎。一天，那位出版商主动登门看望马克·吐温，一上来就迫不及待地表白：

我是个地地道道无足轻重的人，但是我也有些辉煌的业绩使我有资格永载史册，那便是：我竟然拒绝出版你的书。单凭这一点，我便可以当之无愧地成为十九世纪的头号蠢驴，谁也别想跟我竞争。

这番表白，让以幽默见长的马克·吐温也禁不住笑了起来，他承认，这是最出色的道歉。

中国式的道歉，通常是赔礼，最高级别是负荆请罪，但都显得沉重、压抑，莫如这位出版商来得轻松而又神气。

马克·吐温对读者说：“这是姗姗来迟的报复，不过对我来说，这比任何精心设计的报复更甜蜜。在过去的二十一年中，我每年都有几次在幻想中把他杀掉，而且杀死他的方式一次比一次更残酷，更不人道。现在我的心平静了，愤懑消除了，很快活，甚至兴高采烈。今后，我要把他当作一个真正的有价值的朋友，再也不幻想去杀死他了。”

可见，这番自嘲式的道歉有多迷人。

儿童乃成人之父

马克·吐温是演讲家。一八七九年的一天，曾任美国总统的陆军上将格兰特到访芝加哥，当地的老战友举行盛大的欢迎酒会，马克·吐温应邀在酒会致辞。他被安排在最后一个。时已深夜，大伙儿都困倦了，这场压轴戏，风险极大。

马克·吐温胸有成竹。他演讲的主题是“婴儿”。他相信，他的致辞会激起在场的绝大多数男性以及每一位女性的兴趣。

马克·吐温以谢里登将军新添的双胞胎婴儿为切入点，描绘了婴儿与生俱来的威风凛凛、说一不二，以及成人对婴儿的服服帖帖、鞠躬尽瘁。不出所料，大伙儿都听得津津有味，不断报以热烈的掌声。

马克·吐温担心的只有一点，那就是演讲中的最后一句。

他对五十年后的美国作了描绘：“如今世界上的三四百万摇篮中，有些将是我们国家世世代代视为神物而保存的，如果我们事先知道是哪几个的话。因为在这些摇篮里，未来的栋梁此时正在长牙；未来闻名的太空人正望着银河以一种无精打采的神情眨着眼睛；未来的历史学家正躺在那里，直到他的这一任务完成；另一个，未来的总统正忙着烦恼他的头发还没有长齐之类无聊的问题。……还有一个摇篮在美国国旗下的某个地方，篮内躺着未来的美国三军总司令（格兰特在美国南北战争期间，曾任联邦军总司令），他并没有为他未来的荣耀与职责发愁，而是让他充满战略思想的大脑集中思考，怎样才能把他的大脚趾塞进他的嘴巴里面去——我这样说，并不是对今天在座的显赫贵宾有什么不敬，而只是说，五十六年以前（格兰特生于一八二二年），他正把全部注意力集中在这一点。”

如果是我们中国观众，听到这里，一定会哄堂大笑。

然而，这是在美国。正如马克·吐温预料的，全场屏息，所有人陷入令人颤栗的沉默中。

马克·吐温等了片刻，让沉默更加石化。然后，他转向格兰特将军，说道：

“如果说，‘儿童乃成人之父’，那么对自己的成功，极少有人会加以怀疑。”

这句话缓解了全场的气氛。将军开怀大笑，其他人也跟着鼓起掌来。

但是我想，中国人听到这里，压根儿笑不起来。因为中国人弄不明白为什么“儿童乃成人之父”。谁要是弄清楚了，那么恭喜你，你已成功晋级为你童年的儿子。

邓恩河瀑布合影

D

最优秀的人因缺点而造就

——法尔茅斯话博尔特

站在舱房的阳台俯瞰，法尔茅斯只是一个几百户人家的小城，建筑以灰白为主，杂以夭红秾蓝，在蓊蓊郁郁的热带树木翳染下，多少勾画出一点儿异国风味（一点儿没有也不可能）。正对游轮的一排房屋，红顶、粉墙、明窗，色彩艳丽而线条简约，懒懒地趴在晌午的日头下，有点儿打瞌睡的意思。隔壁的院子，泊着很多车辆，街道两旁也是，提醒你这是港口。客来，货往，车辆是必须的工具。路，想必是四通八达，目力所及，只有向两侧伸展的一条滨海大道。正前方的视线，完全为青山遮挡。更远，更高，是山外青山峰外峰，再就是，漠漠苍天飞大雕。想这小岛的崛起，应是得力于海底熔岩的冲天一怒，崚崚嶒嶒，凸显的莫不是大自然的脾气——那是要翻过青山，到腹地去领略的了。而今于我而言，所见，也就是眼底这一片冲积平原。这就是我到访的牙买加，一叶障目、管中窥豹的牙买加。

匆匆下到五楼，集合排队下船。鱼贯而行，经过法尔茅斯的标示牌，游人纷纷驻足留影。我也拍了一张，确证“俺老孙到此一游”。随后，穿过一个宽敞的大厅，就是出了海关了。迎面一位巨人，高逾三米，做出欢迎的手势。这种擎天柱的个头，当然不是真的，你看他下身特长，上身特短，摆明是安装了假肢假足。同行的高华平先生好奇，上前与之握手，对方微笑谢绝。不难理解，握手固然友好，弯腰却存在绝大的风险，你一使劲，他可能就失去平衡，轰然一声摔倒，那就会闹出国际纠纷——许多的“尴”，许多的“尬”，往往就出于这不经意的一握。

笑笑，摆手，Goodbye! 前面是服装、玩具市场，兼卖土特产。未及细看，耳朵已被雷鬼音乐灌满——五位黑人青年，歌喉、吉他、电子琴和打击乐的交响。他们特意不避烈日，站在了天棚外，那节奏，分明是阳光、暖

牙买加法尔茅斯港

风与热血的汇合。翊州说，有爵士乐的风味。我于音乐是外行，但我知道，爵士乐是一种抗争，是对有形的和无形的外界压迫的反抗，而雷鬼音乐的节奏比较缓慢，适合热带撒哈拉以南非洲移民的抒怀。身旁一位卖 T 恤的女子，情不自禁地跟随节奏扭动腰肢。T 恤上印的是鲍勃 · 马利的头像（雷鬼音乐的鼻祖），发辫纷披，脸色阴郁（为祖国的命运而深思）。这是牙买加的头号名人，地位仅次于上帝，他的生日，已成了法定的假日。“选择你爱的生活，爱你选择的生活。”鲍勃 · 马利说。我相信每个人都会同意他的话。问题是，鲍勃 · 马利又强调：“能让我们的思想自由驰骋的只有我们自己。”这是在疾呼摆脱奴役，奔向自由。鲍勃 · 马利将自己的乐队命名为“哭泣者”，只有深入他的生命，才能理解他的音乐。

继续前行。越过马路，进入一条笔直而洁净的通道。两侧是城市的宣传栏，为首推出的是哥伦布，此公一四九四年来到牙买加，来了就是发现，发现就是占领，这是殖民者的逻辑，背后有军舰、大炮撑腰，起先是西班牙人横行，然后是英国人霸道，土生土长的印第安人，陆续被赶尽杀绝。如今，生活在这片热土的，是非洲黑奴的后裔，以及部分黑白混血人种，其他的种族，寥寥无几。

哥伦布之后，最显赫的人物，是鲍勃·马利，前面已经简略介绍。鲍勃·马利开创了一种民间艺术。他不仅是音乐家，还是贫苦劳动者的代言人和一名反种族主义斗士。

再之后，就是短跑巨星博尔特。嘿，在牙买加三百万人口中，我能说出名字的，不会超过一打。除了鲍勃·马利，清一色为运动员，领头羊就是尤塞恩·博尔特。他的老家就在这附近的村子。不要拿中国的概念套牙买加，它们的村子，可能就是稀稀落落的几户、十几户人家。博尔特家规严格，从小特别讲礼貌，不像散养的海明威，动不动就揎拳捋袖。博尔特有着超长的大腿，顽皮而机智的微笑。我一路行去，街头拉客的司机，仿佛者比比皆是，高挑、壮实、灵动，一望而知，天生是搞运动的料。老人呢，颇多海明威笔下的渔夫，皮肤黝黑，乱须满腮（因为天热，所以胡须普遍比欧洲人短）。他们的胡子是不刮的，男子汉脸颊岂能无毛？刚才在市场，我就留神过一位卖玩具的摊主，身高足有一米九，花白的胡子遮唇掩腮，看上去，老态龙钟，但手脚麻利，表情生动，又似年富力强，黑人的年龄是猜不透的。

走走就到了一家银行，二十四小时营业，我不需要它的服务，我要它的台阶，站上去，立马就高出行人一等，享享人上人的乐趣。想伟大与渺小并不需要霄壤，一个台阶便已足够。右望，是庞然大物的游轮，蹲踞在码头，气盖全城。直眺，是小城的“好望角”。众人商议去沙滩溜达溜达，奈何隔着人家的院子。此路不通，那就向左拐吧。花木是得天独厚的，叶子都绿得发油发亮。在异乡旅行，我常打量路旁的树。一方水土养一方人，一方水土也养一方的树。不变的信仰，也是最大的乐观：树木都是朝上生长，枝枝叶叶都努力争取阳光；心灵的树也应该是，也必然是这样。若是得闲，还会观察观察树上的鸟——眼前恰好落有一只，长喙、绿腹、蓝羽，人走近，也不飞，一副见惯不惊的模样。倒是咱有点儿惊讶，折服它的旁若无人。走不上百步，遇一通往海角的小巷，幽深、僻静、无人，将欲举步，复又犹豫，人生地不熟，未敢轻举妄动。翊州通过广角相机的镜头，摄得斜对面一所学校，有小孩在玩板球。

板球是博尔特儿时的最爱，他的梦想就是成为一名出色的投球手。

机会之神出场了。小学二年级，学校的一位牧师，也就是体育达人纽金特，看出博尔特的短跑天赋，动员他参加校内一百米比赛。博尔特拒绝，因为校内有个叫里卡多的孩子，跑得比他更快，他不想丢人现眼。纽金特先生笑了，是诡谲的笑。他说："博尔特，你要是能击败里卡多，我就奖励你一盒美味的午餐。"噢，来真格的了！有什么比抓住男孩的胃，更能抓住他的心。博尔特于是踏上跑道。当然，他赢了。率先撞线的感觉酷毙了！爽晕了！从此，博尔特再也离不开跑道。先是，从小学跑到中学——那所中学就在法尔茅斯边上。然后，从法尔茅斯跑去首都金斯顿，又从金斯顿跑上国际舞台。

随处可见的T恤衫，上面印的不是鲍勃·马利，就是尤塞恩·博尔特。马利与我疏远，我不懂雷鬼音乐。我是体育迷，我是博尔特的粉丝。二〇〇八年，北京奥运会，一百米比赛，博尔特以九秒六九，创造了新的世界纪录。当时，那时，我就在现场。他满脸憨厚而狡黠的微笑，他张开双臂、一手指天的作秀，活脱脱一个阳光大男孩的造型。博尔特点亮了牙买加的星空。上了一定年纪的，比如我，知道牙买加，起初是因为奥蒂，千年老二，常青树，参加过七届奥运会，五十岁上，还在跑；而后是鲍威尔，两次刷新百米世界纪录；而后便进入了博尔特的时代，百米，二百米，加上由他领衔的男子四乘一百米接力，傲啸江湖，无人能与争锋。

事后想想，命运也和草木一样，有它发芽生长的季节。博尔特是正当其时遇上了伯乐，如果再晚个几年，那盒午餐就不再具有足够的诱惑力，博尔特也不再会是如今的博尔特了。有人说，牙买加人的田径天赋来自当地的传统美食。我留心街头出售的蔬果，和我们国内的也差不多。要说好，是阳光好，空气好，水质好。早先印第安语的"牙买加"，定义的就是"林水之乡"，它有特别茂盛的树木，它有特别甘甜的水。也有人说，牙买加人的超强体质源于其祖先的基因。当初从非洲贩运来的黑奴，都是身强体壮者，途中，又经历了饥饿、疾病、奴役的淘汰，留下来的，都是良种——让我看，莫如加上一句，祖祖辈辈都被奴役和贫穷在屁股后面追逐，能不拼命发足而狂奔？！这也是生存选择。

牙买加曾被英国统治了二百多年，通行英语。当初是被逼无奈，如今，倒为他们走向世界减少了语言障碍。翊州穿的是曼联的队服，街上，不时有黑人大叔指着他的球衣，交换对曼联的喜爱。博尔特本人就是曼联队的拥趸。一次，他冒雨从高速路赶回家，急着观看曼联在欧冠联赛的半决赛，飙车飙得太快，途中出了车祸。九死一生。真正的九死一生！博尔特是幸运的。他说上帝不要他死，他是为跑而生，上帝还要他去创造更多的奇迹。大难不死，果有后福，此后，博尔特又威风凛凛、英姿勃勃地跑了八年，直到二〇一七年光荣退役。

博尔特庆幸遇上了一个好教练，米尔斯。好运动员是一阵风，好教练能把它化作雨。教练告诉他，雨是为自己而下，至于庄稼的感受，土地的感受，溪流的感受，统统是另外一回事。就是说，他在训练和比赛中只要管好自己，全神贯注，全力以赴，不要为外界的任何叽叽喳喳分心。好运动员的骨髓深处都隐藏着一股天赐的神力，旁人不晓得，自家也不晓得，全凭好教练把它煞费苦心地逼出。对，哄不管用，惯不管用，唯有强榨硬逼。因此，好教练既是天使又是魔鬼，天使带给你光明，带给你胜利，魔鬼迫使你拼死拼活，全力以赴，脱胎换骨。

然而，再好的教练，也会有误区。教练认定博尔特一米九六的身高，适宜跑二百米，也可向四百米发展，唯独不能跑一百米。你想，起跑线上，砰，发令枪一响，矮小的选手反应灵敏，瞬间箭一般射出，高大的选手动作迟钝，往往还没有从下蹲的姿态完全站立起来。教练是知其一，不知其二。博尔特起跑虽慢，但他步幅大，别人跑百米要四十三步，乃至四十五步，他只要四十一步。而且，他途中步频极快，让对手瞠乎其后，望尘莫及。所以，不是教练的选择，是他自己主动请缨："拜托，教练，我觉得我能跑一百米，您让我试一次吧，如果跑砸，我再去练四百米！"结果，他第一场百米比赛就跑出十秒零三，让世人刮目相看，第四场就飙出逼近世界纪录的九秒七六。博尔特颠覆了田径场的规则，大长腿也能胜任短跑，世人只看见长腿的"短"，博尔特证明了长腿的"长"，仅凭这一项贡献，他就有资格入驻"发明家之堂"。这让我想起了莎士比亚的台词：最优秀的人是因他们的缺点造就的。博尔特创造的百米纪录最终定格在九秒五八。他本可以跑得更快，但是，他毕竟是从一个小岛上出来的，没见过大世面，在比赛中，也像在日常生活中一样，喜欢东张西望，这影响了他的绝对速度。算了，留一份遗憾让后人去弥补吧。

走在法尔茅斯的大街小巷，这阳光里有他的笑容，这风里有他的歌，这马路上晃动的许多男孩子的腿，都在追赶他的脚步。前面说过，二〇一七年，博尔特三十一岁，就选择了退役，他要尝尝其他运动的滋味。结果，他选择了足球，理由是圆儿童时代的梦。他儿童时代迷恋的不是板球嘛？哈哈，亏你还记得。别太较真，板球，足球，反正都是球。他曾在德甲多特蒙德试训，后来又在澳大利亚中央海岸水手队试训，并且为后者踢过表演赛，还在比赛中打进两球——但是，上述球队最终都没给博尔特开出一份合同。终归是玩不转的啦。足球是圆的，除了速度，还需要灵敏和技巧，还要——天赋，他的天赋不在这儿。老天是公平的，他给了你这好，就不会再给你那好。C 罗，梅西，在跑道上玩不过你，换了绿茵场，你就玩不过人家。人贵有自知之明，传闻他已打算放弃。

街心拐角处，有一家中国人开的超市。广东来的小伙子专注于买卖，完全没有老乡见老乡的热乎。不奇怪，你不买人家的东西，人家凭什么跟你热乎。商场上，讲的是钱，钱就是缘。手机振动，我低头扫了一眼，恰好有关于博尔特的最新消息。“我已经尝试过了，结果和想象的并不一样，但这是一段美妙的经历。”博尔特宣布，“现在我的体育生涯结束了，我要进入完全不同的领域，目前的计划是成为一个商人。”哎嗨，这倒是他的长板。博尔特是牙买加的一张王牌，也是世界体育产业的一张王牌。我看过他的一本自传，书名是《 快过闪电 》，写得精彩，专业水准，我猜是枪手的奉献，属于天知、地知、你知、我懒得知的商业操作——博尔特，你就顺着这条商业大道继续往前走吧！记住得换教练，啊不，是经纪人，那是一套全新的力量、速度与智慧。你一九八六年来到这花花世界，满打满算不过三十六岁。你哪怕再活个三十六年，依然是个嘻嘻哈哈的大男孩。你就尽兴地耍吧！博尔特，牙买加的精华，都落在你岩石般直挺的躯干和猿猴般敏捷的四肢里了。这也就是为什么埃德加·爱伦·坡会说：“我甚至能在那么短促的一瞥之

叶鸣夫妇摄于加勒比海

间，从一张脸上读出一部长长的历史。”博尔特，你是划过长空的一道黑色闪电。跑吧，跑吧，干什么都是跑。但愿你在今后的岁月中，能减少“东张西望”，能如你自己所说，越来越专注于“一颗由爱组成的心，不仅是爱自己的母亲，也爱世界上关心自己的每一个人。”还有就是，“一种自由，一种乐趣，一种兴奋，一种能量集中的快感。”——那感觉是全人类的。

邓恩河瀑布

卞玉清

“水往低处流，人往高处走。”这是自然规律。苏轼的《画水记》云：“画奔湍巨浪，与山石曲折，随物赋形，尽水之变”，道出了水的物性。水不管怎么随物赋形，千变万化，因其自身的重力和柔软性，总是向低洼处流淌，聚泉成溪，积溪成河，汇河成江，最终，或注入湖泊，或融入沧溟。

人也有重力，也有柔软的一面，但人有志向，有抱负，是以总在千方百计克服地心的引力，不断提升自己的高度。人类征服了高山，征服了太空，如今又在向外太空伸展触角。

牙买加法尔茅斯港是游轮停靠的第一站。景点有三：港口小城、热带植物园、邓恩河瀑布。我们团队的多数人选择了电影《007》的外景地——邓恩河瀑布。

瀑布，是指从山壁或河床突然降落的地方流下的水，远远看去，像挂着的白布。如庐山瀑布，李白形容：“日照香炉生紫烟，遥看瀑布挂前川。飞流直下三千尺，疑是银河落九天。”直下三千尺，就是落差三千尺，换成公尺，就是一千米，相当于一公里。这是诗人的夸张，实

本文作者（卞玉清）

际上也就一百五十米。我见过号称中国最大的瀑布——黄果树瀑布，落差仅八十米。非洲津巴布韦和赞比亚之间的维多利亚瀑布，绝对高度为一百零八米，而宽度竟达一千六百九十米——这是它的壮阔之处——但见满江河水，以排山倒海之势，倾泻而下，激起的水雾蒸腾缭绕，怒吼轰鸣四野，蔚为壮观。

当是之时，人不仅不能往前靠，还得往后退，退到安全线之外，免得遭鱼鳖之灾。

眼前的邓恩河瀑布，让老经验完全失灵，人不仅不往后退，还得顶风作浪，逆流而上。

这是怎么一回事？

原来，这不是直上直下的悬瀑，而是呈梯田形，从五十米高的峰巅，一级一级地落下来，中间或有台地，或有潟湖，经一百八十米扑跌，最终流到山脚，夺路冲入大海。

这就不能站在山脚观赏，而是要发挥人的向上精神，从下往上，一级一级攀登，直到把瀑布踩在脚下。

我们全部着泳装，从海边沙滩下游出发，向上走。谷底是怒瀑汇聚的潟湖，水极清澈，几乎不含泥沙——沿途因为千年万年的冲刷，泥沙已被淘尽了吧。但是，岩石极其滑溜，一不小心，就会摔倒。我们于是手牵手，挽成团结一致，众志成城。移步向上，水的路，是不计曲折，遇阻便冲，冲不过去就拐弯，人的路，却是遇高岩巨石就绕开，尽量拣好落脚的地方走，也有人偏往难处险处探脚，那是勇者。一不小心滑倒了，滚落潟湖，众人惊叫，他爬起来却哈哈大笑，原来水深不过大腿，有惊无险。

这是溪谷，两旁浓荫蔽日，倒也清凉，一侧有石阶和木栈道，有不下水者跟着走，一路指点，一路拍照。

愈往上爬，形势愈险峻。有大股的水流泻过高崖，兜头而下，惊心动魄。有之字形的岩缝左弯右拐，滑不溜溜，让人难以停足。有巨大的石壁“一夫当关”，高不可攀，让人摇头兴叹。我似乎听到湍流在和山石争辩，一个说：“你让开！”一个说：“你绕道！”这辩论已经延续了千万年，到现在，还没有完全分出高下。不过，我断定，最后的胜利必然属于水。水滴石穿，这是宇宙的大道。

一个小时后，我们成功攀到峰顶。

上游，不用说，是邓恩河河口。牙买加乃一大岛，是山地、丘陵和高原的组合，地处热带，多雨，自然多水。水从高处流下，在岛的四周形成一片片冲积平原和沙滩。限于时间，我们没有沿河去探源。站在峰顶回望，但见一河缓流到了谷口，忽然加速，然后，就前赴后继，从高处纵身而下，九摔十八扑，且弹且跳，且吼且啸，激起的雨雾如岚如云，叫阳光一耀，若有彩虹在闪烁。

我想到牙买加的既往。

牙买加的国名源自印第安语“泉水之岛”，点明了它多泉的特性。面积约一万平方公里，是加勒比海中仅次于古巴和海地的第三大岛。人口三百万左右，黑人和混血人种占百分之九十以上，华人约为三万。黑

驴友们在邓恩河瀑布留影

人是从非洲贩卖过来的奴隶的后裔。华人的祖先，多数是在一八四〇年“鸦片战争”之后，被英国强征来的劳工，少数则是近年来此经商的。

牙买加的历史，几乎同所有加勒比海地区的国家一样，分为四个阶段：一、公元一四九四年以前，为印第安人的一个部落，过着原始生活，住洞穴，赤身裸体，没有文字，宛如世外桃源，宁静安逸；二、公元一四九四年，西班牙探险家哥伦布的船队来到这里，受到土著人六七十条独木舟的顽强抵抗，西班牙人放出一条狼狗，将他们驱逐，随后登陆，宣布该岛属于西班牙王国，后进行了长达一百四十六年的殖民统治。其间，土著人遭到残酷杀戮，直至完全灭绝；三、公元一六五五年，英国人入侵牙买加。两年后，英军和西军在邓恩河畔进行了一场恶战，尸横遍野，血流成河，以英军胜利告终。西班牙不得不签订《城下之盟》，拱手将牙买加割让给英国，并将西班牙公主外嫁给法国国王路易·十六（是时，英法正结成联盟），恰如欧洲版的“三国演义”，赔了夫人又折兵。也就是从那时候起，邓恩河逐渐为外人知晓，并发展成了景点；四、二战后的一九六二年，牙买加独立建国，奉行独立自主不结盟的外交政策，但仍然保持英联邦成员国的身份。

我站在峰顶，陷入沉思，忽然想到：

是水，终归要摧毁千拦万阻，奔向自由的大海。

这是一切瀑布的宿命。

人类的前途，何尝不也是如此。

蓝山咖啡小考

那天在劳德代尔堡，排队登游轮之际，听上海来的黄建飞教授念叨，到牙买加的法尔茅斯，一定要买几袋蓝山咖啡。

这是我第一次听说蓝山咖啡。蓝山？想必是地名。哟！山，怎么会是蓝色的呢？我没问，怕被上海先生小瞧：嘿，你京城人，连这也不懂！

赶紧上网查。某网站解释如下：蓝山山脉位于牙买加岛东部，因该山被加勒比海环绕，每当天气晴朗，太阳直射在蔚蓝的海面，山峰反射出海水璀璨的蓝色光芒，故而得名。

我不信，我还没有那么傻，七大洲靠海的山多了去了，怎么只有牙买加东部的这座叫蓝山？

再查。原来澳大利亚的悉尼也有一座蓝山，它是因为什么而得名的呢？有篇博客说："蓝山之'美'，首先在'蓝'，占全世界百分之十三的桉树林连成一片，一望无际，其挥发的油分相当可观，以致给森林蒙上一层蓝色，且是深深的黛蓝，极为宏伟、壮丽，美哉蓝山！"

博客作者把悉尼的蓝山归因为桉树，我明白它指的是蓝桉，我在云南见过。这是一种高大的乔木，树皮灰中带蓝。可以想象，漫山屯云宿雾的蓝桉被阳光一吻，绝对是一色缥缈虚幻的多情蓝。

牙买加的蓝山难道也是因为遍布桉树？不可能的啦。既然以咖啡出名，自然主要是咖啡树。咖啡树——我也是在云南见过，叶绿、花白、果红，跟蓝色扯不上半点儿关系。

继续搜索，找到一篇张北海的游记，题名《蓝山和咖啡》。其中说："蓝山之美，来自它地质结构中的蓝片岩，其中含有蓝色的青铝闪石。可是你要远远地看，它才蓝，而且只有在它'高兴'的时候才呈现蓝色。近看，则非绿即灰。"

驴友黄教授在法尔茅斯留影

我觉得，这说法靠谱。青铝闪石是主因，“要远远地看才蓝”，“而且只有在它‘高兴’的时候才呈现蓝色”，那是指阳光普照，空气折射。看到这儿，我长舒一口气，因为问题已经解决；更因为，此篇游记出自张北海的文集《一瓢纽约》，而我的行李箱里正好就有这本书——只是尚未来得及翻阅。

那么，蓝山咖啡之所以名动海外（能为黄教授心仪，想必是饮界极品的了），就是因为这种特殊的蓝片岩吗？

误会。蓝山咖啡的第一生长要素是肥沃的火山土。张北海先生的文章说，蓝山这一带的山脉，是因一亿多年前海底火山爆发而形成的。

第二是托身成长的海拔的高度。张文交代仔细，蓝山高逾七千四百英尺，而咖啡的最佳生长地为海拔两千英尺以上。以上到哪儿呢？直到能耕种的高度为止。

这个区域内，气候温暖而湿润，光照充分而和煦，雨量丰沛，云雾缭绕，昼夜温差大，生长期长，咖啡树能长到平常的两倍以上，时间至少十个月，甚至十一个月。而且，它的咖啡因含量，比他处低二分之一至三分之二，是以口感柔顺，风味隽美——这使我想起国人热爱的东北大米，也是因为土壤肥沃、日照充足、水质清纯、日夜温差大、生长期长等因素，才一枝独秀，享誉神州。

咖啡的原产地在埃塞俄比亚和阿拉伯的也门。在大航海时代，咖啡又被荷兰人成功引进到东印度群岛以及欧洲。照牙买加的说法（张文如是介绍），一七二三年，一位法国士兵调任位于西印度群岛中的法属马提尼克岛，动身之际，他从皇家园林带走了三株咖啡树苗（也许是奉命），在横渡大西洋的途中死了两株，结果，那仅存的一株，就成了马提尼克岛咖啡的祖先。五年后的一七二八年，咖啡树经海地岛西传至牙买加，从此与蓝山结缘，在那儿落地生根，开花结果。

如今，咖啡树已遍布加勒比海的各个岛屿，但论起品质，蓝山咖啡倘居第二，就没有地方敢称第一。可见，这儿得天独厚。

有人尝试把蓝山咖啡移植别处，比如，重返海地岛、马提尼克岛，怎么样？结果，它的表现和当地的咖啡没有两样，泯然众树矣。

你不能不承认，这就是风水。

若问：“牙买加出了那么多优秀的田径运动员，是不是跟喝蓝山咖啡有关系呢？”

回答是否定的。咖啡内包含的咖啡因，属于兴奋剂，偶尔喝一杯，问题不大，若长期饮用，咖啡因在血液中的含量积少成多，你就失去了上场比赛的资格，这是万万行不得的啊！

作家又当别论。作家中嗜咖啡的大有人在。从前读《巴尔扎克传》，记得他说过（游轮使用的是海事卫星通讯，流量奇贵，我是在停靠法尔茅斯港的时候才上网查的）：“我不在家，就在咖啡馆；不在咖啡馆，就在去咖啡馆的路上。”传神之极，简直把命跟咖啡拴在了一起。巴尔扎克深谙咖啡的功用，他形容：“咖啡泻到人的胃里，把全身都动员起来。人的思想列成纵队开路，有如三军的先锋。回忆扛着旗帜，跑步前进，率领队伍投入战斗。轻骑兵跃马上阵。逻辑犹如炮兵，带着辎重车辆和炮弹，隆隆而过。高明的见解好似狙击手，参加作战。各色人物，袍笏登场。纸张上墨迹斑斑，这场战役始终倾泻着黑色的液体，有如一个真正的战场，笼罩在黑色的硝烟之中。”杜甫说：“李白斗酒诗百篇”，巴尔扎克则是“一杯咖啡落肚，威武赛神仙”。

咖啡支撑起巴尔扎克的创作，也过早夺去了他的生命。他预言自己将死于三万杯咖啡。后人统计，其实不止，大约在五万杯。

这天，在法尔茅斯小城，黄教授掏出一百多美元，买下两小袋蓝山咖啡。我亲历这“为爱付出”的庄严时刻，瞬间也涌起购买的冲动——让你见笑，转瞬又死命压下去了。我的写作不靠酒，不靠烟，也不靠咖啡（奇怪，奇怪，真奇怪），说句大实话，靠的就是一颗虔诚而滚烫的心——你耸肩？我无所谓。你摇头？悉听尊便。你点头？噢，谢天谢地，理解万岁！

『坐吃山不空』的开曼群岛

开曼群岛离牙买加很近，习俗却大不一样。牙买加人喜欢奔跑，只有在田径场上撒开脚丫，风驰电掣，才有存在感，才能赢得名声、金钱和地位。“你看人家博尔特！”这大概是家长教育孩子时的口头禅。开曼人不用拼跑道，拼速度，他们安心待在家里，稳坐钓鱼船，钱自会从世界各个角落找上门来，凭的就是：“避税天堂”和“离岸金融中心”这两块牌子。

这两块牌子来自英伦三岛。开曼群岛是英国在加勒比海的领地，岛上的总督例由白金汉宫的女王任命。传

大开曼岛乔治城风光

说，因为英国船只曾在附近海域遭遇海盗袭击，亏得岛上居民出手搭救，才化险为夷。总之是感恩图报吧，英王特准该岛永久免税。

这福利是给予岛民的，岛上人少，经济落后，享受也享受不到哪儿去。商人们嗅觉灵，纷纷来这儿注册公司，分享免税的蛋糕。往往一座不起眼的小楼里，挤满了上万家外来公司（自然也包括咱中国的），不需要办公室、办公桌、办事员，精兵简政，一简到底，只要一个挂着公司名号的信箱就行。公司前脚落地，银行后脚跟进，在避税天堂之外，又催生了世界第四大离岸金融中心。你想呀，如是这般，岛上区区数万百姓，还跑什么跑，坐在家里不动，光是会计、律师的活，就接不过来，何况还要接待络绎不绝的投资、纷至沓来的游客。

清晨六点，游轮驶近开曼大岛。站在甲板向岸上巡视，但见曦光中熠熠闪闪的一湾。这一湾，就和法尔茅斯的港口划出了楚河汉界，那儿属第三世界，这儿属第一世界。老祖宗有句话："进门莫问荣枯事，观看容颜便得知。"我来到乔治城外，远远瞭一眼，就知道它比法尔茅斯高出数个等级。

奇怪的是，游轮迟迟不靠岸。我去膳厅早餐，它泊在原地未动。我回到舱房收拾好行李，它依然没挪窝。从阳台探出脑袋谛视，在码头和游轮之间，往来着数艘小艇。我瞧它们，像从奥林匹斯山巅俯窥蚁舟；小艇上的人瞧我，怕也像从峡谷仰望山崖洞穴的一只猴头。高大的是游轮，不是我。我是急于舍舟登岸的一介游客。俄而醒悟，这港口太浅，大船拢不了码头，那往来的小艇，不是引航，不是卸货，是载我们去彼岸的轮渡。

七点四十五分，这是规定的时间，我们下到五楼，出示护照、房卡，然后登上小艇。我坐在船首，激起的浪花淋湿我的鬓发，赐我一脉清凉。

上得码头，就是海滨大道。城不大，建筑整洁、亮丽。信步走去，橱窗内展示着高档首饰、珠宝、服装、烟酒——烟是古巴雪茄，酒是朗姆酒，都赫赫有名，都与我无缘。花木有情，循着浓碧鲜红，步入一处庭院，牌子上写着"国家博物馆"，院内设有瞭望台、炮台以及纪念品小卖部。与其说是文化单位，莫如说是历史长河的船埠。下面一家邮

大开曼岛乔治城的风景（一）

局亦有年头，门楣上标明“创办于一九三九年”，论年纪，比我还大好多。室内光线暗淡，仿佛时光倒流，沿墙是顶天立地的邮箱，从一号向下排，总数究竟排到几千，我没有细数，我只找到与我出生年份相同的那号邮箱，摄影以作纪念。

逛了两三条街，天气燠热，阳光炙肤，众人商议去海滩，于是乘出租车前往。沿途，一色高级住宅。乍看，造型相当别致，栋与栋、院与院决不雷同，十分养眼。一路看下去，又觉怅然若失。何为乎而失落？恍然，有蓝天，有白云，有树木，有花草，有车辆，有围墙，就是——没有人。人都哪儿去了？啧啧，奇而且怪，无人出没的住宅，不能称为别墅，只配叫作仓库。

到了一处沙滩入口，停下，有人来接。黑人母女，沙滩经营者，她俩和司机是一家子，生意做成了一条龙。都经营啥？出租阳伞、躺椅、

大开曼岛乔治城的风景（二）

泳衣、泳圈、游艇、阳光、空气、沙滩和海水，兼卖饮料、食品、防晒霜。且慢，阳光、空气、沙滩和海水也能出租？你傻呀，当然能，而且是主项，没有它们，阳伞谁要？躺椅谁要？泳衣谁要？你在这儿享受的每一分钟，都包括了它们的代价，甚至还有风。风从海上吹来，携带着阳光和海水的问候，抚摸你的肌肤，清洗你的肺翼，舒畅你的身心，你享受了，你好像没有付费，其实，是计算在其他项目里的。

同行者下水嬉戏，这大老远地跑来，焉能辜负蓝天碧海的美意。我和翊州不为所动，一半是因为忘带泳衣，另一半，翊州沉缅于音乐，或是英文，一直戴着耳机。我嘛，则是手不停挥，不停地写。出发以来，我每天都要记录成千上万字的见闻、感想。哪来那么多的内容？有呀，只要动笔，写出上一句，自然有下一句，浪赶浪，话赶话，话是由话引出来的。亮亮老底：去年四月，游东瀛，来回半月，写满两大本笔记，

与大开曼岛沙滩上的经营者合影留念

事后整理出十万字，充作《日本人的“真面目”》续集。此番，自打翊州提醒我把游记和《寻找大师》的部分素材嫁接，我就着手朝这方面努力。牙买加大师级的人物，至少有鲍勃·马利和尤塞恩·博尔特。开曼群岛呢？不好说。哥伦布算不算？勉强；“黑胡子”爱德华·蒂奇？恶魔，一票否决；那些以这儿作为公司注册地的国际巨头？应该算吧，但到底是哪些，名单无法核实。

我也没有必要去核实。我到开曼只是看风景，这儿的风景绝对是大师级的。造就这美景的免税政策，也绝对是大手笔。喂，沙滩在喊我呢。这是名声远播的七英里沙滩，也是流光溢彩的七英里画廊。我收起笔，合上本，踩着细沙，兴冲冲地去了。走不上半英里，停，阳光太烤，沙滩太烫，还有，比基尼太妖冶——孔老夫子说“非礼勿视”，咱一个糟老头儿，哪能左顾右盼，前张后觑，于是转身，踅回凉棚，老老实实待着，宁取远眺，不作近观。

过来一位黑人小伙子和翊州搭讪，冲的还是他那件曼联的球衣。仅仅一件球衣，就成了国际通用语，倘若来了曼联球星，那还不得排长队围观，争索签名、合影。到底是英国的影响，我没想到曼联的影响这么大。黑人小伙子由足球切入，慢慢聊到板球，这也是英国的强项。我等待他说羽毛球，它也是起源于英国，而且是翊州的最爱。哪知他说着，说着，突然冒出一句：“你们中国人是不是讨厌黑人？”翊州果断回答：“No！”小伙子笑了，露出满口珍珠般的白牙。我注意到，他的手心是白的，脚板是白的，眼白大而有光，黑白分明，对比强烈。他在大树下摆了一个烧烤摊，午餐的时辰未到，暂时没事，乐得和翊州聊闲篇。

换个方向，我又到沙滩溜了一圈。感慨：白种人生在白中不惜白，偏偏要待在阳伞外，让直射的阳光把皮肤烤成赤褐、焦黄；黄种人嘛，以白为美，力避暴晒，小心翼翼地躲在阳伞的荫蔽下，享受咫尺之外的阳光；黑种人呢，他们见天生活在热带的骄阳下，黑色是他们的天然色，黑色素是他们的保护素，他们因黑而生，为黑而活，全然不把强光烈焰放在心上。我设想，如果有朝一日人类审美的眼光趋向于黑，黑人

驴友们在大开曼岛沙滩上嬉戏

绝对是世界上最为遒壮最为健美的一群。

有一种学说，人类是从非洲走出。就是说，不管你是白种、红种、黄种、棕种，都是黑种的子孙。现在的肤色，不过是因地制宜、随机应变的自然选择。

午后回城，大家分散自由活动。我和翊州把上午走过的路又走了一遍，停在一家卖雪茄的小店里，看古巴女孩如何亲手制作烟卷。架上的成品，价格从七八美元到二三十美元不等。想起当年南怀瑾老先生送给我的一支，说是戒烟用的，价值二百美元——在我这儿是无价，是老先生留给我的最珍贵的纪念。在一家咖啡馆门外的木椅上歇了会儿腿，看一只公鸡与数只鸽子和平共处，悠闲觅食。本来还要去看一株榕树，记得是在图书馆、纪念广场附近，走了半条街，想想又止步，那株树着实高大繁茂，浓阴匝地，看了就使人眼明神旺，怎么又不去了呢？因为它的树冠被修成一顶硕大的圆形帽状，太人工了，过度人工就失去自然。这年头，做人已经难得自然，做树竟然也身不由己，是以，不看也罢。

作者在大开曼岛沙滩留影

回返，顺道跨进一家服装店。未见服装，先见一群张牙舞爪的海盗塑像。这是要干啥？让海盗充当模特？啊，想起来了，闹明白了。这开曼群岛，数百年前，曾是海盗啸聚的大本营，午前在国家博物馆门外瞧见的瞭望台、炮台，正是当初要塞的注脚。现今这乔治城，“饮水思源”，年年举办海盗狂欢节，为期长达十天。届时，世界各地的狂热分子纷纷涌来，争相以扮演恶名昭著的爱德华·蒂奇、安妮·鲍利、黑萨姆、巴沙洛缪·罗伯茨、基德船长等为欢、为乐、为荣、为耀，真是时光倒流，群魔乱舞。此番旅行，签证下来后，我曾恶补电影《加勒比海盗》，总共六部，突击观看了五部。片中海盗的行径居然不是恶，不是暴，而是近于侠、偏于义，简直有点儿像英国的绿林英雄罗宾汉了。主角杰克·斯派洛的扮相和行为又令人想起我国古代的济公。——难怪影片这么叫座。片中有几句被奉为经典的台词：“生命的意义远不止是生存，真正的技巧在于学会永远靠自己生活。”“疯狂和伟大之间只有一线之隔，他们往往是相伴而行的。”“因为地平线一直在那。你想到达那儿，但你永远到达不了，就是这样，遥不可及难以放弃。”网络上经常有人引用。每见一次，我都难以相信，它们竟然是出自于海盗之口。我懊悔此番来早了，或者说来迟了，没能赶上每年十一月的海盗节。好在还有下次，下下次，纵然我不能亲自到场，也会密切予以关注。

墨西哥文化的大拇指

墨西哥的尤卡坦半岛，像一根硕大无朋的拇指，冲着碧洪深处弯曲有致的古巴，以及更远更深处纤瘦细长的佛罗里达。

游轮披星劈波，戴月斩浪，趁白昼把我们交给了远古的传说，交给了陌生而神秘的科斯塔玛雅与科苏梅尔。

前者是港口城市，后者是弹丸小岛。

一

若问这两处游览地给我的印象，就是“很玛雅”。

科斯塔玛雅的港口，触目的是无数把遮阳伞，亭亭一杆，撑起圆锥形的茅草顶如深褐的蘑菇，游客三三两两歇在荫凉里，惬意如回到往古，乍一看，活脱是汉字“伞”的简化篆书。这是玛雅文化的一个意符，倘若戳在迈阿密的南海滩，就简陋寒伧，不成体统，戳在这儿，便天造地设，恰如其分。

遮阳伞前临蓝不见底的海，海浪的韵律让我想起玛雅文字的“水”。写法因地域各别，构思大同小异，或用一片汪洋浸泡着小岛会意，或用波纹和浪花象形，或用水波容与指事，和汉字甲骨文、金文、篆文的“水”有异曲同工之妙。

此刻，我情不自禁地想手舞、想足蹈，宛然体会到了异国仓颉造字时那份“天雨粟，鬼夜哭”的壮举。

行游两地，到处有石锈斑驳的金字塔。

老伴这些天正在埃及。她说，埃及的金字塔底方面斜，无论造型，还是色泽，宛然汉字楷书的“金”。玛雅塔呢，底座也是方的，颜色却呈银灰，侧面突破三角，呈梯状分层，顶部，不是直插云霄的尖耸，而是砌成平台，台上建有祭祀苍天的神殿。这里说的是大概齐，并非绝对。埃及的金字塔基本整齐划一，玛雅的金字塔却屡屡有变形。比方说，我眼前的这座，有陡达六十度的斜坡。当玛雅人站在塔底，仰视祭司沿着石砌的台阶拾级而上，飘然出尘，直登云霓，虚纳天籁，在他们朴实的脑瓜中，自然而然会涌起通天的幻觉。

玛雅金字塔除了用来祭祀，还兼观天测象。手头的一份资料说，有塔名库库尔坎，“四周各有九十一级台阶，加起来为三百六十四阶，算上塔顶的神庙，总共三百六十五阶，刚好与一个太阳年的三百六十五日相等。它的精确和玄妙之处还在于：每年春分和秋分这两天的日落之际，北面一组台阶的边墙，在阳光照射下，会形成弯弯曲曲的七段等腰三角形，连同底部雕刻的羽蛇头，俨然一条巨蟒从塔顶向大地蜿蜒，象征羽蛇神在春分之日苏醒，窜出神殿；秋分之日则相反，羽蛇神徐徐踅回庙宇。每次，这种幻象都会持续三小时二十二分，分秒不差。”

学者们发现，玛雅人的历法是世界上最完美的。他们的历法体系，包括神历、太阳历和长纪年历。神历，亦称卓尔金历，每年

玛雅文化的遗迹——图卢姆

二百六十天，由二十位神祇和数字一到十三，循环往复，如同中国的天干地支不断搭配组合，得出二百六十种组合变化，代表二百六十天。太阳历是根据地球围绕太阳旋转的规律而来，一年分十八个月，每月二十天，另增五天为禁忌日，这样，全年即为三百六十五天。玛雅人经过长期观察，周密计算，最终，将一年的长度修正为 365.242.129 天，这同今天科学测定的绝对年长 365.242.198 天，相差不足千分之一！

长纪年历适于推算年湮代远的历史刻度，建立在高度发达的数学思维之上，玛雅人运用这套历法可以准确无误地记下几千年中的每一个日子。考古学家根据十六世纪西班牙入侵玛雅的月日，再依碑文的相关记录往回推演，算出玛雅纪年的元年为公元前三一一四年八月十三日。当神历年轮回了七十三圈，恰好和周转了五十二圈的太阳年回到同一标记，由此形成五十二年一轮回的大周期，玛雅人依此将五十二年定为一个世纪。

不仅如此，玛雅人还制定了太阴历，测出火星和金星公转一周的时间，并找出了太阳历和太阴历累积误差的纠正方法。

当时，苏美尔人的太阴历、埃及人的太阳历、华夏族的干支历，并未西渡大西洋；哥白尼的《天体运行论》、伽利略的望远镜根本没有提上日程；牛顿的苹果树还没有走出亚当、夏娃的伊甸园；玛雅人不知法老、黄帝、耶稣，遑论《苏鲁巴克箴言》《山海经》。那么，他们如此精确的历法，是如何萌芽、生长、完善的呢？

玛雅人生活在热带雨林，鲜有旷野平原。我突发奇想，那多达六位数的金字塔（墨西哥境内至今仍存有十万座），是他们钤在家园大地的一方方石质印章。

有一座金字塔的台阶上雕刻着羽蛇头象，这是玛雅人的图腾，我贸然一见，禁不住大吃一惊，它分明就是中国古人崇拜的龙！

是远古的中国人曾经远涉沧溟抵达这里？

是相隔大海大洋的两个遥远民族，心有灵犀一点通？

我的双脚像被钉住了，我站在那儿，盯着羽蛇发楞——不知我的这副造型，在玛雅文中可作什么字讲？

游逛到一处景点。大门外，当地青年以鸟饰盛装迎客。“这是玛雅人的传统服装吗？”翊州问我。“不，”我告诉他，“玛雅人生活在新石器时代，一幅兜裆布（像日本相扑选手使用的那样），就是男人的全副行头，外加纹身和零星的小挂件。女性天生含蓄，出门，要加一件披肩与筒裙。至于大人物，如君王、如贵族、如祭司，大就大在挂件的种类和质量，像贝壳啦，像玉石啦，像羽毛、兽皮啦等等。这几个青年的打扮，我猜是鸟神。”

说话之间，那装扮似老鹰的青年冲我做了一个鬼脸。

我眼前闪过雷震子。幼时读《封神演义》，说他“面如青靛，发似朱砂，眼睛暴湛，牙齿横生，出于唇外；身长二丈，武力强大，肋下生‘风’‘雷’二翅，使用一条黄金棍”，画出插图，大概就是这模样。

遇到一家玛雅风味的小吃店，我停步，买了一块玉米饼，和翊州分享。

玛雅人很早就学会了栽培玉米，并以之为主食。在他们的创世传说中，天神起初是用泥土造人（注意，上帝如此，女娲也如此），不幸归于失败；后来改用木头造人，仍旧铩羽；直到改用玉米造人，才大功告成。

可见，玉米在玛雅人生活中的地位。

难怪我最初看玛雅文，总觉得那字体，酷似一颗颗饱满鼓突的玉米粒。

玛雅人栽培的农作物，还有辣椒、西红柿、菜豆、南瓜、葫芦、甘薯、木薯。啊，这都是我们餐桌上常见的。玛雅人的嗜好，至今犹在影响着我们的味蕾。

在卖纪念品的小店里见到了葫芦。据考，南美洲、非洲以及亚洲的往古，都有葫芦现身的记录。真奇怪啊，它的发源地究竟是在哪儿呢？

也许，我想，因为葫芦浮于水，它们天生就是善于航海的一族，早在上古就实现了“跨洲大交流”。

纪念品中还有一种吹箭管，是狩猎用的，管子细而长，吹箭一般都含有剧毒。我国古代的剑侠，日本的忍者，也精于此术。记得我少年时也曾用竹筒制造过，里面塞的是黄豆，我猛吸一口气，鼓圆了腮帮，黄豆也飞不远，没有任何杀伤力。

我期待能有一位玛雅高手出面教我，让老汉也圆一圆少年时代的剑侠梦。

在蝴蝶农场，意外地看到一种蝴蝶，双翅上各有一只大大的“眼”，这是用来吓唬敌人的。当它觅食或休息时，那翅上的眼睛始终怒目相向，虎视眈眈，令捕食者望而却步。

人类的双眼生在脑门之下，只知一味向前，全然不顾来路——要是在脑后也进化出一只眼，多好！

二

花甲之后，曾在古典文献领域游荡过五年，泛览先秦古籍，旁及甲骨文、陶文，其间，也涉猎过一些始也莫名其妙、终也莫名其妙的玩意，比如玛雅文，因为——好奇。

玛雅文不像甲骨文、金文、篆书、隶书，有从简到繁而又化繁为简的明显过渡，迨至楷书，方才定于一尊。它像是直接从天上掉下来的，一亮相就是这模样，终了也是这模样，华丽玄妙，精彩绝伦。

自从发现了玛雅文明，埃及人、印度人、中国人、欧洲人，莫不相继发出惊呼，弄不清它是我们同祖共宗的分支，还是太空来客孑遗的劫灰。

说到玛雅文字的释读，不能不提到西班牙的一位传教士——兰达（1522—1579）。在参与毁灭玛雅文化的殖民暴行之余，他用西班牙语记下了一些玛雅字符的读音，给后人留下一把破解的钥匙。

破解者前赴后继，络绎不绝，但都停留在直观的象形表意，就如同我这种外行，一眼看去，很容易把一圈“雨点”中围着的S型云纹，释作“云”，把一只蛇头或一条蛇身释作“蛇”。

如果全是这样，那就太原始、太简单了。

文字专家渐渐陷入泥沼，怎么走也走不出来。直到苏联的科诺罗佐夫（1922—1999）出场。科氏是文字学的天才，他在莫斯科大学学习古埃及学、汉学和古印度学，曾声称：“所有文字，只要是人创造的，就一定能被人破解。”教授听了，就建议他去研究在解读上举步维艰的玛雅文。科诺罗佐夫不负师望，很快，他的《中美洲的古文字》一文问世。科诺罗佐夫认为，玛雅文字系统在本质上和埃及、中国等文字系统类似，同属于象形文字，并将其特点归纳如下：

一、每个文字符号可具有多种不同的功能，有时表意，相当于构成单词的元素；有时表音，如日语中的假名。

二、就像古埃及学家相波里翁发现的那样，象形文字的笔画排列，可以根据书法的美感需要而颠倒移位。

三、表音符号有时可和表意符号合拼，用以注明发音，犹如汉字中的形声字。

科诺罗佐夫为破译玛雅文找到了正确的途径，大部分的玛雅字符已显露真身。但是，行百里者半九十，前途尚遥，专家仍须努力。

我辈只是看客，白相相而已。我发现，玛雅的文字符号中，以头型符、身型符为多——这是个以人为本的民族啊！比如，用以表现从0至19的数字，全部是头型符，通过脸面的正侧、额头的宽窄、发卷的有无、眼睛的大小、鼻子的高低、嘴唇的厚薄、胡须的稀密、下巴的长短，表示不同的字符。请注意，玛雅人这里用三副神气十足的头型（因书写者的地域或喜好而不同）代表0。他们对于0的运用，远远早于举世公认的印度，更不用说瞠乎其后的欧洲、亚洲。我想到他们用以表示君主的意符，其中之一，便是一个旁若无人睥睨一切的男子侧面头像。玛雅人至少在数学领域，是有资格睥睨世界的。

写着写着就想到了二〇一二，这是玛雅人留给后世的预言。根据他们的测算，世界，人的世界，将在公元二〇一二年十二月二十一日落幕。那一天，金乌永远西沉，次日不会再出现在东天，地球重回蛮荒，复归太古。玛雅人曾预言了自己的衰亡，汽车、飞机、火箭的相继问世，大魔头（希特勒）的降生和陨落，以及世界性毁灭大战（一战，二战）的爆发，都已得到确切无疑的验证。因此，玛雅人的二〇一二，既使关心人类前途的有识之士忧心忡忡，也使得好莱坞旗下的大牌导演灵光迸发：赌一把二〇一二，赌的就是人类对玛雅文明的神秘和对日益窘迫的地球生态的关注。

影片《二〇一二世界末日》于二〇〇九年十一月三日在世界各地

同步上映。太阳暴施威，地核高烧，海沸山崩，天坼地裂。在一位印度铜矿工程师的预警下，四十六国首脑暗中打造方舟，有趣的是，地点选在中国的西藏。围绕上述主线，影片对地球的命运和人类的善恶展开了拷问。记得我从影院出来，拂之不去的只有两点：一、美国的黑人总统（二〇〇八年奥巴马已出任总统）宁愿和民众共同赴难，坚决拒绝乘空军一号飞往西藏求生；二、影片倡导“所有人都是平等的，都有平等的生存机会！”这第二条像政客口中的玩笑，连最早提出预警的那位印度工程师，都未能幸免于难，何况一直被蒙在鼓里的小老百姓啊。

在一根刻满玛雅文字、图画的方柱前，翊州问我：“玛雅文明跟外星人有关吗？”

“有没有外星人？如果有，外星人有没有到过玛雅部落？这事，没有确证。”我说，“美国人以玛雅人为题材，还拍过一部《启示录》，你要是能找来看看，就会对玛雅文明有直观的认识。玛雅人只是在天文、数学方面有杰出的才能，其他方面，并不比外部世界高明。他们还停留在石器时代，最好的武器，也不过是木棒加上石曜石碎片。”

“玛雅文明突然消失，使人觉得奇怪。”翊州说。

“我考虑，一是内乱，包括天灾、瘟疫、战争。二是外敌入侵。影片在描述玛雅人征服和反征服的同时，画面上出现了西班牙人的军舰，暗示了他们最终覆没的命运。”

“如果玛雅人来自外星球，西班牙的军舰岂能轻易把他们摧毁？”我又追加了一句。

“‘世界末日说’是玛雅人的胡说八道吗？”翊州问。

“这是一个误会。按照玛雅日历的综合推算，他们的历法始于公元前三一一四年八月十三日，一个周期五千年，到二〇一二年十二月二十一日结束。所谓‘世界末日说’，只是一个周期的结束。影片末尾就把二〇一三年按玛雅历写成〇〇〇一年，算是一个崭新纪元的开始。好比中国的天干地支循环往复，六十年一个甲子，到了末日又从头轮回。”

三

科苏梅尔岛。

左侧是深蓝翠绿的墨西哥湾，右侧是榛莽丛生的草滩，也是海滩——这儿海拔很低，飓风季节，潮水总是要吞噬公路，漫过草原，因此，潮水退后，海滩上就会留下很多水生动物，包括咸水鳄。导游途中停车，让大家拍照。一只苍鹰在草原上空巡猎，一队海鸥在浪花之巅翩舞，它们偶尔在海陆交接处相遇，你展你的战斗机的凶猛，我展我的芭蕾舞的潇洒，顷刻各自掉头，回归自己的领地。啊，这草原，这大海，我仿佛在千年前来过，它的荒凉渗透了我的基因——是的，我的记忆深处烙满荒凉，即使翻遍人类文明史，也尽多荒凉的近义与转义，如荒芜、荒漠、荒唐、荒诞——当然，千年前还没有这条路。千年前的我，常常坐在这镂空的悬崖边，嘴角噙着草茎，脚趾搅着浪波。忙时，狩猎，闲时，就坐在这儿看天、看海、看草滩。我怀念那种无忧无虑的生活。

只是有一种噩梦使我怵惕，是祖先的祖先传下来的记忆。那时还没有玛雅人，更直接地说，人类还没有诞生，世界的统治者是恐龙。此

停泊在墨西哥湾的“加勒比海盗船”

科苏梅尔岛风景

地，还是一片浅海。一天，一块巨大的陨石自天而降，撞入海底，激起的地震摇撼整个地球，海啸波及所有的大洋，世界瞬间被点燃，烟雾遮天蔽日，一天不散，一月不散，一年也不散，那是真正的人间地狱，黑暗迫使植物死去、动物死去，巨大的恐龙首当其冲。

地质学家说，那场灾难发生在六千五百万年前，地点就在墨西哥的尤卡坦。

你想说明什么？噢，我只是偶然想起。我发现科苏梅尔人普遍矮小，上身基本正常，下身特短。当然，这跟那场灾难没有关系。我瞻仰过他们仿造的玛雅庙宇，远景是仿造的海盗船，仿佛走进一个玩笑。当然，这也跟灾难没有关系。我参观他们的造酒厂，难却主人的盛情，品尝了一口当地的名酒，味道就像止咳糖浆，当然，当然……你看，我思维有点儿混乱，我都不知道自己在说什么，我平常不是这样的。我是感觉，我是想说，噢，思路出来了。我是想到，比起地球四十六亿年的历史，人类区区三百万年的演化，实在算不了什么。从文明文化的角度，我觉得人类尚处于少年期，路漫漫其修远兮，势将上下而求索。

另外，我相信有史前文明，也相信有外星人——虽然至今尚无确证，但我又害怕有史前文明，有外星人，因为那说明，文明曾旋起旋灭，外星人的文明也许比地球人更高级，对于自大而又自私的人类，这同样不是好消息。

当天的最后一站，导游把我们领到一处海滨。椰林、细沙、栈桥、碧水，比科斯塔玛雅港的沙滩层次高多了，比开曼群岛的海滨都更胜一筹。漫步栈桥，海水中花花绿绿而又花样百出的泳者，看上去就像一尾尾嬉戏的鱼。这时，我想起了余光中先生的一首诗——《海不枯，石不烂》：

每个人的家谱追溯到远古
你知道吗，都是一条鱼
深海远洋，才是我们
最早的故乡，怀乡正是怀古
望海的眼睛，因此，都着迷

似乎记起了什么，却说不清楚
水族的历史，人类的身世
在岸上，在藻间，在水底？
……

我很想纵身跳下去，领悟海洋的博大，体会鱼类的呼吸。是啊，生物最初就是由海洋爬上岸，你、我、他的祖先，帝王将相和庶民百姓的祖先，黑种、白种和黄种、红种、棕种的祖先……人类最早的祖先，说到底，也就是一条鱼。

科苏梅尔岛海滩

海明威故居

E

枕着波涛入梦

风有风言，海有海语。它们说的，现在，我都懂。当年蒙昧，听不清风絮絮叨叨地在说些什么，所以我乐于随大流跟风。跟风安稳，且省力，连百米运动员跟风都能跟出好成绩。但也有跟不上或干脆不跟的时候，跟着跟着就掉队，索性背转过身。所以，我从不奢望自己的文章能掷地作金石声。

当年肤浅，对海无限向往。我所在的小县城，就在黄海边上。然而，在我离乡进京求学之前，居然从来没有和它打过照面。我只是向往，老是向往。向往东海、黄海、南海，向往红海、地中海、波罗的海，向往太平洋、印度洋、大西洋。

而后，当我长大，当我四处流浪，我才恍悟，海其实也在等人。等啊等啊，海等了亿万年，海渴望见的不是一群群悠哉游哉望洋兴叹的娇客，海等的是刳木为舟、剡木为楫的智者，海等的是“道不行，乘桴浮于海”的志士仁人，海等的是在沙滩捡贝壳的牛顿，海等的是郑和、哥伦布、麦哲伦、达·伽马、海明威。

海上日出

如今，我来到了加勒比海，我不是海明威，我只是在行囊里塞了一本海明威的书——尽管如此，我还是沾了海明威的光，我确信我能听懂大海的涛语。

就在我耳边，海问：

“《老人与海》这本书里，你最爱的是哪一个角色？”

这个，我想想。书中出现的人物，除了老人和男孩之外，其余一笔两笔草草带过的，还有男孩的父母、露台饭店的老板、外埠码头与老人掰手腕的黑人大力士、轮流当值的裁判、下赌注的码头工人，港口帮老人看守小船的佩德里科、丈量鱼骨长度的渔夫，以及一位偶然路过的女游客。

除了人物，还有鱼，金枪鱼、马林鱼、鲨鱼。对了，还有鸟，一只可怜的鸟儿。当老人和大鱼缠斗了一天一夜，又饥又渴，又疲乏又孤独时，一只同样孤独而又疲乏的小鸟，飞来落在船艄，歇了歇，起身绕着老人的头飞了一圈，像在审视，然后，选择了一根钓索，大概觉着站在那儿比较安全。

“你多大了？”老人体贴地问，“这是你第一次出远门吗？”

老人说话时，小鸟也冲着他望。小鸟的确太累了，它都没看清楚脚下仅仅是条钓索，它用小巧的爪子紧紧抓牢，随着鱼和人的较量摇晃。“你放心，这根钓索很稳当的，”老人说，“真的很稳当。夜里海上没有一点儿风，你怎么会累成这个样？”

难道是遇到了老鹰？老人猜想，也许是老鹰在海上盘旋。这话他只是搁在心里，没说出口。反正小鸟儿也听不懂。不过，它很快就会领教老鹰的厉害。

“那你好好歇歇吧，小鸟。”老人说，“然后返回空中，去碰碰你的运气，就像我们人，或者像其他的鸟，或者像海里的鱼。”

老人靠自言自语给自己鼓劲，因为与大鱼搏斗了一夜，他的脊背已被钓索勒得痛苦不堪，似乎就要折断了。

“小鸟啊，如果你想找个安全的地方栖身，可以住到我家的茅棚。”老人说，“但是抱歉得很，现在虽然起了小风，但我还不能立刻把你带回去，我得先解决了这条大鱼。不过，这样也好，我身边总算有个朋友。”

说话间，大鱼突然一个纵身，把老人拽倒在船头。要不是老人迅速反应，一边使劲撑住身子，一边顺手放出一段钓索，他恐怕已被大鱼拽进海里。

钓索猛地抽紧的刹那，小鸟及时飞开。

老人瞅了瞅右手，掌心已经被钓索磨出鲜血。

“难道大鱼在水底受到了攻击？”老人决定把钓索往回拉，他想让大鱼转回身来。钓索似乎接近绷断，老人竭尽全力，身子拼命向后倾，以抵消索上的拉力。

“你现在是不是感到很痛啊，大鱼？”老人说，“告诉你，我也是一样啊。”

老人掉头寻找那只小鸟，这时他很需要有个对象说说话。遗憾，小鸟儿已经飞走了。

海啊，我想你应该明白，《老人与海》的主角是老人，配角是男孩，倘若我回答其中任何一个，答案都能成立，但都没有思想含金量。我不厌其烦地转述了这么多，就是想告诉世人，在老人与男孩之外，我最爱的，是那只偶然一现、给老人带来温暖和遐想的小鸟。

海用浪花鼓掌，我看不见，但能听到。“早晨在船尾，我看你手拿《老人与海》，给孙儿讲授写作技巧，你都说了些什么？”海又问。

我跟翊州说，作文，开口要小，然后越写越大，像陶渊明写《桃花源记》，“山有小口，仿佛若有光。便舍船，从口入。初极狭，才通人。复行数十步，豁然开朗。土地平旷，屋舍俨然……”才见高妙。切忌大而无当，那就坏了，不好驾驭。

说到分析，譬如这本《老人与海》，不妨就从两个字入手，一个“大”，一个“小”。

“大”指老人，“小”指男孩。

汉字属于象形文字，“大”的原意，是一个人，张开两臂，叉开双腿，雄赳赳、气昂昂的样范。“小”的原意，是三粒细沙，散落在左边。

且说老人这“大”。

海上日落

大有大的困境。开篇即说，老人八十四天没有钓到一条鱼，别人咒他是十足的倒霉蛋，他船上的那帆，有许多用面粉袋打的补丁，看上去就像是一面象征永远失败的旗。

大有大的坚持。第八十五天，老人依然天没亮就出海，而且把船划得远远的，把钓索下得深深的。“没准儿我今天就能转运。每天都是崭新的一天，当然能交上好运更好。”老人想，“尽管这样，我还是愿意做到分毫不差。只有这样，当好运降临时，你已经做好了所有准备。”

大有大的底气。入夜、风寒、腹饥、精疲、力竭，为了给自己鼓劲，他想起当年在外乡同一位黑人大力士掰手腕，整整熬了一天一夜，比赛开始于星期日的早晨，而结束于星期一的早晨。两人的指甲缝都渗出了血丝，裁判员轮流换了一批又一批，周一要上班的下赌工人，纷纷要求他俩和局，老人（那时他还不老，是他所在小镇的“冠军”）硬是赶在上班前，把那位黑人力士的手一点点扳下来，直至压倒在桌面上。

他赢了！

他是伟大的！

伟大者自有伟大的运气。第八十七天，老人终于钓到了一条马林鱼中的巨无霸。他以往从未见过、甚至听说过那么大的鱼，重量估计超过一千五百磅，身子竟然比他的小船还长两英尺。

可惜，大也有大的难处：他无法将它拖进船舱，只能把它牢牢绑在船的一侧。

遗憾，大也有大的厄运：从那条马林鱼伤口流出的血，引来了嗜血成性的鲨鱼。先是一条，继是两条，然后是成群结队，蜂拥而上。他杀死了一条、两条、三条，或许更多，怎奈寡不敌众，大马林鱼的肉被鲨鱼啃了个精光。

大总归有大的气概：他带着那具又粗又长的鱼尸骨返回渔港，他想向世人证明，“人不是为失败而生的。一个人可以被毁灭，但不能被打败。”

现在来说男孩的“小”。

小有小的无奈。他打四岁起跟老人学习捕鱼，视老人比亲人还亲。这一回，因为老人四十天里没能捕到一条鱼，失望的父母就让他离开老人，安排他上了另一条船。

小有小的贴心。老人在此后的四十四天，仍旧没有钓上一条鱼。男孩呢，虽然跟别人出海，但每晚还是定时来看望老人，不动声色地张罗饭菜。他知道，老人已山穷水尽，连鱼网都卖掉了，更谈不上余粮余钱。男孩每天清早就起床（特意让老人前去叫醒），抢在自己出海之前，先帮老人从饭店弄杯咖啡（这常常是老人一整天的饮食），记在自己的账上；然后，帮老人准备好船上用的沙丁鱼和鱼饵，最后，帮老人将小船抬起，让它溜进水里，目送老人划桨远去。

小有小的温度。总捕不到鱼，老人难免失落，男孩安慰他：“您是最好的渔夫！”“不，我知道还有许多比我强的。”老人说。“哪里？”男孩打断他，“好渔夫很多，当然还有些很了不起的，但唯独您是最棒的！”

小有小的亲情。第八十五天，老人碰到了他生命中的冤家，一条硕大无朋的马林鱼。老人与其周旋，常感力不从心。这时，他就不由念叨，“如果那孩子在就好了，还能帮帮我，也可以让他见识一下这种光景。”“是啊。如果那孩子能在这儿。如果孩子在这儿……”“想必只有那孩子会替我担心。不过，我相信他一定会很有信心。”

小有小的大。老人在海上漂泊了三天三夜，男孩也牵挂了三天三夜。第四天清早，男孩来到老人窝棚，看见老人俯卧在床上，手掌向上摊着——那是双被钓索磨得血肉模糊的手。男孩哭了。他流着泪跑到饭店，要了一罐热咖啡。老人醒了，男孩让老人把热咖啡喝下。

“他们有没有来找过我？”老人问。

“当然有，”男孩说，“还派了海岸警卫队和飞机。”

“我很想你。”老人说。

“没关系，从明天起，我们又能一块儿钓鱼了。”男孩满怀自信。

“不。我的运气不好，我怕是再也不会交好运了。”

“让好运见鬼去吧！”男孩说，“我会为您带来好运。”

“那你的家人会不会说什么呢？”

“无所谓。”男孩似乎已经长大。他说，“昨天我逮住了两条鱼。但是现在，我决定重新跟您一起出海，因为我要学的东西还有好多好多。”

男孩回去给老人弄药，弄点儿吃食，弄件干净的衬衫。他一边走，一边还止不住洒泪。

老人在窝棚里又睡着了，仍旧脸朝下躺着。

一会儿，男孩带了药物、食物和衬衫回来。

男孩默默地守护着老人，不让别人打扰。

老人在梦中又见到了年轻时见过的狮子。

——我跟翊州说，抓住一“大”一“小”这两个口子，结构自然紧凑，开展就会步步深入。

“说得有理，既要抓住要点，又要深入浅出。”涛语继续响起，“午后在甲板，我看你一直拿笔在记，能跟我说说，你都记了些什么？”

“随便记啊，我对啥都感兴趣，这是我的职业病。”

“你举个例子，比如……比如嘛：男人尽多T恤、长裤，女人尽多背心、短裙，最应裸露的男士的肌肉偏偏爱遮掩，最应收敛的女士的柔肤偏偏爱敞开——这就是人性。哲学家因此参悟阴阳造化，艺术家因此吃透扑朔迷离，政治家因此洞烛社会幽微。”

“再比如……再比如，宽大的甲板上，仿佛聚拢了古往今来所有的帝王贵胄、英雄圣哲。你别笑，就我认识的，我看到恺撒大帝在玩迷你高尔夫，拿破仑在练攀岩，莎士比亚在冲浪，普希金坐在阴凉里沉思，列夫·托尔斯泰与泰戈尔在走棋，华盛顿在玩躲避球，与他搭档的有身材魁梧的大仲马、戴高乐，还有小不点儿的丰臣秀吉……”

风来了，涛音隐去。风从阳台门缝儿钻进来，在我枕边打旋。风说：“我从未名湖起程，越过大洋大洲，一路跟着你。”

“谢谢！你是东风。”我说。

“东与西，是你们人类的划分，我们服从自然。”

“对，人类也要学会顺应自然，保护自然。”

“你经历过的最大的风是什么？”

“小时候是台风。家靠海边，每年夏季，都有台风来袭。那时住的是茅草房，台风一来，就紧张得不得了。房顶要用绳索网好，绳子两端坠上石块，防止屋脊被台风掀去。有一次，是小学六年级吧，正在教室上课，狂风挟着暴雨来了，一个炸雷响起，屋顶上的大块红瓦跌落，砸穿天花板，恰巧掉在讲台上。老师让大家散开，我冒着大雨跑向操场，牢牢地抱着篮球架……末了还是挨了批评，说打雷的时候，篮球架最危险。长大后，体会最深的是政治风暴。每次它一来，都使很多人陷于灭顶之灾。”

“它比我们厉害多了。”

是的。对人的生命摧残最大的，正是人自己。我祝愿人类的政治愈来愈走向清明，千万,千万不要再动不动就刮台风，飓风。

风沉默。海沉默。起初还能听得见自己的呼吸，渐渐，耳边只留下若有若无的鲸啸龙吟，在沉沉一梦。

凭海为誓

海上航行进入第七天。游轮离开墨西哥的科苏梅尔岛，驶向终点劳德代尔堡。时近午夜，我搁下笔，走上阳台。

加勒比海空气明净，朗月在天，想象，必定有众星拱卫。

然而，我仰着脖子数来数去，天上只有几十颗星。

俄而，低头向栏杆外窥视。

近处的浪花是灰白的。

远处的海水是墨黑的。

更远处的海面则是一派晦冥幽沉。

游轮七日，我一直在想，也只有在这片蓝其发而绿其睛的热带海洋怀抱，才能诞生海明威这种飓风气质的作家。

海明威生于一八九九年，是我父亲的那一代人，他一九四〇年来过中国，那时我还没有出生。我认识海明威，也只是通过照片。海明威身高背阔，浓须密髭，宛然《三国演义》中的张飞。他最爱摆拍的姿势，是半蹲在地，手持猎枪，身旁躺着一头猎获的野牛，或豹子。

海明威喜欢狩猎，那是西部牛仔的趣味。他把报复性十足的豹子或兽中之王狮子击毙，从血腥中感受尊严，从残忍中觅取快乐。

海明威（左）钓鱼

一次，在非洲，海明威瞄准六十英尺高的树桠上的一头豹子，扣动扳机。“只听‘哗啦’一声巨响，豹子跌下来，身体形成一个半圆。尾巴朝上，脑袋朝上，背朝下。在下落过程中身子弯得像一轮新月，随后重重地摔在地上。”（选自海明威的《曙光示真》）这种畸形的审美，无论如何，我看不出，当然更不会去写。

海明威酷爱运动，包括足球、冰球、游泳、骑车、滑雪，尤其是拳击。他从小就野性十足，居然把练习拳击视为“甜蜜的科学”，要的就是拼死相搏的刺激。

海明威热衷斗牛。他说，斗牛是一种“绝无仅有的，使艺术家处于生命危险之中的艺术”。他渴求艺术的升华，更渴求危险的逼近。他认为，正是有了死亡的威胁，艺术才可能走向博大、永恒。在他的笔下：“刺杀公牛那一刻的妙处就在于人与公牛融为一体的那一瞬间，只见那剑一路推进，人俯身顶着它，死神把人与公牛两个形体结合在一起，融入了这场较量的激情、美感和艺术的高潮。”（选自海明威的《死在午后》）他甚至说：“人生就像是斗牛，不是牛被人杀死，就是人被牛挑死。”

海明威拥抱战争。是的，我说的是拥抱，你怎么理解都行。他参加过一战、西班牙内战、二战。他认为男人就应该上前线。他痛恨战争，但不畏惧战争。枪林弹雨在他身上制造了两百多处创伤，好在都不致命，他却因此脱胎换骨，由一个青涩的小子成长为一个出色的战地作家。

海明威嗜酒如命，白天喝，晚上更是大喝特喝，他把喝酒当作一天中最后的功课，喝得烂醉如泥，倒头就睡。第二天一早，却又精神抖擞，头脑清晰——我不喝酒，因此，站在旁观者的角度，我只能说：“他是酒神，不是酒鬼。”

海明威情感混乱。他一生结过四次婚，此外还有数不清的情人和一夜风流。说他情圣，过于恭维；说他花心，倒也贴切。他的放荡是赤裸裸的，不加掩饰，不以为羞。在他的名作《乞力马扎罗的雪》中，主人公哈里说：“爱是一堆粪，而我就是一只爬在粪堆上咯咯叫的公鸡。”不知道这里有没有他玩世不恭的体悟。

据说，海明威习惯站着写作，而且是单腿独立。他认为坐着太舒服，笔下容易废话连篇，站着辛苦，就会逼迫你拣最重要的东西写。我试过，觉得双脚落地，可以仿效，单脚站立嘛，因为吃劲，注意力难免向腿部集中，妨碍思考。毕竟我不是他，海明威的一条腿曾负重伤，用另一条好腿站立，也许是无奈的选择。而且，他可谓伤痕累累，体无完肤，久坐不舒服，有时就干脆站立。将偶尔说成常态，这是海明威的故弄玄虚，他惯于言过其实。

海明威强调“冰山原则”。他说：“冰山在海上之所以显得庄严宏伟，是因为它只有八分之一露出水面。”是以，他行文尽量简短，把大量的感受、背景和言外之意统统留在言外，让读者去想象、挖掘。比如《老人与海》，他只是说有一个老人和一个男孩，至于老人和男孩的具体年龄，却毫不犹豫地省略。又如，前面提到的名作《乞力马扎罗的雪》，画面辽阔，情节错综，全文仅有一万七千字，突兀而起，戛然而止，端的是绝妙手笔。

海明威之所以为海明威，除了以上种种爱好、癖好之外，更值得一说的是他的垂钓。他从小及大，走到哪儿，身边都离不了钓具。海明威在西礁岛生活过十一年，在古巴哈瓦那生活过二十年，这是他从成熟走向衰老的大半生年华，在这期间，他基本上都是上午写作，下午海钓。他钓过的大鱼，据说有的重达五六百磅。

海明威钓上来的最大的一条“鱼”，无疑是“《老人与海》”。那是一九五二年，写作地点在古巴。故事在他心里，已反复酝酿了十六年，绝对可以写成一部长篇，结果只动用了五万字。故事中的老渔夫圣地亚哥出海，一连八十四天，没有捕到一条鱼。这是一种暗示：老人已经迟暮，时运不再。到了第八十五天，怎么样？老人依然出海，而且一大清早，就把船划出很远很远。终于，他的坚持有了回报，老人钓上了一条比船还大的马林鱼——说明上帝没有把他抛弃，他仍然有好运相伴。但是，海上不仅有老人，还有鲨鱼，大群大群的鲨鱼，这是另一种“渔夫”。鲨鱼闻到血腥赶来，与老人展开了争夺马林鱼的大战。老人孤军奋战，拼尽全力，直到马林鱼肉被鲨鱼掠食殆尽，仅剩一副空空的骨架。老人拖着鱼骨返航，纵然如此，他还是要感谢风，风带着他畅游海域，风很讲交情，虽然有时候也会翻脸。此外，他还要感谢大海，大海就是他的家，那里有他许多好友，也包括敌人。另外，还有床。床也是他的好朋友。吃了一场败仗以后，没有比上床更舒服的事了。他已有三天三夜没有挨床了，他是多么渴望在床上呼呼大睡一场啊。那么，等等，又是什么将你打败的？老人拍拍脑袋，提醒自己：我是遭遇了挫折，但没有被打败。没有，绝对没有。这就是海明威笔下的老人，这就是《老人与海》向世界呈示的硬汉形象。

一九五三年，《老人与海》获得“普利策文学奖”。

一九五四年，《老人与海》又获得“诺贝尔文学奖”。

瑞典科学院在给《老人与海》的颁奖词中说：“人们应该记住，勇气是海明威作品的主题——具有勇气的人会被置于各种环境中考验、锻炼，以便面对冷酷、残忍的世界，而不抱怨那个伟大而宽容的时代。”

明乎此，你就会恍然，为什么海明威的“一个人可以被毁灭，但不能被打败”，能成为醒世恒言。

硬汉精神是宇宙历久弥新、生生不息的“大数”，尽管作为个人，海明威并非白璧无瑕，无懈可击，但其精神一旦从肉体抽象出来，汇入时代前行的步伐，从而便有了世界性、神圣性，从而，那弥漫、凝结之身，自是能力争上游，百炼成钢。

海明威辞世已长达半个多世纪，如今，吾国青少年的必读书目中，依然有《老人与海》。

我随身就带了一本中文版的《老人与海》。

昨晚，搁在阳台的小桌。

夜来一场豪雨，把它打得尽湿，页与页都黏在了一起。

今晨，借过路的海风帮忙，把水汽吹散。

白天，又借热情的阳光帮忙，把书烤干。

我知道，雨水、海风、阳光，都已趁机把书通读了一遍。

难怪它的扉页间，多了一缕加勒比海的肤香。

此刻，月光下，想象中的海明威和他的小木船渐行渐远，然而，我不死心，还是牢牢盯着那远去的船影看。如果有可能——我一边摩挲着《老人与海》，一边想——我情愿拿这艘豪华的皇家游轮，换取海明威当年垂钓用的小木船。

海明威的故居

我只是在网上见过海明威在巴黎的故居，不是一处，是好几幢。一九二一年至一九二八年，海明威侨居花都。初时，他只是一个野心勃勃而又穷困迷惘的“欧漂”，他的栖身之所，不过是打一枪换一个地方的临时蜗居。之所以今日纷纷亮出故宅、旧居的牌子，无非是借他的大名招徕。

回首巴黎旧影，真正温暖了那些蜗居的，是海明威身后“一朵绣在保加利亚黑缎上的红玫瑰”。她叫哈德莉，是海明威的首任妻子。其美，自不待言；其多才多艺，善解人意，也是超一流的。哈德莉年长海明威八岁，集贤妻、爱姐、慈母的呵护于一身，辅助海明威完成从默默无闻到声名鹊起的蜕变。

海明威尔后换过很多女人，正式的和非正式的，有名分的和没有名分的，但再没有人能取代哈德莉的爱。

海明威临终前，借回忆巴黎时光的《流动的盛宴》一书，给哈德莉留言：“我多希望，在只爱她一人时死去。”

浪子回头？浪子已走到生活的尽头，再也回不了头。

海明威在古巴的故居是一座叫维西亚的庄园，位于哈瓦那东南一隅。海明威于一九四〇年斥巨资买下。此时，彼时，海明威功成名就，财大气粗。庄园占地四公顷，主楼、副楼之外，还有果园、菜园、牧场。美中不足的是，离城区稍远；风景尽可弥补，站在高处，大海一览无际。

海明威喜欢哈瓦那，这里有令他一见钟情、终身迷恋的斗牛士故乡西班牙的情调，这里有令他荷尔蒙狂喷的雪茄、朗姆酒、海鲜大餐和混血女郎，这里有供他连接过去、延伸未来的拳击、狩猎和海钓，更有赋予他第二生命的创作灵感。

庄园当然有女主人。一九四一年起，是第三任妻子、战地记者玛莎；一九四六年后，是第四任妻子、作家玛丽。

然而，哈德莉式的那种全方位的爱，以及从爱之骨髓里分泌出的那种沁人肺腑的温暖，再也没有了，它已随逝去的好光阴，永远留在了巴黎。

另外，据说，芝加哥、巴哈马，也有海明威的故居。我在网上没有搜到，但我相信它们不会是空穴来风。

芝加哥是海明威的出生地，那里有任何男人都无法踵接的父爱如山，有任何女人都无法超越的母爱似海。但是，千不该，万不该，他的父亲在灌输给他垂钓、打猎、收割的欢乐，以及作为一个男子汉应备的坚强、挺拔、不屈不挠、勇往直前后，却在壮年，在来势汹汹的糖尿病前，选择了吞枪自杀；而母亲，居然应他的要求，把父亲用以告别人世的手枪，留给他珍藏——唉，正是这把手枪，若干年后，又悄悄策反了他钟爱的猎枪。

说到比米尼岛，海明威曾在它的海域钓过一条五百多磅的大鱼，那是使他肾上腺素蹿高再蹿高的记录。此外，海明威还在岛上整理过一本散文集，题名《生存还是死亡》。生存是他一条向前迈的腿，死亡是他

海明威故居

一条向后拖的腿，海明威本人不知晓，但两条腿知晓，在他身上，生存和死亡一直在暗中角力。

说来说去，芝加哥的岁月太遥远；比米尼岛的岁月恍如青烟，袅袅一缕，随风而逝；哈瓦那的岁月倒是流光溢彩，火热劲爆。可惜，鉴于美国、古巴之间的长期政治对峙——它像一堵高墙，阻住了游客纷至沓来的脚步，维西亚庄园还有待被更多游人的脚趾膜拜。

唯有眼前这处花木扶疏的院落，是海明威身后人气最旺、知名度最高的故居。它坐落于白头街九〇七号，白头街坐落于西礁岛，西礁岛坐落于美国大陆的最南端，与哈瓦那仅一湾之隔。

这是海明威的第二任妻子波琳置下的。它与西礁岛的最高建筑白色灯塔隔街相望，离美国前总统杜鲁门的行宫（小白宫）、以及作为美国最南端标志的彩色陀螺状水泥柱，仅一箭之遥。

一九二七年，身为时尚杂志的编辑波琳，从闺密哈德莉手中，挖墙角挖走了海明威。次年，她携新婚丈夫来到西礁岛。起先是租房而居。一九三一年，波琳，确切地说，是波琳的大款叔叔，帮她购买了这处房产，包括两幢楼房和偌大的院子。

波琳借助家境的殷实和高尚的品味，从欧洲进口多种器材，对院子进行了焕然一新的改造。她的目的，就是尽量投其所好，拴住夫君的心。

谁知十年后的一九四一年，海明威还是被一个叫玛莎的女子，以同样挖墙角的手法挖走。

如今，我和翊州徜徉在主楼。这是海明威一生行状的博物馆。他的家人、朋友、生平事迹、作品、荣耀，都以图片或实物的形式加以展示。前后四任妻子，也都一一到齐。都很妩媚而性感，又都各有各的幸与不幸。与天才作伴，注定了要尝遍酸甜苦辣。

对一个作家来说，核心部分在于书斋。海明威书斋的前身，是一处养马的两层偏屋，一层为马厩，二层为储藏室。波琳把一层改造为客舍，二层辟为书房。

书房不大，约三十来平方米。海明威的绝世武功，就在这小小的天地炼成。墙上挂着鹿头、海鱼标本，贴墙立着一排书架，室内散放着三把椅子、一张圆桌、一张茶几，桌上摆着一部打字机。我觉得它们都偏矮偏小，和海明威高大魁梧的身躯不成比例。尤其是，恕我冒昧，海明威一直强调的站着写作的习惯，在这儿找不到任何支撑的证据——因为，你想呀，站着写，那书桌的高度必须相当于讲台。

绕过书房，前方是波光粼粼的池塘。那儿本是花园的一角，海明威入住后，把它改为拳击场。一九三七年，海明威前往欧洲，像拜仑投身希腊战争那样，投身西班牙内战的前线。波琳为了讨丈夫的欢心，把拳击场改建为游泳池。这在当时，是西礁岛的独一份；如今，依然属于面积最大。翌年海明威回来，问波琳花了多少钱。波琳说是两万美金。海明威吓了一跳，因为当初整个院子的价格，才不过八千美金。这时，海明威苦笑着从兜中掏出一枚硬币，说："我身边只剩下这一枚硬币了，干脆把它也献给你！"波琳觉得这枚硬币肯定能博得来访的客人粲然一笑，遂把它用水泥粘在泳池旁边的地上。

我没有费心去寻找。海明威藏在那枚硬币里的难言之隐，也不值得我去寻找。波琳和海明威的爱情之苗，一露头就是歪长的，长成歪脖子树后就再也正不过来。

花园的另一侧笑语盈盈，似有无数银铃在微风中摇曳，是访客？不，这儿的访客有的是虔诚的朝圣者，他们只动眼、动耳、动脑、动笔，不会动嘴，除了偶尔的提问。近前，原来是七八位青年男女，忙碌在宽敞的草坪，抬桌的抬桌、挪椅的挪椅、搬啤酒箱的搬啤酒箱。看样子，是要搞一场大型派对。恰好遇见一位台湾来的老先生，他告诉我，这是在为一场跨国婚礼做准备。

婚礼？还是跨国？我一时转不过弯。老先生解释，这儿已成了婚庆场地，慕名而来的新人，遍布世界各地。

这真是冷幽默。那些怀着婚姻神圣的俊男靓女，从天南地北赶来这西礁岛，这美利坚大陆的天涯海角，借这儿的碧海、蓝天、椰林、细沙，来一场旅行结婚，倒也不失新人新事新潮的浪漫。只是，这眼前的花园嘛，我不知他们有没有想过，女主人可是波琳，她使出全身解数维系一桩抢来的婚姻，到头来还是鸡飞蛋打，竹篮打水一场空。至于男主人海明威，都用不着我来说，尽人皆知，更是一个混迹赌场、流连春楼、喜新厌旧、始乱终弃的浪荡鬼。让这两位大神端坐在主席台上看热闹（这是必然的）——你愣是觉得幸福，那就好，谁都没得话说；至于我，总未免感到滑稽。

坐在泳池边一株大树下，想这铁质扶手的木椅应该是后来的，而这片铺满落叶的泥土是原封的，我如果使劲跺一下地，肯定会踩痛海明威的脚印。这也活该！初到西礁岛的日子，这家伙完全是吃软饭的。买下这座大院，他没花一个子儿。修这泳池，他也没垫一分钱。而他在事后掏出的一枚硬币，却成了风靡世界的谈资，成了主人炫奇、骋奇、鬻奇，客人好奇、猎奇、探奇的“奇点”。游客到这儿来，都会围着这枚硬币转，它成了天字第一号的文物。这理你到哪儿去讲。我听到它也在喊我，喊我的目光去抚摸，可我的脚懒得搭理，我自岿然不动。

仔细咂摸，海明威的一生并不完美：

生下来左眼就弱视，这给他的射击、拳击、垂钓等爱好蒙上一层阴翳；后来又被儿子不慎划伤，险乎失明。

高中毕业，旋即失学；初次上战场，身上中了两百多块弹片，虽然大多数被取出来了，但他一辈子也摆脱不了遍体鳞伤的梦魇。

初恋失败，自暴自弃，破罐子破摔，与一伙狎邪的男女鬼混，被母亲一怒之下逐出家门。

初次上场斗牛，被猛牛撞断两根肋骨；海上捕鱼，慌乱中导致手枪走火，击中自己本来就伤痕累累的大腿；在非洲打猎，连续遭遇两次飞机失事，跟着又陷入火灾，烧得面目全非。

狂妄、暴戾、偏激、褊狭。人对他好，他却在背地说人的坏话，并以此取乐；小说中的人物，动辄以朋友为原型，真名实姓，随意褒贬；仅仅因为意见相左，就宣布与朋友断交；路遇论敌，竟然恶向胆边生，大打出手。

他以钢铁般的意志自诩，但在悲哀、忧愁袭来之际，却动不动就想自杀。

身后，又浮出双面间谍的疑云。

说到女人，自从结发妻子哈德莉帮他稳住生活的阵脚后，仗着人长得帅，才华洋溢又风流倜傥、放荡不羁，身边可是从来不缺。他把哈德莉的大度看成可欺，他对女人的忠告，竟然是：“你对一个男人越好，你越是向他表示你的爱，他会越快地摆脱你。”

就是这个情迷意乱的家伙，晚年回忆说：“我爱她（哈德莉），我并不爱任何别的女人。”这是在忏悔？还是在写小说？不，他只不过是在历经情感的放荡饕餮之后，灵魂无所栖止，又回光返照地回到发妻曾经青春而诗意的怀抱。

次任妻子波琳决不是省油的灯。她工于心计，长袖善舞，为了巩固婚姻，处处都徇海明威的意。无奈爱巢的围墙再高，墨西哥湾的海流再急，也阻挡不住海明威的沾花惹草，见异思迁。

波琳病危时还惦着海明威，发电报让他前去见一面。海明威动身了吗？没有。痴心的波琳，到死也没弄明白，海明威的字典里根本没有“爱情”，只有“逢场做戏”“风流成性”。

第三任妻子玛莎是著名的战地记者，作风泼辣，敢做敢为。她爱海明威，爱的是他的才。天才是要站远了看的，一旦失去距离，美感就会迅速褪色。玛莎觉得，海明威的光环已不足以掩盖他的放浪、粗暴、虚荣、多疑、邋遢。于是当机立断，主动选择拜拜。

这是海明威在恋爱场上唯一遭遇的绝情的反制。

第四任妻子玛丽是个本分的女子，她知道自己在海明威生活中的角色：一个仆从、杂役、保姆、管家。因此，纵然海明威的艳闻满天飞，甚至当着宾客的面对自己大加羞辱，她也忍气吞声，稳坐自己的钓鱼船。只要小船不翻，日子就按部就班地朝前过。是以，只有她和海明威的婚姻走到了终点。

海明威的朋友曾抱怨，说他是“一个健康的身体上长着一个不健康的脑袋”。

错了。海明威从来就谈不上健康，从他幼年的眼疾、青年的枪伤、壮年的飞机失事、脑震荡、多处骨折、大面积烧伤，到晚年的高血压、糖尿病、铁质代谢紊乱、抑郁症等等，是名副其实的病人。

说一千，道一万，海明威尽管有这不足，那不足，但在二十世纪的上半叶，在战争与和平拔河的年代，在邪恶与正义竞长的年代，海明威的作品是对真理、文明的执着，是对英勇无畏、宁死不屈的实践与讴歌。海明威参加了两次世界大战，无论他的枪，还是他的笔，都体现了叱咤风云的时代精神。正是由于这一点，也只能是由于这一点，他才得以从崇高的人性与堕落的放荡搏斗中胜出，从芸芸作家中崭露头角，在美国文学史乃至世界文学史上，占据着耀眼的一席。

他的名言“每个人都不是一座孤岛，一个人必须是这世界上最坚固的岛屿，然后才能成为大陆的一部分。”温暖了二战后全世界人民的心。

孰谓天才，这就是天才。

孰谓奇迹，这就是奇迹。

西礁岛时期是海明威的急速上升期。波琳的贡献有目共睹。两人分手后，她一直守着旧巢。“我本将心托明月，奈何明月照沟渠”，一九五一年，她在郁悒不乐中饮恨而逝。

尔后，海明威凭借《老人与海》，相继夺得以“普利策”和“诺贝尔”命名的两项文学大奖。

作者与孙儿在海明威故居前留影

上天厚爱他，也惩罚他。这两项大奖并没有激发他的生命力、创造力，反而由于光环的挤压，加速毁坏了他原本挥霍过度的健康。

一九六一年七月二日，海明威步其父亲的后尘，饮弹自尽——这是另一种“挥霍”，是他“硬汉精神”的最后一笔。

院子售给女商人迪克森太太，难得她看出，曾经生活在这里的海明威，永远不会退场。这里的角角落落都回荡着“海明威”“海明威”，枝枝叶叶都嘁嘁喳喳着“海明威”“海明威”。时光把人简化，海明威复杂而多变的情感，如今只剩下了“硬汉精神”，且已蔚为空气，与自然的呼吸融为一体，连阳光射到这儿，芬芳也明显多了一味。你想想，你要是待在这儿，能不为海明威的气场裹挟吗？迪克森太太就是受这气场感染，三年后，她果断搬去别处，把这儿改成“海明威故居博物馆”。

一九六八年，美国政府趁热打铁，锦上添花，宣布这儿为海明威的专属领地，学术名称叫“历史地标性建筑”。

墨西哥风光

F

阳台夜话（一）

——手挥五弦，目送飞鸿

阳台，是舱房和外部世界的沟通平台。

我每晚都要在阳台上读书、思考、写作。

每当夜深醒来，第一件事，就是上阳台眺望大海和星空。

加勒比海空气明净，白天阳光灼人，想象，夜晚必然繁星满天。

然而，我每夜数来数去，天上只有几十颗星。

起初，感觉是游轮的灯火太过明亮，掩盖了天幕上的星图。

后来，观察到游轮烟囱喷出的白烟太过张扬，遮蔽了我的视线。

再后来，明白我的老眼太过昏花，目光再也回不到童年。

手机显示我国外交部发言人的新闻照片，扬眉瞬目，大义凛然——即便被某些敏感而带挑衅的话题激怒，也依然彰显大国风范。

我理解！我无条件支持！

但，我也期待更新更高一级的版本，即："望之俨然，即之也温，听其言也厉""满目含春，不怒自威""羽扇纶巾，谈笑间，樯橹灰飞烟灭"。

民气要涨，更要沉。

明修栈道，暗度陈仓，不唯大智，更唯若愚。

"黑天鹅，灰犀牛，零和博弈，明斯基时刻，供给侧……"不加注解，普通读者不明白说的是什么。

统统是从西方拿来。

堂而皇之的西化。

不怕——怕的是食而不化。

牙买加法尔茅斯港海景

“太空中开一枪，子弹将一直飞，一直飞，一直飞。”

这是科学家说的，因为太空中没有空气阻碍。

而且还要加上一条——我想——前进的路上始终没有“南墙”。

“当你把目标锁定在一个人身上时，你就已经开始落后了。”短跑之王博尔特如是说。

无奈，汉字“人”的一撇一捺，一天到晚老是较着劲。

人生的每一步，都有一种时运在背后支撑。

有些事看起来很难，一迈步也就跨过去了。

有些事看起来很容易，但你怎么努力也达不到。

富兰克林指出：“平庸的人最大的缺点，是常常觉得自己比别人高明。”

是否也可反过来论证：“非凡的人最大的优点，是常常觉得他人比自己出色。”

萨特写道：“我特别佩服一种人，一边撒谎作弊，一边却头头是道地讲道理。”

我特别佩服萨特的是：“诺贝尔文学奖”落到头上，他却断然拂开。萨特说：“我拒绝荣誉称号，因为这会使人受到约束，而我一心只想做个自由人，一个作家应该真诚地做人。”

歌德明鉴：“一个杰出人物被一群傻瓜欣赏，再也没有比这更糟糕的事。”

千万不要倒过来：一个傻瓜被一群杰出人物欣赏，决不是更妙的事！

路易斯·阿姆斯特朗，一九〇一年出生在新奥尔良一个黑人家庭，在他很小的时候，父亲就离家出走，不知所终。因此，他是在极端困窘而又无人管束的环境中长大。和绝大多数的黑人一样，他生来就具有音乐天赋。一九一二年的圣诞夜，对于十一岁的阿姆斯特朗来说是终生难忘的。那天，他得到了一支手枪，好奇心驱使，他朝天鸣枪，希望以此送走过去一年的不幸，迎接新的一年的到来。然而，在寂静的夜空中，枪声显得格外的响亮，不但吓坏了周围的小伙伴，而且惊动了警察。警察不认为这很有趣，不认为这只是少年的玩笑而已。他们注意到了阿姆斯特朗的肤色，于是认定这是对于社会治安的威胁和破坏。警察不由分说，逮捕了阿姆斯特朗，并以“非法持有枪支”的罪名，将他送进了感化院。

阿姆斯特朗在感化院遇到了一位音乐家，他开始跟着学习小号，并参加了里面的少年乐队。数年后离开感化院，他已掌握了小号的基本技能。阿姆斯特朗打定主意，他将用这个乐器来创造自己未来的生活。

这一创造，就创造出一个天才的爵士乐手。如今，阿姆斯特朗对于爵士乐的重要意义，就好像古典音乐的巴赫和摇滚乐的猫王。

比尔·盖茨降生后，出生证明上填的是威廉·亨利·盖茨，跟他父亲的名字一模一样。

这在中国是行不通的，中国人要避讳长辈的名字后人不能袭用。西方人无所谓。比如奥地利音乐家约翰·施特劳斯的儿子，也叫约翰·施特劳斯，法国作家亚历山大·仲马的儿子，也叫亚历山大·仲马。人们，主要是咱中国人，为了区分，姑且在上述父子的名字前，加上“大”和“小”。此外，譬如美国当代总统乔治·布什，他的儿子亦叫乔治·布什，也当了总统，中国人习惯叫作老布什，小布什。而“平行宇宙理论”的创建者美国人休·埃弗莱特，他和祖父、父亲祖孙三代共用一个名字，因此，世人提起他，就不得不特别指出“休·埃弗莱特三世”。

影片《肖申克的救赎》的经典台词：“不要忘了，这个世界穿透一切高墙的东西，它就在我们的内心深处，他们无法达到，也接触不到，那就是希望。”

说这话的是安迪，他花了二十年的时间挖越狱地道，也就是说，怀抱了二十年的希望秘密干一件大事，难怪他面对非人的折磨总能泰然处之，且面带诡谲的微笑。

李敖桀骜一世，临终前发愿，要与生平结下的仇人再见一面，听听对方的想法，然后说说自己的意见。迟了！他应该在生命高峰时，在策笔开仗前就考虑到这一点的。如今到了强弩之末，谁还会给你提供舞台呢。

余光中逝世，我发了十多年前写的一则短文，以作悼念。

所幸，这则短文还有呼吸，还有体温。如果文章才十多年就过气，那岂不是太可悲了吗。

林清玄去世，我一字未写。傍晚，在甲板上，有同行者问我对林清玄的看法，我说蛮欣赏他早期的两三篇散文。后期呢？那人又问。我说，那得问他自己，是不是真的如他笔下布道的那样，活得很恬淡，很空灵，很清欢？

麦当娜冲一位老太太脸上吐了一口痰，以示轻蔑。她是影视明星兼歌星，有的是钱，不在乎你告，更不在乎区区罚款。但是，这回联邦法院的判决让她心肝儿颤：罚赔老太太五百万美金。

一口痰并不会对老太太造成多大伤害，而是考虑到，对麦当娜这样财大气粗的金主，罚少了根本不往心里去，说不定转身又对他人再来上一口痰，只有罚得她眼冒金星，她才能牢记教训，永不再犯。

“辱骂我一分钟，胜于阿谀奉承我三个月。”这要一颗怎样强大的心脏？其实也不难，你只要懂得，并且悚惕，“谄媚从来不会出自伟大的心灵。（巴尔扎克）”

据说宇宙有十一维，甚至更多。

目前人类中的科学大神，如爱因斯坦，如霍金，只能想象四维。最近有一篇文章即指出：科学家认为，地球和某种神秘世界之间，存在着一种不可捉摸的通道。通道的两边是两个不同层次的世界。研究这种现象的人，把藏在通道另一侧的神秘世界，称作“四维空间”。

在思想认识上，普通人只能感知三维，不少人还停留在二维，甚至一维。

金星自转的方向与地球相反，是自东而西。

因此，在金星上看，太阳是从西方升起。

立足点不同，景象截然改观。

天下武功，速度为王，无坚不摧，唯快不破。

黑人玩不转乒乓球、羽毛球、游泳、体操等等，但他们跑得快，径赛场上一骑绝尘，一统江湖。

在殖民时代，黑人跑得再快，也跑不过子弹。

古诗词不宜泛滥，也泛滥不起来，因为人都是新潮兼俗滥的了，人心既已不古，何来古风古调？

书画不宜劳师动众，一哄而上，尤其不宜作敲门砖，试想百万千万之众都从钱眼里看书画，这玩意还能有几分生气？

书有书格，画有画格。当代书画，给我最深的直感就是三个字：小情趣。

鹰立如睡，虎行似病。

画家多半不这么表现，是担心观众说他没水平，还是“意态由来画不成”？

大师对商人说：“鱼置身干枯的陆地时会丧命，同理，当你被困在尘世时，你也会丧命。鱼必须回到水中——你必须回到孤寂之中。”

商人听了很害怕。“我必须放弃生意，进入修道院吗？”

被人嫉妒或嫉妒别人，在某种意义上说是一件好事。巴菲特有言：“不是贪婪，而是嫉妒推动着世界前进。”

老伴从埃及发来短信：

“刚刚看了金字塔，面对那几十吨、上百吨重的巨石，禁不住会想：它们是怎样从山体上切割下来，又是怎样从场地运到这里，然后又一块一块地砌上去的？想想就令人头疼。”

我回复：“要想不头疼，只有一个办法：相信古埃及人有特殊的先进文明，而这种文明在后世又莫名其妙地消失了。”

有人求字。出发前，我为他写了一幅“天地一斗”，快递寄出。

语见周杰伦的同名歌题，是为雪碧篮球赛创作的主题曲。歌词中写道：“你是天，我是地，合而为一我们天下无敌。你要记我的名，走路有风这叫做自信。我深藏不露，我身影如梭，如沙鸥只求天地一斗。球场夜如墨，街灯亮如昼，为了驰骋一宿，胜负不皱。我锐利如钩，你防如铁胄，用平分秋色幽了天地一默。”

途中，接到对方手机短信：卞老师，“天地一斗”是什么意思？

复：

当你壮怀激烈，可咏毛泽东的“与天斗，其乐无穷；与地斗，其乐无穷；与人斗，其乐无穷”。

当你手挥五弦，可吟曾国藩的“毋与君子斗名，毋与小人斗利，毋与天地斗巧”。

当你羁旅天涯，不妨暗诵杜甫的“飘飘何所似，天地一沙鸥”。

自喻：

假如我是一颗小石子，我见到泰山，承认它、赞美它比我高大，但不会被它吓倒。因为它是泰山，它只是吸引，而无意冒犯。

假如我是泰山，一日与珠峰碰头，认可它、称道它比我更耸入云天，但不会向它跪求。因为它有它的无限风光，我也有我的无限风光。当上天召集群峰会，我与它分庭抗礼，平起平坐。

假如我是珠峰，即使见到一粒小小石子，我也不会把它吓晕。因为我是文化的文明的载体，从没有想过要把谁碾成齑粉。

这就是我——我拒绝幼稚而鲁莽的狂想。

《黄金三镖客》

意大利人赛尔乔·莱昂纳导演的“镖客三部曲”，分别为《荒野大镖客》《黄昏双镖客》《黄金三镖客》，就艺术水准而言，一部比一部好。

依稀记得其中的台词：

“在这里，要么发财，要么死。”——美国西部牛仔的真实写照。

“如果两个猎人追逐同一个猎物，结局通常是他们互相在背后开黑枪。”——有我无你，有你无我。

以小喻大，大到集团、党派，乃至国家，其行事风格，往往都有这句话的影子。

“既然为了活命而工作，为什么又要为了工作而卖命？”——跳出牛仔、帮派，泛举开来，前者出于本能，后者出于信仰，出于生命的艺术。

眺望大海

《勇敢的心》

美国派拉蒙影业公司出品。

七百年前，苏格兰民族英雄威廉·华莱士揭竿起义，反抗英格兰的殖民统治，在作战之前，他向临时召集、畏敌怯阵、企图溃逃的民众疾呼：

“作战，可能会战死。逃开，能活着，至少一阵子。几年后在床上老死。你们是否愿意，用这一切来换今天。为一个机会，就这么一个机会。回到这，告诉我们的敌人。他们或许会杀死我们，但他们夺不去我们的自由！自由！！！”

民众被威廉·华莱士的演说所鼓舞。在他的率领下，兵强马壮、来势汹汹的英格兰军队被最终击败了。

威廉·华莱士后来身中奸计，不幸被捕。英格兰王妃（他的秘密情人）前来探监，劝他苟且偷生，以待时机。威廉·华莱士摇头，说：“每个人都会死，但不是每个人都真正活过！”

在断头台上，他宁死不屈，拼尽最后的力气，高呼“自由”。

三个小时的电影，我看过若干遍，每看一回，都像是从头再活一次。

《辛德勒名单》

美国著名导演史蒂文·斯皮尔伯格的杰作。

辛德勒是一个纳粹党员，一个投机商，只因良心未泯，他用自己管理的工厂作掩体，保护了一千多名犹太人。

战后，这幸存的一千多名犹太人送给他一枚戒指，上面刻着犹太人的箴言：“救人一命，等于救全人类。”

关于这部获得“奥斯卡金像奖”的影片，人们谈论得已经够多的了。

我想说的是，和平年代，我们应予警醒：

毁一棵树，等于毁一片林。

毁一条溪，等于毁江河湖泊。

毁一个人，等于毁全人类。

《送信到哥本哈根》

曾经以为这是欧洲人拍的片子，背景是二战。

错了，拍摄者是加拿大狮门电影公司，总部在美国，故事发生在一九五二年保加利亚的集中营。

英文名是《我是大卫》，中文名是《送信到哥本哈根》。

大卫从小在集中营长大，无父无母，对外部世界浑然不知。

十二岁的一天，他在一位神秘监狱官的协助下出逃，目标是丹麦。

他历经艰险，来到意大利北部的山区，幸遇一位在此作画的瑞士老妇人。老妇人得悉他的身世，遂帮他闯越瑞士国境。

边防人员检查完老妇人的证件，又索要大卫的。

当然，除了一封被交代"途中不能给任何人看"的信件，大卫身上什么也没有。

老妇人解释："这是我的孙子，今天早上走得匆忙，忘了带证件。"

边防人员公事公办："不行，没有证件就不能通过。"

老妇人眨闪着眼，面带戏谑的微笑："就不能通融一下吗？他只是到贵国一游，待推翻了政府马上就走。"

边防人员一愣，旋即开心地笑了："好啊，年轻人，推翻了政府之后，别忘了给我们加工资。"

这是我见到的最精彩的对话。

也最风趣——许多貌似严肃的"公事"，亦可依此解构。

《弗里达》

我看过的墨西哥的影片，有《叶赛尼亚》《冷酷的心》《墨西哥往事》《罗马》《街头霸王》，还有，就是这部《弗里达》。

弗里达是墨西哥二十世纪著名的女画家。

因为车祸，她的一生就是与痛苦搏斗。

因为痛苦，她的聪慧和美貌也在绝望中疯狂迸发。

“人只有在危难时，才活得像个人。”忘了是谁说的，拿来形容弗里达，是再合适不过。

由此演绎，艺术家在某种疯狂状态下，常常天资迸发。

天才有时仰赖于疯癫。

《乱世佳人》

一九三九年美国米高梅电影公司的彩色片，拿到今天，依然风华绝代，炫目夺睛。

主演费雯·丽有一双猫眼。

这双猫眼烘托了斯嘉丽的娇蛮，也展现了斯嘉丽的狡黠。

娇蛮的佳人终归要栽在狡黠上。

直到她解数使尽，苦头吃尽，才大彻大悟：我还有个庄园，有个家。

对了！斯佳丽的父亲早就告诉她：“唯有土地与明天同在。”

佳人只有脚踏实地，才能找回天生的美丽。

《第二十二条军规》

背景为二战，地点为驻扎在地中海的一个美国空军基地。

这里颁布有“第二十二条军规”：只有疯子才能获准免于飞行，但必须由本人提出申请。

然而，你一旦提出申请，就证明了你神经正常，并非疯子，自然，你还是不能免于飞行。

“第二十二条军规”还规定：飞行员飞满二十五架次就能回国。但有附加条件：必须绝对服从命令，否则就不能回国。

因此，上级可以无限制地给飞行员增加飞行次数，四十次、五十次、六十次，而你因为想回国，只好忍气吞声，逆来顺受。

“第二十二条军规”是一个悖论、一个圈套、一个陷阱、一则对美国逻辑的反讽。

这就是黑色幽默。它保留了古典幽默的大智小慧，但抽掉了核心的展颜一笑，代之以无奈和苦涩。

如果你还没有看明白，那么请听基地将军在面对满怀厌战情绪的飞行员时，一番谦虚的自白：

“我唯一的缺点，”将军以他长期练就的诙谐口吻说道，同时密切注意着自己这句话的效果，“就是我没有缺点。”

《窃听风暴》

这是一部德国片，故事发生在一九八四年的东德。那时，东德总人口仅有一千六百多万，而被国家安全部门监控的人数竟达六百多万。

“如果你们要判断一个人是否有罪，最好的办法就是一直盘问到他认罪。”

这是东德教科书的案例，也是东德官方的伎俩。

——东德已瓦解，但其流毒，仍令剧中人，以及观众，谈虎色变，不寒而栗。

《华尔街》

忘了具体情节，但忘不了主人翁盖柯的自白：

“没有比‘贪婪’更好的词语了。”

你要了解华尔街那些叱咤风云的金融大鳄，不，你要为美利坚合众国切脉，不妨就从这句台词开始。

《美国往事》

白天在甲板上，与人谈起这部电影。

想起张晓风的一段话：“巷口一家饺子馆的招牌是正宗川味山东饺子馆，也许是一个四川人和一个山东人合开的。我喜欢那招牌，觉得简直可以画上《清明上河图》，那上面还有电话号码，前面注着 TEL，算是有了三个英文字母，至于号码本身，写的当然是阿拉伯文，一个小招牌，能涵容了中文、阿拉伯文、英文，不能不说是一种可爱。”

又想起熊培云的一段话：“不同的文明是否能够和平相处？记得有一年我到广州出差，看着满大街拥堵的汽车，脑子里突然有了一个想法：中国的汽车车牌也许是融合世界几大文明的最经典范例。假设现在有这样一个广州车牌——‘粤ABC123’。在这里，首先‘粤’是一个汉字，属于中华文明，在某种程度上说也代表着东方文明。‘ABC’是字母，它来自于欧美，属于西方文明；至于车牌后的数字‘123’，众所周知，这是阿拉伯数字，源于早期阿拉伯文化对世界的贡献，属于伊斯兰文明。然而，如果你不去用‘文明冲突论’‘诅咒’它们，不惹是生非地对字母、数字或汉字中的任何一方说坏话，找它们‘潜在的敌人’，它们就会相安无事地和睦相处。”

电影《美国往事》是西部牛仔的都市版，主角叫诺德斯（直译“面条”），身为黑帮大佬，从头到尾，似乎只有一种表情：皱眉蹙额，一脸无奈相。

这种人最冷静，也最狠辣，而且狠辣得让你不觉其狠，不觉其辣。

思绪飘开，想到出演诺德斯的演员罗伯特·德尼罗，此君拥有美国、意大利双重国籍，而考其血缘，竟然带有四分之一的意大利血统，四分之一的爱尔兰血统，四分之一的德国血统，以及八分之一的荷兰血统与八分之一的法英血统。

瞧，这应该是比张晓风笔下“饺子馆的招牌”、熊培云笔下“汽车的车牌”，更加经典的“混血”范例。

《挑战星期天》

美国人最爱的球类运动，是橄榄球，以橄榄球为题材的影片，给我留下深刻印象的，就是这部《挑战星期天》。

主演为影帝阿尔·帕西诺。他曾因出演《教父》《疤面煞星》《闻香识女人》等经典大片荣获“美国国家艺术勋章”。影片中，他扮演一个老牌橄榄球队的教练托尼，主场就在迈阿密。

橄榄球比赛一般都放在星期天，作为教练，托尼挑战的就是每一个参与角逐的星期天。不是赢，就是输。而教练、球员、老板、所在城市的利益集中到一点，就是只能赢，不能输。

你可能不懂美式足球，但你对托尼在球队屡败之后所作的那场激情澎湃的战前动员，一定会刻骨铭心。

托尼的演说如下：

“我真的不知道该说什么，三分钟后，就是我们职业生涯中最大的战斗。今天一切都来临了，我们可以作为一个团队被拯救，或者我们将崩溃，一英寸接一英寸，一击接一击，直到我们完蛋。我们现在身处地狱中，先生们！相信我，我们可以待在地狱里，让那些混蛋踢走我们，或者，我们寻找自己的出路，重见光明，我们可以爬出地狱，每次一英寸。现在，我无法为你们奋斗了。我太老了。我看了一下周围这些年轻的面孔，我想，我的意思是，我犯了中年男子都会犯的错误，我花天酒地挥霍金钱，不管你相信与否，我还赶走了曾经爱我的人，最近，我甚至不敢看镜子中的自己。你知道，当你的生命逐渐变老，很多东西会离你而去，这就是生命的一部分。但是，你只有在开始失去时才会明白，人生其实就是一个英寸游戏。就像橄榄球，因为无论是生命还是橄榄球，容许你犯错的空间都很小。我的意思是，一小步太晚或太早，你就无法实现它。一个时刻太慢或太快，你就无法抓住它。我们需要的英寸就在我们身边每一处、每一分、每一秒。在这个团队里，我们为每一英寸奋战。在这个团队里，我们激励自己，还有身边的每一个人，去争取每一英寸。我们的手像爪子一样抓住每一英寸，因为我们知道，当我们完成了所有的每一英寸，它将会成为胜者和败者的区别，生与死的区别。我会告诉你这些，在任何战斗中，那些奋不顾身的人将会赢得那一英寸。如果我还有时间的话，我依然希望为那一英寸而战斗，因为这就是生活的真谛。……”

阳台夜话（三）

——夜凉如水，一念如风

夸父发狠追赶太阳，他足下生风，嗖地飞越千里，嗖地又飞越千里，在旁人看来，眼看就要抓住太阳的金须。

太阳犹自拈须微笑，它知道，夸父和它只差一步，但那是不可逾越的一步——夸父注定了劳而无功。

宇宙也有“双轨制”，太阳有太阳的轨道，地球有地球的轨道，夸父既然生而为人，他就永远不能摆脱地心的吸力。

但是有一天，太阳偏离了它的轨道，离地球愈来愈近，愈来愈近。人们的感觉，就像天上同时出现了十个太阳，烤得江河枯竭，岩石枯焦，大地冒烟。

夸父怒极，他拔脚追赶太阳，在一处叫崦嵫的地方，他一把抓住了太阳的金须，然后，像扔铅球一样，大吼一声，把太阳掷回原来的轨道。

历史的一页是这样记载的：天行有常，如果你违背了自然的规律，即使伟大如太阳，也会遭到人间英雄的反抗。

不，不是这样的。某学者对我说，夸父是陨石撞击地球的产物，他的血管里呼啸着外星人的血，他追逐太阳，是想叫对方帮他重返空明的宇宙。

结果呢？结果夸父力竭，倒地而毙，委形付诸山林，魂魄升于寥廓，化为云霓，渡过迢迢银河，回归宇宙腹地。

这不奇怪。所有的故事都有异本，所有的结论都有别解。

上古的一个故事——

尧时，帝位实行禅让，尧为了选一个理想的接班人，亲自微服查访。一天，他寻到一处山清水幽的所在，看到一个汉子，俯身在小溪边，手里拿了一只瓢儿，掬水面滴溜溜地转。尧帝纳闷，问：“你一个大男人，大白天的不干活，这小瓢儿有那么好玩吗？”汉子起身施礼，答道：“我已看破红尘，斩却名缰利锁，逍遥散淡，无拘无束，玩什么都好玩。”尧帝听罢，心头一凛，想：“世人最看不穿的，就是荣华富贵，最摆不脱的，就是你是他非，而此人能不受外界诱惑，守住本真，是个超然的、能担当大任的角色。”尧走前一步，郑重地说：“这位大贤，实不相瞒，我非别个，乃是当今主政的尧帝。我走南闯北，到处物色接班人，今天碰到你，也是有缘，我觉得你正是我要找的那种人，所以我现在就决定把王位传给你，你意下如何？”那汉子听罢，回身从水中捞起瓢儿，往地下一扔，一脚踩个粉碎，然后用双手遮住耳朵，沿小溪大步跑开，跑得离尧远远的，直到听不见，也看不见，才弯腰掬水，拼命擦洗他的耳朵。

这当口，恰逢邻人牵牛来饮水，见状，问：“你这耳朵怎么了，只管洗个不停？”汉子清洗完毕，才转过头回答：“刚才尧帝说要把天下让给我，你想，这是什么话？我岂是那样利欲熏心的人！听了只觉得呕心，所以借这山泉，把耳根洗洗干净。”邻人听了，赶紧把牛往上游方向牵，边走边说：“这儿的水，已经被你的耳朵洗脏，我的牛自然不能再喝。”

这个故事很有名，历代有很多人投入研究，综合各家成果。那个洗耳的汉子，也就是主角，叫许由，牵牛饮水的邻人，名巢父，这都是上古的高贤，故事发生在颍水的北侧，箕山的脚下。

年初，网络爆出新闻，说故事的研究，又有质的突破。具体说，就是有一位箕山地区的青年，跑到京城开了一家“许由洗耳店”。鉴于现代人的耳朵已被各种假话、大话、空话，以及各种恶声、噪声、浊声污染，轻者发生耳垢耳鸣，重者耳道耳膜受损，甚而致聋失聪，所以洗耳店一开张，就顾客盈门，火爆异常。那青年见有利可图，便迅速扩张，又在京城闹市开了几家分店。近日，又有某经济学家撰文，预言洗耳店不久将推向全国，遍地开花，势将压倒洗澡、桑拿、洗脚，成为神州最新，也是最为红火的行业云云。笔者禁不住怦然心动，打算返国后就前往洗耳店一试。

加勒比海的海水色彩斑斓

《天方夜谭》叙述的故事：

开罗有个大富翁，性喜仗义疏财，久而久之，把偌大的家产散尽，只剩下一座祖传的院落，不敢再动，日常便靠打工谋生。一天晚上，他因为白天干活太累，躺在自家花园的一棵无花果树下，迷迷糊糊地睡着了。梦中，他见到一位衣衫湿透的男子，从嘴里掏出一枚金币，冲他一亮，说："你的好运在波斯的伊斯法罕，赶快去找吧！"这人记住了梦中的话。第二天早晨，他一起床，就毫不犹豫地动身上路。途中经历千难万险，好不容易抵达伊斯法罕。进得城，他见天色已晚，就寻了一座清真寺的天井暂且栖身。当天夜里，恰逢一伙强盗借道清真寺，打算洗劫旁边的民宅，脚步声惊动了开罗客，他高声呼救，寺院旁的邻人也被惊醒了，一起大喊救命。喊声唤来了巡夜的士兵，强盗见势不妙，慌忙越墙逃跑。士兵搜查寺院，在天井发现了形迹可疑的异乡客，不管三七二十一，上去就是一顿狠揍。开罗客昏迷了两天两夜，才在监狱里醒来。一位长官亲自提审："你是谁，是从哪里来的？"他如实秉告："我叫穆罕默德·艾尔·马格莱比，我从遥远的开罗来。"长官追问："这么大老远的，你跑到波斯来干什么？”他哭丧着脸回答：“有人托梦给我，说我的好运在伊斯法罕，叫我赶快来找。我来了，谁知等待我的竟是莫名其妙的一顿暴打。”

长官听了他的叙述，笑得直不起腰。“鲁莽轻信的家伙啊，”长官说，“我三次梦见开罗城的一所房子，房子后面有个日晷，日晷后面有棵无花果树，无花果树后面有个喷泉，喷泉底下埋着宝藏。我根本不信那个鬼梦。而你这个骡子与魔鬼生的傻瓜，居然叫一个梦，骗到千里之外。听着，这里有几枚钱币，拿去做路费，赶紧回你的开罗，可不要让我在伊斯法罕再碰到你！”

他拿了路费，星夜赶回自己的家，果然在自家花园的无花果树后，喷泉底下——也就是长官梦见的那个地点——掘出了宝藏。

嘻嘻，幸运儿和蠢蛋的区别在于，前者的梦，恰好衔接了别人的梦，而后者，压根儿就不相信美梦还会成真。

作爱因斯坦的学生，相信是很多人向往的。名师出高徒，也是不容置疑的。但是，如果你是大才，或者渴望成为大才，我劝你不要拜在爱因斯坦门下，为什么？我们暂且不谈这个为什么，先来看基本事实：在你之前，爱因斯坦曾经指导了多少学生，然而，其中哪怕有一个接近或相当于爱因斯坦的吗？没有，更不用说超出。

孔子则是我们中国人的特例。他杰出吗？杰出。了不起吗？了不起。能得孔夫子之教，相信也是他那个时代人的幸运。孔门弟子三千，就是说，孔子手下有三千个幸运儿，可是，那三千个幸运儿都没有达到老师的成就。

爱因斯坦和孔子的水平不容怀疑，他们的师道也同样无可挑剔，那么，问题出在什么地方呢？章太炎说：“大国手门下，只能出二国手；而二国手门下，却能出大国手。”原因在于，“大国手的门生，往往恪尊师意，不敢独立思考，而二国手的门生，在老师的基础上，不断前进，故往往青出于蓝，后来居上。所以一代大师顾炎武的门下，高者也不过潘次耕辈；而江永的门下，竟能出现一代大师戴震。”

曾与登山家闲谈，叩问其人生境界，他以登临作喻，说：“伦敦有个海德公园，公园里有个演讲者之角，没有讲坛，没有桌椅，演讲者的脚下通常就踩一个肥皂箱。肥皂箱能有多高？不外几十公分，但人一踩上去，立马觉得高大。这道理很简单，因为你的观众是公园里的群众，肥皂箱保证你至少高出别人一头。”这就是登临的初级境界。

“你来北京这么多年，香山肯定爬过的吧。”海拔五百来米，不算高，也不算矮。记得当初，一九八七年，我第一次登上主峰，向下一看，哇！人都像麻雀，汽车都像火柴盒，房屋都像积木。突然间，我觉得造物真伟大，人世的蝇营狗苟很俗气，也很无聊。这就是登临的中级境界。

“我曾三次攀登珠峰，前两次半途而废，第三次终于艰难登顶。最后三十米，精疲力竭，几乎是爬上去的。站在珠峰顶上，也就是地球之巅，你问我都想了些什么？实话实说，我似乎什么也没有想，或者说，什么也没有来得及想，我拿出相机，一连拍了十几张照片，给珠峰，也给同伴，再就是张开双臂，下意识地吼了一嗓子：‘啊——！’那声音干哑枯涩，自己听了都不好意思。蓝天？哪儿来的蓝天，四下里大雾弥漫，几步外就看不清楚。冷倒在其次，主要是缺氧，背着氧气瓶，容量终归有限，呼吸急促，心脏咚咚跳，大概待了七八分钟，便迅速下撤。当时是四个人一起登顶的，事后我问他们三位，感觉也和我差不多。所谓豪情壮志、豪言壮语，多是事前想象，或是事后回味。”

“此情可待成追忆，只是当时已惘然。”我想，这就是登临的高级境界吧。

从达尔文到舒德干

一八〇九年二月十二日，世界诞生了两位巨人——因为巨人不是每天都来人世报到的，所以这种巧合就常常被人提起——其中之一，就是亚伯拉罕·林肯，是我此番乘坐的这艘游轮的主权国（美国）的第十六任总统；之二，就是大西洋彼岸英格兰的达尔文。尽管同为巨人，但世人评价的尺码并不一致。林肯是政治家，他的丰功伟绩在于打赢分裂战争，颁布《解放黑人奴隶宣言》，曾被评为“美国最伟大的总统”。有人认为，他在消灭种族歧视，从而在人类深层次的自我解放运动中的影响至少会延续一千年。达尔文是科学家，主要著作为《物种起源》，主要贡献在“进化论”，他打赢的是另一场战争，是自然选择对上帝创造世界的战争。有人预见，他的学说在推进科学进步和人类的精神解放事业上放射的光芒一万年也不会熄灭，甚至将与人类文明同寿。

达尔文如此伟大，大到连林肯的光芒也相形见绌，是不是跟遗传有关？这个，不能说一点儿没有。达尔文的父亲是名医，二十二岁就加入英国皇家学会，那就等于是英国的科学院啊，可见不是等闲之辈。达尔文的祖父更有意思，既是医生、诗人，又是发明家、植物学家与生理学家，全才。更重要的是，他已琢磨出物种的可变性，指出生物有其共同的祖先。这是“进化论”的萌芽啊。达尔文的天赋，不妨说是受了他祖父的隔代遗传。

有天赋的小孩，行为总是出格怪异。小达尔文顽皮成性，全不把功课放在心上，唯独对搜集贝壳、印鉴、邮票、矿物标本之类，表现出十二分的热心。

达尔文十六岁那年，中学尚未毕业，他的哥哥伊拉斯谟赴爱丁堡大学习医（他们的父亲正是在那儿获得医学博士学位）。在父亲的安排下，达尔文作为伴读随行。而后不久，想必也是出于父亲的意志，达尔文步哥哥的后尘，也进入爱丁堡大学医学院。

父亲满心以为，两个儿子将来都会成为医生，克绍箕裘。

错了。哥哥伊拉斯谟更爱化学（最终成为独立学者），不过他表面上听话，医学成绩也还过得去。弟弟达尔文呢，他的兴奋点、燃烧点完全在于大自然，在于观察生物世界和搜集各种动植物标本。作为有身份有尊严的高级知识分子，父亲难免火从中来，大发雷霆。他对达尔文说：“你对正经事从不专心，只知道打猎、玩狗、逮老鼠，这样下去，你将来不仅要丢自己的脸，还要把全家的脸都丢光！”

有道是，强扭的瓜不甜。父亲看出达尔文不是当医生的料，那么怎么办呢，总不能让他游手好闲地过一辈子。父亲想来想去，决定改送达尔文去剑桥大学基督学院。那儿功课简单，毕业就能当牧师。牧师是个体面的职业，也是个稳定的饭碗。

达尔文和当时英国的芸芸众生一样，对于这个新选择，无可无不可。去了，学了，态度尚算认真，成绩也还不赖。但他的爱好，或者说是天性，有增无减。他对自然的兴趣，简直是如痴如醉，欲仙欲死。举个流传甚广的例子：一天，达尔文掀开一片即将脱落的老树皮，瞧见里面藏着两只奇特的甲虫，他急忙左右开弓，一手捏住一只，仔细把玩。正在这时，树皮里又爬出一只。达尔文措手不及，迅即把右手的一只搁进嘴里，权当保管库，然后伸手把第三只抓住。谁知口里的那只甲虫反戈一击，释放出一股辛辣的毒汁，烫得他的舌头火烧火燎，他慌忙张开大口，“呸”地一声吐出。

消息长着翅膀，或迟或早终归要飞到达尔文父亲的耳里，不管是这种，还是那种。总而言之，做父亲的明白，这孩子的天性是扭不过来的了。好在他是皇家学会会员，是见过大世面、懂得成长规律的。因此，一八三一年，从基督学院毕业的达尔文获得了一个乘贝格尔号环游世界的机会，身份是船长的高级陪侍加兼职博物学者，于是父亲就放他一马，任他去闯荡海角天涯了。

贝格尔号从英国的普利茅斯启航，沿大西洋南下，途经非洲西部的佛得角群岛，然后沿南美洲、太平洋、澳大利亚、新西兰、印度洋、好望角，再次经停南美，于一八三六年返回伦敦。

出发时，达尔文是一个未来的牧师，笃信上帝创造世界，笃信物种

美国一号公路沿途风光

不变。归来后，他却摇身一变成为坚定的进化论者、上帝的叛逆、无神论的先锋斗士。

不是他五年内多读了万卷书，而是他五年内多走了万里路。人们知道，书本会讲话，讲的是古人、今人的教诲，讲的是知识、经验的积累。达尔文则体会，那万里路上的一花一草、一枝一叶、一石一鸟、一虫一鱼……都会讲话，讲的是宇宙演化的话，地球生长的话，人类由来的话。

于是，达尔文在一八三六年回到英国，潜心蛰伏了二十三年，直到一八五九年，五十岁的时候，才推出了惊世骇俗的大作《物种起源》。

这是人类思想史上继哥白尼之后的又一颗原子弹。

十九世纪的另一位思想巨匠马克思，对达尔文的进化论高度赞赏，他在致恩格斯的信上说："达尔文的《物种起源》，包含我们的理论的自然科学基础。"

而马克思的追随者李卜克内西，则直接把进化论和马克思主义联系到一起。他指出："达尔文远离大城市的喧嚣，在他宁静的庄园里准备着一场革命，马克思自己在世界嚣嚷的中心所准备的也正是这种革命，差别只在杠杆是应用于另一点而已。"

我的大学校友、中科院院士舒德干先生主持翻译了最新版的《物种起源》（北京大学出版社，2018 年 6 月），我一路随时翻阅的这部著作，就是他馈赠的。

舒德干一九六四年与我同进北大，读的是地质地理系古生物专业。在那个年代，狂热的是大脑，生锈的也是大脑。后来，一九七〇年三月，我们统统被扫地出门——离开学校。我去了湖南西洞庭湖农场，继续接受劳动改造。舒德干去了陕西，一步到位，分配到中学任教。这是中国知识分子整体的"日食"期，抬头不见科学、文化之光。相比达尔文的环球航行，歪打正着，从业余研究地质学、动植物学，转而成为堂堂正正的专家，舒德干彼时恰恰相反，从专业研究古生物变为偶尔怀念的纯粹业余。

转机在一九七八年——这个年份是不能忘记的——共和国恢复高考，这就等于给知识松绑，给停摆多年的"钟表"（科学研究，也包括人的大脑）加油上弦。舒德干一举考进西北大学读研，然后，顺理成章到中国地质大学读博，到美国、德国、英国访问，补行达尔文的"万里路"。

初登游轮的那天，晚上，翊州见我在阳台翻看《物种起源》，遂问："这本书是舒教授指名送给我的。我看了舒教授写的"导读"和《进化论的十大猜想》，可是我弄不明白，舒教授的科研价值究竟在哪里？和达尔文又是什么关系？"

"这个……"我沉吟，"对于科研，我是外行，和你一样，不，甚至还不如你。"

“你不是看过关于舒教授的很多报道，还说要给他写一本科普读物吗。”

是的，我说过。

正是因为有了那种打算，才把《物种起源》带在身边的。

但是，怎样用几句话把舒德干的科研工作说清楚，我还没有考虑过。

“你读过《进化论的十大猜想》，大概还记得它的意思吗？”我问翊州。

“进化论是一种理论，是一种科学，围绕它，有十大猜想。有几个是前人的，在达尔文以前，已经有人着手研究，属于奠定基础。有几个是达尔文的，属于树立大厦，构建学科。有几个是达尔文之后的，属于充实、完善。具体内容，我记不得了。”翊州回答。

“很好。”我说，“在达尔文之前，已经有人在研究物种渐变、用进废退、获得性遗传了，达尔文的贡献，在于提出自然选择、万物同源。你看，在‘十大猜想’的这一页，舒教授写道，达尔文认为，‘地球上所有生命皆源出于一个或少数几个共同祖先，随后沿着三十八亿时间长轴的延展而不断分支和代谢，最终形成了今天这棵枝繁叶茂的生命大树。’需要说明，这思想是达尔文的，这句话是舒教授概括的。只不过，在达尔文时代，科学技术远不如现在发达，很多想法，他可以提出，但不能验证，所以就留下许多缺憾。”

“你举个例子。”翊州说。

“比如，地球的生命有四十六亿年，约在三十八亿年前出现了生命迹象，”我边说边想，“仅仅是迹象，很微弱，很稀薄，而进入五亿多年前的寒武纪，地层中几乎‘同时地’‘突然地’冒出了门类众多的无脊椎动物化石。看上去，就像一场生命大爆发。达尔文注意到了，但他无法解释——解释是要建立在众多化石基础上的。在达尔文生前，古地质学、古生物学还不能提供足够的证据——他为此深感困惑，因为他知道这种突如其来的‘生命爆发’，一定会被论敌利用，当作反对进化论的炮弹。不过，达尔文坚信，这种‘生命爆发’必然是承前期的‘渐进’而来，只是暂时还没有发现前寒武纪的动物化石而已。舒教授他们做的，就是寻找并研究寒武纪及其更前的生命化石，从根基上支持达尔文描绘的生命大树。”

“我明白了，舒教授他们要找的，就是寒武纪的生命化石。”

“你说得对。在达尔文之后，这样的化石库已有五十多个被陆续发现，其中化石保存得最好的地方，在加拿大落基山脉，被命名为‘布尔吉斯页岩生物群’，隶属寒武纪中期，年代约在五点零五亿年前。舒德干运气太好，他重新出发时，恰好在我国云南澄江也发现了化石库，隶属寒武纪早期，年代约为五点二亿年前。数十年来，舒教授的团队在澄江做了大量研究，其中最突出的一项成就，就是‘逮住天下第一鱼’。”

“‘天下第一鱼’指的是什么？”翊州不解。

“这是科学界的说法，也是新闻报道的标题。舒教授发现的，是一块五亿两千万年前的化石，上面有一条长两点五厘米、宽仅半厘米的鱼状印迹，比我的小拇指还更短更细。化石不以大小论价值，而是年代越远越能获得科学家的青睐。化石是生命在宇宙的留影，声音消逝，呼吸消逝，肌肉、骨骼、内脏统统消逝，但是痕迹还在，信息还在，不管后世进化了多少代，时间过去了多少百万年，留在岁月长河上游的祖先，总能与我们的目光相接。舒教授发现的这条最古老的鱼，不仅证明了‘寒武纪生命大爆发’已涌现出门类众多的无脊椎动物，同时也产生了更高级的脊索动物和脊椎动物，把脊椎动物的起源向前推进了四千万年。时间并不在乎谁活得多久、埋得多么匆忙，愈是埋得严严实实愈能在重见天日时大放光彩。”

“能逮住这条小鱼，是舒教授的运气，也是那条小鱼的运气，它等了五亿两千万年，终于等到了出头之日。”翊州感叹。

“发生在后世生物中的一切，也都能从早期的化石中窥见端倪。人们常常自豪于生命是一株大树，却不知道大树的根须深扎在远古的岩层。舒教授和他的团队，除了在云南澄江逮住‘天下第一鱼’之外，还先后逮住了‘天下第一口’‘天下第一鳃裂’‘天下第一头’‘天下第一脊椎’‘天下第一心脏’等等。此外，还在湖北发现了五点一八亿年前的清江生物群，在陕西发现了五点三五亿年前、比澄江化石库更早的宽川铺生物群。在宽川铺发现的一种冠状皱囊动物，成体仅一毫米，堪称‘人类最古老的远祖’。你从显微镜下看它，它也正从远古看你。

世人热衷于修家谱，最早的谱系要到毫米级、微米级生物的蛛丝马迹里去找。化石是一条向后退的路，它弯弯曲曲地退往生命的起点，如何找到那条‘退路’，并从中捕捉到气息、温度、音乐和图画，感知大自然冷酷而又多情、自私而又利他的演化，便成了破解达尔文‘寒武大爆发’难题的钥匙，也成了他们毕生的使命。”

“那又如何解释‘大爆发’呢？”翊州问。

“你算抓住了要害。”我答，“这个问题，应该请教舒教授本人。舒教授为此专门写了一本书。我嘛，以一个科学门外汉的理解，大致是，动物的创新成型不是一下子完成的，而是依照从低等到高等的次序，分三步走（舒教授说三个亚界）。整个创新的时间约四千万年，为地球生命史的百分之一，站在宏观的角度看，是弹指一瞬间，属于典型的突变。站在微观的角度看，每一步，又都长达千万年，属于缓慢的演化，是名副其实的渐变。所以，舒教授在《进化论的十大猜想》的末尾，提出了‘寒武大爆发’的‘三幕式’猜想。这也是唯一由中国人提出的进化论猜想。”

“舒教授团队正在‘栽’一株大树——生命之树，”我补充说，“在达尔文的另一部著作《人类由来》中，这话题仅仅一带而过，而舒教授团队近年来的一切努力，都是要把它变为‘真实’。化石是一部大书，讲的是鸿蒙初辟时的故事，你能不能得到，这要看你的勤奋、执着和机遇，你得到后能不能看懂，是稀里糊涂、莫名其妙，还是豁然开朗、融会贯通，这就要看你的天赋和学识，有一分功力就有一分收获，有十分功力就有十分红利。我看过那条‘天下第一鱼’的照片，我从它的身躯扭动中瞥见狂喜，是一条鲜活的生命遭致活埋又在若干亿年后涅槃重生的那种狂喜。我听过舒教授的一个讲座，他说，生命之树的课题就是要回答‘我是谁？我从哪儿来？’目前尚处于起步阶段，他确信，将来一定会成为中国人提出的进化论第十一大猜想。”

“作为校友，你最佩服舒教授的是什么？”翊州转移了话题。

“他具有理科生特有的严谨，还兼有文科生的文采和浪漫。”我翻到舒德干为《物种起源》写的长篇导读，指着一段，给翊州看：

一八四二年至一八五九年，达尔文由于健康状况不佳，很希望能逃离伦敦的喧嚣，一边静养病体，一边潜心享受自己的科学探秘。于是，由他父亲慷慨资助（也有他岳父兼舅父的帮助），在伦敦东南一个叫党村的偏僻小村庄购买了一座旧庄园党豪思（“Down House”过去也曾有人将其汉译为“达温”“唐恩”等。在将任何外文中的人名、地名等进行汉译时，一般都应遵循音译或意译的原则，尽量避免翻译的随意性。我们之所以将“Down House”译为“党豪思”，就在于它既是音译又是意译，应该较为贴切和严谨。现在几乎没有人怀疑，它已是诞生进化论的圣地，是孕育最杰出思想家的摇篮；“党豪思”恰好表达了“出自党村的杰出思想家的摇篮”这一层含义：豪者，豪杰也；思者，思想家也。“党豪思”里有两个著名的“思”，一个是称作“思索之路”的沙径，另一个是孕育达尔文思想的书房，它们都是来访者拜谒的必经之地）。

怎么样？正如前人将English译为“英吉利”，将London译为“伦敦”，舒德干将达尔文的旧居Down House译为“党豪思”，颇见英语和汉语的双重功力。这看似寻常的一个细节，既见出他对达尔文的理解之透、敬仰之深，又凸显他已从自然选择转向更高维度的信仰选择、文化选择。达尔文和舒德干，他俩在进化论大厦的客厅，彼此相视，莫逆而笑。

达尔文当年在加拉帕戈斯群岛发现的芬雀，嗣后被命名为“达尔文雀”。达尔文当年在阿根廷发现的一种甲虫，近来被命名为“达尔文甲虫”。舒德干和他的团队捉住了那么多“天下第一”，都是在前面冠以有关地名，如西大动物、地大动物、北大动物、昆明鱼、海口鱼、长江海鞘、华夏鳗等等。翊州问我：“为什么没有一个以舒德干命名的？”我回答：“会有的吧，也许是一种古化石，也许是一颗新发现的星。不过，时间不能确定，或许要等上很多年。所有活着的生命都将成为‘化石’，它能不能在未来再度‘复活’，完全取决于它蕴含的信息量，即对未来世界的认知价值。”

翊州做了一个鬼脸，笑着说：“逮住‘天下第一鱼’的舒教授，本身就是一条鱼。一条跃过龙门的鱼。”

海读言恭达

又到了晚读的时候。

地点，照例是舱房阳台。阳台虽小，仅两三平米，勉强搁两椅一桌而已，但“面朝大海，春暖花开”，春是加勒比海热带的孟春，花是游轮激起的哗哗浪花，海面有清风，星空有朗月，值此良辰美景，正好拿它作书房。

今晚读的是言恭达先生的《抱云堂艺思录》。出发前数日，收到此书，略翻一翻，觉得颇能补己学养之不足，就顺手塞进了行李箱。

言先生是艺术家，主攻书画印。当代诞生了呈几何级数增长的艺术家，我有幸见识过数位。我是艺术的乡巴佬，通常不会评价他们的优劣。一是藏拙，看不明白；二，也实在不想捞过界。我坚守本位，我的着眼点在人，在人与人之间的万有引力，艺术的高下离不开人的质量。

墨西哥小渔村海边的读书女孩

我看人，首先看他们的“气”。“气”这玩意很玄，易被当作旁门左道。那么就说看文吧，我首先看标题，标题就是文章的“气”。进而说看一本书吧，我着重看它的思想，思想就是书的“气”。再进而说到言先生的这本书，内容为艺思，体例为断想，没有目录，但有前言，题为“我说抱云堂”，开门见山，开宗明义，这就是言先生的“气”。

言先生自述从艺半个世纪，最先自题自刻书斋名为“寒斋”。那时他尚未出道，喻车胤之囊萤、孙康之映雪，取其清贫恬淡、秉志磨砺之意。后来，人到中年，积学初展，遇名师沙曼翁，怜其才，题赠“清风明月之庐”。言先生释之“句出司空图《二十四诗品》之‘如将白云，清风与归’。自警自策胸中务去俗气，笔下乃得真逸也。”按，前引“如将白云，清风与归”，语出司空氏二十一品“超诣”篇，其间并无明月，沙曼翁赠之，或许是从第五品“高古”篇“月出东斗，好风相从”化之，亦未可知。然言先生喜欢“超诣”胜过“高古”，也是孺子可教也。又后，进入天命之年，功业有成，艺术大进，迁入高轩华屋，自诩为“抱云堂”，延接《二十四诗品》中“超诣”之深层意境。这下实至名归、名正言顺了。如司空氏之隽语：“匪神之灵，匪几之微。如将白云，清风与归。”

言先生自叙：

常有友人问及“抱云堂”之说，曰：“云乃大气，何以得抱焉？”我笑答道：“此昔日‘清风’，今日‘白云’皆超妙者，清风将白云而与归更超妙矣。归者，归太空也。太空冥冥，不可得而名，岂不更超诣乎？“抱云”之意，追求更高意境与品位。古人推“超诣”为第一等。“超诣”较“自然”更进一层。“自然”只在本位，而“超诣”则意味无穷，更含绵邈于“自然”之外。

抱云揽月，乃仙家之气象。月既可揽，云当可抱。言先生自谓：“我恋古，但不守旧；我天天与古人对话，但又时时吸收时代的新鲜空气。清逸、蕴藉、浑朴、平和、简静是我五十年来砚边探索的艺术风格。”

清逸，清新俊逸。如谢榛（明）《四溟诗话》中“清逸如九皋之鸣鹤”；如杜甫忆李白“白也诗无敌，飘然思不群。清新庾开府，俊逸鲍参军”；如东坡《赤壁赋》“且夫天地之间，物各有主，苟非吾之所有，虽一毫而莫取。惟江上之清风，与山间之明月，耳得之而为声，目遇之而成色，取之无禁，用之不竭，是造物者之无尽藏也，而吾与子之所共适。”

蕴藉，含而不露。书法就是一根接一根的线条，简单之至，在毛笔为王的时代，凡识文断字的都能耍。你心头藏着的丘壑，血管流动的情思，腕底具备的功力，都会在毫端毕现。常有胸无点墨者整天傻练，以为功到自然成，殊不知诗在工夫外，书法也在工夫外，文化修养是第一位的。近日，言先生曾有一阕《满庭芳己亥初日牛首踏雪》示我：“一段香飞，三分白逐，旖旎烟袅梅魂。素虬垂袖，劳燕蹴柴门。安得貔貅百万，破空净，玉簟琼囤。凝眸处，苍穹著色，高阁紫云吞。方暾。钟磬杳，巍峨佛殿，正律恒存。诵瑶章经典，启智寻根。曩昔兴衰若梦，苍生系，忧乐凉温。镌新谱，沧桑禹甸，青史百年论。”这就是作者的内涵，更是书法的内涵。

浑朴，浑厚朴实。既要清逸，要蕴藉，又要浑，又要朴，要清水出芙蓉，天然去雕饰，这很难。大抵浑金璞玉，还在大荒山无稽崖偃卧着，一入红尘，就难免沾染腥气、俗气、霾气。言公以浑朴为艺术追求，着实可敬可佩！

平和，这是心平气和的境地。少年要拏云，老年要抱云，从前不宜做，或做不到，现在应该做，努力做。我见过若干“名家”，七老八十了，还在计较着老子天下第几，肝火一触就像火山爆发。这都是叫名利害的，不要到市场去找治疗方案，去问问中医就得了。

简静，简约沉静。这是继前四项一路走下来的，即所谓大音希声，大象无形，大道至简。

难矣哉！上述五项，以一为目标，就很可观、可贵，言先生五箭齐发，是拿定了主意要向“超诣”看齐。

言先生又讲：“对于书画印，我的美学思想是追求‘清、拙、厚、大’。”此四条，与前五项，字面有别，其实内蕴差不多，属于殊途同归，万变不离其宗。

除了艺术修养，言先生还兼具组织才干、活动能力、文学天赋、演讲本领，是以，地位、名誉、财富之类，皆自然而然，水到渠成。

我认识言先生，已有十多年，但从未给他写过文章（有过一篇共同署名的，其实是合署者所作）。我自认，我的心境还不够清，不够淳，不配给他作文。那些年，我为了履行对恩师季羡林先生生前的承诺，筹划给老人家搞一个基金会，碰上了左一道右一道的“鬼打墙”，焉能静守君子之道？焉能忧道不忧贫？现在好了，季承一去，一了百了。卸去“千斤闸”，收回重心，立住脚跟，不用再看他人的脸色。年前，我准备出版《大器行天下——季羡林的前尘后影》。这“大器行天下”五字，想来想去，请言公题最合适。我著文，不仅看当前，还要考虑五十年之后，这是我一贯的准则（也有少量应景违心之言，历史会自然将其淘汰）。我相信，言先生的书法五十年后依然会为拙作增色。

有一就有二。今年，拟出《北大与时间之外》，复请言先生再书“煌煌上庠”四字。言先生的五大追求和四大准则，在这两幅拉页中得到形神兼备的体现。

也是年前，言先生这本艺思录行将付梓，出版社为营销计，让言先生找一帮熟人写推荐语，我也忝列其中。我写的是：

书，挥洒的是文；文，激射的是气；气分百等，言先生独得“温恭直谅、大雅闳达”。此八字也，字字为人间极品。古人云：“取法乎上，仅得其中”；我赠言公：“取法乎上，更得其上。”

这末了八字是我对成语的翻新。“取法乎上，仅得其中”断绝了向上的路，我要把它打通。

书出来，送我一本。看到封底我对言公的期许，被删去了——足见他的把持、谨慎。

我写是我的真情。

他删是他的自律。

字可以删，艺术却必须朝这方向迈进。我认为，言先生现在什么都不缺——该有的，他都有了；而且，正渐入挥抉风云、咳唾珠玉之境，万方瞩目，毫厘点滴都会被放大，这是人生的最佳景观，也是艺术的拉锯拔河状态——当此之时，唯一要念兹在兹、无日或忘的，就是我赠送他的八个字。

作者两兄弟与家人在“海洋冒险者号”游轮前合影留念

周从尧和他的数学人生

夜。独坐阳台。点开“手机收藏”，重读老友周从尧的三封“天书”。两封发自去年，一封发自月前。

我说“天书”，因为他用的是我最不擅长的数学语言。请看月前的一封，从尧写道：

报告老兄，最近在千古难题“同余数”的研究上，取得可喜的进展。

公元十世纪，波斯的穆斯林数学家凯拉吉首次提出“同余数”的概念。

1225 年，意大利数学家斐波那契（第一个提出斐波那契数者）指出 5 和 7 是同余数，但没有给出证明。四百年后的 1659 年，法国伟大的业余数学家费马完成了论证。从那之后，直到 1915 年，数学界大约确定了不到 100 个的同余数。1952 年，德国民间学者库尔特 · 翰哥纳另辟蹊径，证明 5、13、21、29……等差数列中的所有质数都是同余数。在他的基础上，到 1980 年，确定的同余数升至将近 1000 个。

整同余数是一个正整数，它被定义为边长为整数或分数的直角三角形的面积，如直角三角形边长分别为 3、4、5，那么它的面积为 6，而 6 便是一个同余数。

最小的同余数是 5，直角三角形的边长为 3/2、20/3 和 41/6，其边长均为有理数。

同余数问题，看似简单，实际异常艰难，从凯拉吉提出至今，已经过去了一千多年，也没有完全解决，直到二十世纪，才有了较大的进步。提出判别定理的人包括：库尔特 · 翰哥纳、科特斯 · 怀尔斯、冯克勤、李德琅、赵春来、田野、关永刚，以及我。千年来，一共不到十个判否定理，我占了三个；已经证明的判别定理一共只有七个，我占了三个。

我在同余数研究上取得了三项成果：

1. 首次发现并证明两个不同的 8k+3 素数的积都不是同余数。

2. 首次发现并证明两个不同的 8k+3 素数的积的两倍都不是同余数。

3. 首次发现并证明两个不同的 8k+5 素数的积的两倍都不是同余数。

结果公布在《中国科技论文在线》。

一般的读者肯定想不到我会有数学界的朋友，而且属于最好的那一种，而且还不止一位、两位。

这就是文理互补吧。就像中医说的，缺什么补什么。

哥德尔说，人类认识自然（即探求真理）所依赖的语言是数学，至今人类用来描述业已找到的自然规律（即所谓部分的真理，还不是终极的真理）的语言也是数学。所以我对数学家，特别崇拜。

可是别忙吹，这信上说的同余数问题，你看懂了吗？

我老实承认，我跟从尧交往，只是多识数学家之名，多闻数学界之趣事，至于同余数啥的，仅能作定义上的理解，对于其发现、证明，一窍不通。

不过，我能发自肺腑地分享老友在数学王国获得的快乐，而这，正是友谊得以常青的生长素。

论原籍，从尧与我同乡，都为江苏阜宁；论读书，我进的是射阳县的重点中学，他进的是阜宁县乡镇级的东沟中学。按某些人的说法，这就是输在了起跑线上。但架不住人家有好老师，架不住从尧又是数学天才。啊，从尧不喜欢听“天才”二字，那就降一格，“天”字去掉一横，改为“大”。说他是数学大才，我想他不至于否认。

从尧在中学就有大气象：

一九六二年，北京举行高二高三中学生数学大赛，最后一场决赛，是好中选好，优中选优，题目特别难。竞赛委员会主任华罗庚预测，能考进 60 分，就能得冠军。结果出人意料，六十五中的唐守文获得了 86 分。华罗庚兴奋之下，特意请唐守文到家里吃饭。华罗庚不知道的是，远在江苏阜宁东沟的初三学生周从尧，也考出了 60 多分。

从尧曾经回顾，其中有一道题是这样的：

任意剪 6 张圆形纸片放在桌面，使得没有一张圆片的中心落在另一张纸片上，或被另一张纸片盖住，然后用一枚针去扎这一堆纸片。证明：无论针尖落在哪一点，总是不能把 6 张纸片全部扎中。

从尧边在纸上画边说：“这题目很刁钻，乍一看，似乎无从下手。我们换个角度看，这个问题等价于：平面上有 6 个圆，每个圆的圆心都在其余各圆的外部，证明‘平面上任意一点都不会同时在这些圆的内部’。”

证明，可用反证法（如下图）。设平面上有一点 X，同时在这 6 个圆的内部，连结 6 个圆的圆心，$\angle O_1XO_2+\angle O_2XO_3+\angle O_3XO_4+\angle O_4XO_5+\angle O_5XO_6+\angle O_6XO_1=360°$，这些角中，至少有一个 $\leqslant 60°$，不妨就是 $\angle O_1XO_2$，而三角形 O_1XO_2 中，$\angle A+\angle C+\angle B=180°$，$\angle A$ 或 $\angle C$ 至少有一个角大于等于 $60°$，设 $\angle B\geqslant 60°$，则 $\angle B\geqslant\angle C$，三角形中，小角对小边，即 $O_1O_2\leqslant O_1X$，O_2 在 $\odot O_1$ 内。结果与题目的假设冲突，问题于是得到反证。

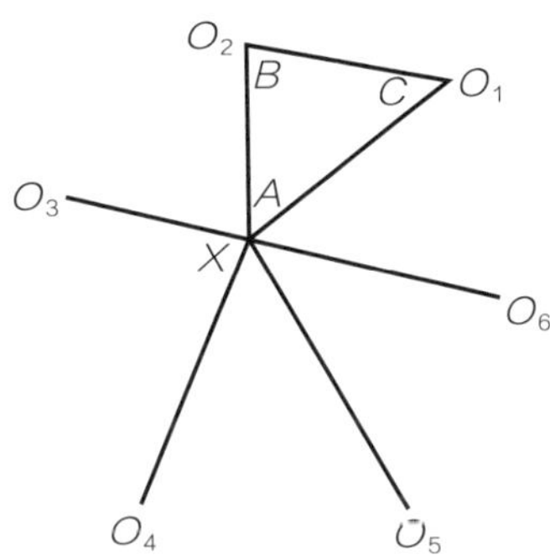

从尧又讲：“这个问题，还可以换一种等价的提法：平面上最多有几个点以某一个点为最近的点？（见下图的正五边形）显然，三角形 OAB 的三个角分别为 $\angle O=72°$、$\angle OAB=\angle OBA=54°$，所以 A、B、C、D、E 均以 O 为最近的点，所以最多为 5 个点以某点（点 O）为最近的点。”

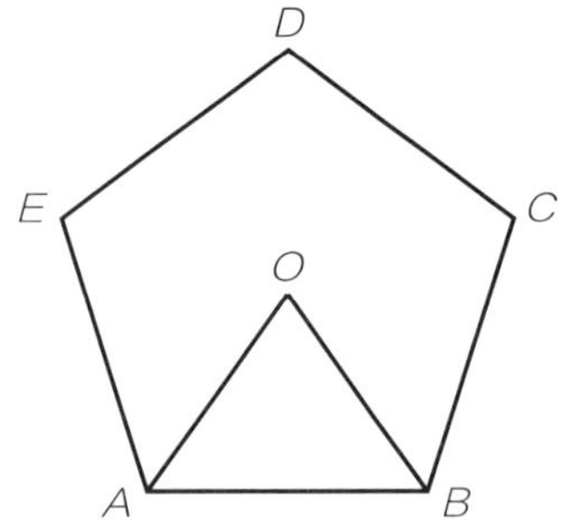

能否再增加一个点呢，答案是“不可以”。原因是，不能保证所有的角，如∠AOB 都大于 60°。

当日，从尧就给我讲到这里。他明知我是数学盲、物理盲、化学盲，是孔老夫子眼里不可雕的“朽木”，难得我生性好学，自认愚笨，虚心请教，他也就乐得循循善诱、诲人不倦的了。

言归正传。从尧就读的东沟中学也有大气象：

一九六五年，东沟中学唯一的一个高三毕业班，七人考取清华大学，两人考取中国科学技术大学，另外还有十多人分别考取南开大学、天津大学、南京工业大学、南京大学、军医大学等一流大学。

从尧进的是清华大学，读的是数学系。

是年，他们的教导主任兼数学老师潘秉杰，因为“战功”显赫，出席了“全国教育战线群英会”。

一九七〇年三月，我和从尧同时被分配到湖南西洞庭湖农场。

纵然在劳动方面，他也显示出“力拔山兮气盖世”的大：

吃饭，一顿能吃十七个馒头。

挑担，能挑三百六十斤。

在他面前，我是甘拜下风。

一九七二年春，我和从尧被再次分配到长沙。曾经有一个阶段，共同在当年的湖南省科学技术委员会旗下供职，我在科技情报所，他在计算技术研究所。

科技情报所对我来说，是形式大于内容，颠来倒去，颠倒成政工干部。我是不安其位，只想往外跳。

计算技术研究所对从尧来说，正是得其所哉，他如鱼入水，如鹰翔天，很快就闹出大名堂。

他成了获奖专业户。最牛的奖是“全国科学大会奖和国家科技进步奖”；等而下之，是六项省部级成果奖；再等而下之，就不胜枚举，犹如家常便饭的了。

一九八二年，在“华林问题”的研究上，从尧久战告捷，超越了陈景润一九七八年取得的成果。但是，人神不如天算，在公布时间上，比印度某学者晚了一步。就一步，这一步就判决了成功和失败。因为，科学研究只有冠军，没有亚军。

我为从尧扼腕。

我也为从尧自豪，毕竟有实力在。

一九七九年，我离开长沙，重返京城。

二十一世纪初，从尧退休，随后也来京城长住。

彼此相距不远，过往频繁。我得知，这些年，他除了辅导年幼的外孙之外，日常还是与数学拔河。具体说，一、研究了素数检验的新方法，成果照例公布在《中国科技论文在线》；二、出版了一本《有趣的数论名题》；三、在椭圆曲线族与挠群研究方面，处于当前世界的领先地位。这绝对是大哥大级别的了。从尧告诉我，无论是 Tate 曲线族，还是勒让德曲线族、海森曲线族，他都超越了前人，同时还发现了比前人更为广泛的三个椭圆曲线族。这一成果也是发表在《中国科技论文在线》。

有一阵子，我在读天文学的书。从尧建议我写一篇散文，以星空为对象。

他跟我解释，因为一九六二年北京数学竞赛中的那道难题（就是前面提到的）促使他进而联想到，如果将视点从圆形纸片引向无垠空间，问：宇宙中，最多有多少个恒星以某一个恒星为最近的恒星呢？

他说，他考虑了几十年，总算有了结论。

从尧拿出纸来，又比又划，讲解了半天。事后，又给我发来一篇完

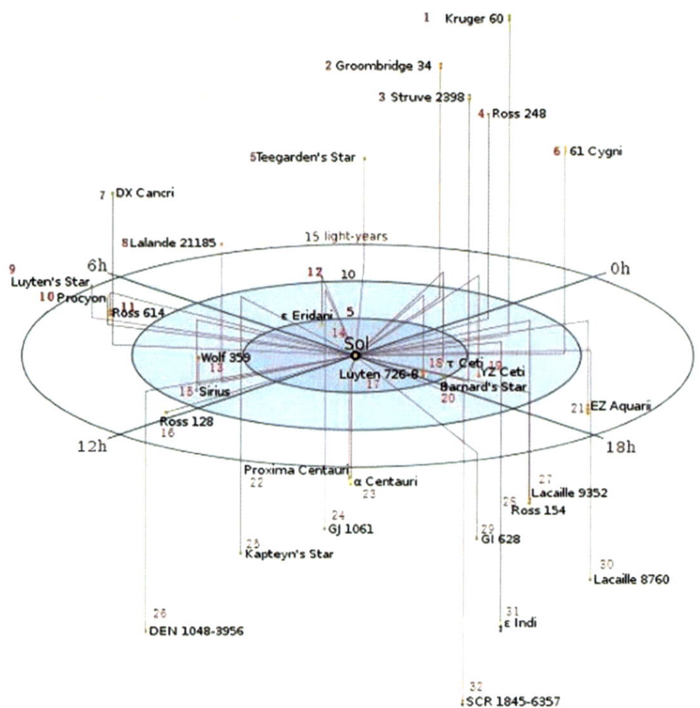

距离太阳在 15 光年以内的 38 颗恒星

整的论文，很长，超过一万字，其深、其奥、其玄、其妙，足够我活到老，学到老。

原谅我不再当搬运工，我仅复制一幅图表，搁在这里，供有心的读者欣赏。

数学之外，从尧喜欢绘画。他画的是国画。有似乎是命中注定的遗传基因在，他的祖父周涤钦先生，就是以画名世的大家。二十世纪三十年代，他与徐悲鸿肝胆相照，志同道合（后不幸被敌人杀害）。绘画之外，从尧喜欢散步。家住二环内，常常沿着大街小巷，边走边思考。某天，在安定门内，我瞧见他在人行道上挺胸昂首，大步流星。其时，我正在公交车上。我盯着他的白发，而后，又盯着他远去的背影，你猜，那一刻，我想到的是什么？

我想到了俄罗斯数学家格里戈里·佩雷尔曼，这是个天才，他破解了另一个千古难题“庞加莱猜想”，并因此获得了“菲尔兹奖”。更

“天才”的是，此公拒领百万美元的奖金。佩雷尔曼身居陋室，过着颜回式的日子，潜心于他的数学研究。有人说他傲慢，有人说他矫情，有人说他缺心眼。一家报社的记者前往采访，他闭门不见。记者只好在门外发问：“您为什么放弃巨额奖金？”此公透过门缝悠悠抛出一句：“我应有尽有，什么都不缺。”

这故事是从尧告诉我的。

他当然不是佩雷尔曼，或者说，他还没有到达佩雷尔曼的“化境”。

那么，他正处于人生的哪一个维度呢？

备注：归国后，接到从尧先生的短信，讲他在《中国科技论文在线》发表了一篇关于同余数的论文，获得同行很高的评价。我问怎么个高法，他给我看原文：

“作者首次发现并用初等方法证明了当今最实用的同余判否定理，而不用 BSD 猜想。证明过程新颖别致，在理论上具有很大的创新……是一篇不错的数论理论研究方面创新性科研论文。”

注意这几个字眼：“首次发现”“新颖别致”“创新”。

随后好消息不断传来，他连续发表了五篇序列文章，证明了另外八个判否定理；又首次提出一个同余数的判否新准则；一个同余数的新函数；若干关联定理；又用十个新定理证明了同余数的解为 2、4、8、16、32 阶群；提出所有的同余数的解皆为 2 幂群的猜想；首次公布同余数的十个新算法；并用四个新定理首次证明了同余数没有希尔伯特类型的解。以上几个方面均为同余数领域的当前最佳结果。

李昌钰·吴慎

一

美国，乃至世界，李昌钰的名头是和神探联系在一起的；而这神探，又和物证密不可分。他的信条是“让物证说话，对历史负责”。

如何让物证说话，且看两例：

瑞士。某大学女生宿舍。一名女生死于非命，身中一百零七刀，血肉模糊，惨不忍睹。警察来了。警察在现场查看良久，越查心里越发毛。凶手太狡猾，在现场没有留下任何蛛丝马迹，比如脚印，比如指纹。没有证据，你就破不了案。怎么办？正好李昌钰在瑞士，警方恭请他到现场指导。李昌钰察看后，在尸体裸露的大腿上发现了三滴血。死者浑身是血，这三滴血有什么名堂？有，这就现出了李昌钰的功力。他解释，这三滴血属于“垂直型”的，就是说，是从空中落下的。鉴于人死倒地，死者的血不可能再从空中滴下——那么，这是谁的呢？李昌钰推测，此血属于嫌犯。法医迅速对这三滴血做了DNA 比对——高手就是高手，你不服不行——结果，警方按照李昌钰提供的路子，仅仅花了十七分钟，就一举锁定嫌凶。

洛杉矶。一家伊朗人开的地毯店。周六歇业，只有店主一人待在店里，处理业务上的事宜。到了傍晚，说好了回去跟家人共进晚餐的，可是，妻子等啊等，等了老半天，也没见丈夫回来，打电话，也没人接。她不放心，跑去店里看望。推门，愕然发现丈夫光着身子卧在血泊中。她一声“啊”尚未出口，就兜头遭了一记闷棍。倒地昏迷之前，她依稀瞅见了一副黑人的面孔，脑袋长得特大，五官狰狞可怖。

半晌醒来，她发现自己躺在丈夫的尸体旁，脸颊、衣裙都沾了不少血。她爬起来，走进洗手间，用水洗了把脸，又把衣裙上的血迹清洗掉。然后，打电话报警。在等待警察到来的间隙，习惯性地补了补口红。

这下坏了！妻子以一级谋杀罪被捕——丈夫被杀，你怎么还有心思打扮？你不是凶手，衣裙上怎么沾有血迹？你又为什么急急忙忙把它清洗掉？警方查实，店主投有两百万美元的生命保险。邻居作证，说他夫妻俩关系不睦，经常吵架。瞧，这下动机、人证、物证俱全，做成铁案无疑。

代理此案的律师十分挠头。一天，他见到李昌钰，请他帮忙看一沓案发现场的照片。李昌钰看了第一张，就觉着奇怪：店铺不是卧室，丈夫遭妻子谋杀，怎么会赤条条一丝不挂呢？看第二张，发现丈夫裸背有一个血手印，这是谁的？李昌钰断定：如果是妻子谋杀，就必然是妻子的。可是，警方马大哈，居然没有经过检验，就把血手印洗掉了——幸亏留下这张照片。事后反复比对，比妻子的手掌大，大好多。

不是妻子，又是谁的呢？

好在，李昌钰在另外一张照片上找到警方熟视无睹、不以为然的重要物证：一个安全套包装盒。这玩艺儿怎么会出现在店里？其中必有蹊跷。警方由此展开调查，终于摸清：那天，店主不是在处理业务，而是在召妓取乐，召的是男妓，一个五大三粗的黑人，妻子倒地之前瞅见的那张黑面孔，正是凶手。

光凭这两起案件，还不能奠定李昌钰在警界的权威地位。

大侦探，必然和大案有关。

兹举两例。

其一：辛普森杀妻案。

一九九四年六月十二日深夜，洛杉矶布兰伍区，橄榄球超级明星辛普森的前妻妮可尔·布朗和他的男友罗纳德·高曼，在前者的住宅门前被杀。警方调查结果，确认辛普森是唯一凶杀嫌犯。

根据在于：一、辛普森离婚前就有虐妻记录；二、案发后急忙飞往芝加哥，有制造“不在现场”的嫌疑；次日应传讯赶回，左手一根指头缠着纱布，显示有割伤；三、他嫉妒妮可尔·布朗有了新欢；四、除此之外，警方还掌握一百多件物证。

李昌钰应邀加入律师辩护团。

首先，他在现场发现了除受害者之外的两种鞋印，推翻警方只有一个凶嫌的认定。

其次，警方指出辛普森两月前曾买过一把猎刀，应该是用于作案的工具。李昌钰在法庭上当场用化学试剂检验那把猎刀，证明它从未沾染过血迹，其作为凶器的推断也被排除。

最关键的，是警方出示的一百多件物证均系间接证据，即“旁证”。而且，李昌钰指出，警方没有严格按照工作程序办事，破绽百出。比如，在检验现场时，擅自把辛普森的血样带在身上，这是不允许的。由此导致现场发现的辛普森的血迹，不足凭信。再比如，从照片上看，死者妮可尔·布朗裸肩上有七点血滴，从形状和方向来看，不是她本人的，那么是谁？倘若排除男友，就应该是凶手的。然而，警方居然没注意到这七滴血（可见其马虎），而且在解剖前把它清洗掉了（这更是大错特错）。

这场轰动美国的“世纪审判”大案，旷日持久，历经波折，最后，以“检方证据不足，辛普森疑罪从无”落幕。

辛普森到底有没有罪？李昌钰坦言：作为刑事鉴识专家，自己只提供证据，不作结论。他也感慨：有时虽然凶手呼之欲出，但如果检方没有提供足够的证据，就只能眼睁睁地看着恶人逍遥法外。这也是法制社会的一种悲哀。

其二：肯尼迪家族涉嫌强奸案。

肯尼迪家族是美国顶级的豪族。一九九一年，一名叫派翠西亚·包曼的女子，状告肯尼迪家族的成员威廉·史密斯对她实施强奸。

地点在迈阿密棕榈滩肯尼迪家族别墅。据派翠西亚自述：那天晚上，她和威廉在酒巴邂逅。威廉邀她来到自家的别墅。威廉脱光衣服，要和她发生关系。她拒绝，转身逃跑。威廉扑上来，将她推倒在水泥地。她奋力挣扎，爬起来继续跑。跑到院里草地，又被威廉追上，并被摁倒强奸了十五分钟。

检方通过化验派翠西亚提供的内裤，提取与她体内残存的液体，确证与被告威廉·史密斯的精液完全吻合。

至此，威廉强奸罪足以成立。

和辛普森案一样，全美国都在关注，关注豪族罪犯的下场。

李昌钰出场了。他承认化验程序无懈可击。就是说，化验结果有效。

但是（请注意他的但是），这仅仅证明两人有过性行为，却不能认定强奸。

一个状告，一个否认，李昌钰怎么办？

有办法。李昌钰根据“微物转移法则”判断，既然派翠西亚曾在水泥地上挣扎，又被按在草地上蹂躏了十五分钟，那么，她的身上一定会留下“草蛇灰线”。

李昌钰来到现场。他拿出一块白手帕，在水泥地上擦了擦，又拿出另一块白手帕，在草地上擦了擦。在高倍显微镜下，这两块手帕都呈现清楚的擦痕，部分纤维也有受损的迹象。

然而，派翠西亚的衣裙却完好无损，在高倍显微镜下，也看不出任何撕扯或与水泥地、草地摩擦的痕迹。

结论，威廉和派翠西亚之间不构成强奸。

这就直接否定了检方的指控。一位检查官愤而责问：“手帕和内裤并不一样。李博士，你为何使用手帕，而不是女性内裤进行比对呢？”

李昌钰平静地回答：“我是个正常的男人，没有随身携带女性内裤的习惯，平时身上只带着手帕。”

法庭掀起哄堂大笑。最后，所有的陪审员都接受了李昌钰的证词，一致裁定威廉·史密斯的强奸罪名不成立。

李昌钰鉴识过的重大案件，还包括肯尼迪总统被杀案、尼克松“水门事件”、克林顿桃色案、“911 事件”、法医调查南斯拉夫种族屠杀万人案等等。——我动笔写这篇稿子，是在游轮上的阳台，船上没有网络（有的，不敢用，收费太贵），无法搜集到更多的资料，读者如有兴趣，可自去查阅。

一九三八年，李昌钰出生在江苏如皋。这是一个富可敌城之家——这就是他的“因”。

一九四三年，父亲把家人迁去台湾。而父亲本人则留在上海做生意。一九四九年元月二十七日，农历小年夜，殉于从沪赴台的太平轮海难——这也是他的“因”。

还有一个“因”，就是他的母亲。母亲也是出生于大户人家，有文化，有决断，她一手把十三个子女培养成人，而且个个是博士。

一九六四年，李昌钰赴美，靠半工半读，先后获得纽约大学生物化学与分子化学硕士，以及生物化学博士。

关于时间法则，李昌钰说，普通美国人在睡觉、工作、吃喝、家务之外，每天还要花五个半小时用于玩乐。而他，把每天省下那五个半小时的玩乐，睡眠、吃喝的时间再节约三个半小时，这样一来，他一年就可以比一般人多做两年的工作。

关于写作，李昌钰说，一天坚持写一页，一年就是三百六十五页。

李昌钰离我很远，他在西半球，我在东半球；李昌钰又离我很近，他的根在苏北，我的根也在苏北。面对大海（这时游轮正从开曼群岛驶往科斯塔玛雅港），我像练气功一样反复吞吐他的两句名言：“成功不在于你赢了多少人，而在于你帮助了多少人。”“我这一辈子实际上只做了一件事，那就是使不可能成为可能。”

二

二十世纪八十年代气功大热。

二十世纪八十年代鱼龙混杂，泥沙俱下。

时光大浪淘沙，蓦然回首，如今，在气功界，还剩下几多成气候的人物？

今晚，在游轮的阳台，我寂然枯坐，远眺渔火，近听涛音，忽然想到了吴慎。

吴慎是中原人。他把《易经》与《黄帝内经》相融汇，把气功、医术与音乐相结合，在二十世纪八十年代的国内，并不冒尖。他之出名，是一九九四年赴美之后，在美国出的名。

我是查看大学校友唐又山的资料才知道，美国有个吴慎。唐又山是北京大学中文系六四级的，又是学校美术队的，一个中文，一个绘画，都是我的最爱，他集“二美”于一身，自然引起我的关注。唐又山在二十世纪八十年代初念完中央美院的研究生，而后赴美发展。后来——后来的具体时间呢？我说不清，大概是二十世纪九十年代中期吧，他不幸罹患了癌症。于是，在一次讲座上，他遇到了吴慎。据唐又山自述：

一九九七年，吴慎教授在三藩市的“乐先药后——养生医疗音乐”学术发表会上，全场神魂振荡，我也受益匪浅，乐在其中。他创作的音乐既非学院派传统作曲格式，也非街头艺人的民间小调，而是根据《易经》《黄帝内经》的五音医疗文化，以及音乐声波能量对人体各个器官所产生的微妙的物理影响与心理作用，而创作出来的。他具有深厚的文化修养和养生医疗技能，使其音乐艺术成为医疗学术上神奇而独树一帜的理疗方法。我强烈地意识到这是一个全新的领域！

这的确是一个全新的领域。吴慎的理论基础，在于《黄帝内经》指出的，天有五音，宫、商、角、徵、羽；人有五脏，脾、肺、肝、心、肾。吴慎认为，五音与五脏相应。他在著作中表述：

金音（商声）

金音为金属、石制品的古乐器发出的浑厚清脆之声，如编钟、磬、锣、铃声、三角铁等。其乐声清净肃穆，有金的特性，可以入肺经与大肠经，主理肺、肠的健康。多听金音旋律和曲调可强肺强魄，驱逐恶疾与后患，增强生命体质。

木音（角声）

木音为以木所制做的乐器，如木鱼、古萧、竹笛等弹奏的音乐，乐声朝气蓬勃、蒸蒸日上，声波能量可以进入肝胆之经，疏肝利胆，保肝养目。根据《黄帝内经》医典理论：木音为角，对应人体的肝、胆，清凉祛火。所以多听木音，可以移转性情，增强精神，安定魂魄，消除失眠。

水音（羽声）

水音为水声、鼓等乐，包括地下泉水、小溪河水、雨水及海洋之声以及宫廷鼓、大小鼓、架子鼓、非洲鼓等鼓声，其乐声悠扬澄静，柔和透明似水，可以入肾经与膀胱经。多听水音可以疏导外排下腑疾患与泄毒，从而平衡免疫系统，振发先天肾脏之气。

火音（徵声）

火音为古琴、小提琴等丝弦乐，热烈欢欣，属五行中的火，可以入心经与小肠经，主理小肠和心脏的健康。火是万物的动力，代表心脏，有热量，丝弦的声音可拨动人的心弦。聆听火音可以调节心、小肠，疏导血脉，平稳血压，疏通小肠，祛除毒伤。

土音（宫声）

土音为古埙、笙竽、葫芦笙等乐，乐声和平雄伟，庄重宽宏，具有土的特性，入脾经与胃经，主理脾胃的健康。十万年前中国山西即有石埙出现，说明当时人类已经懂得使用石埙来放松身心。多听土音，可以对脾胃有极佳的理疗养生功能。

吴慎的治病方式，是先乐后药，亦乐亦药。

吴慎解文，他认为，仓颉造字，把“樂”（“乐”的繁体）加上草字头成为“藥”（“药”的繁体），大概是说明音乐配上草药，才是最好的药。更妙的是，拆开“藥”字，中间的“白”，是由钟的象形变化而来，两边是琴弦，分置于木架，这样，才能演奏出完美的音乐。

吴慎还从“五音对五脏”的原理出发，解读了中国历史上两个著名的“谜”。一、《三国演义》写诸葛亮错用马谡，痛失街亭，随后，屯兵于阳平，拨主力部队去攻打魏军，仅留下少数老弱残兵守城。这时，魏军大都督司马懿突然亲率十五万大军前来攻城。诸葛亮临危不惧，传令大开城门，还派士卒在城门口洒扫，自己则登上城楼，焚香操琴，以静制动，扰乱了司马懿的军心，促使其退兵。二、楚汉相争于垓下，月夜，汉人张良吹箫勾魂，吹走了西楚霸王项羽的九万雄兵。这两则故事，是否也透露出声波的威力呢。

美利坚不相信忽悠，人家相信证据。

吴慎去了美国，要想立住阵脚，首先得拿出医疗数据。这时，恰逢迪斯尼癌症中心所在的佛罗里达州立医院，有一批晚期癌症病人被西医放弃了治疗的希望，只能靠吗啡镇痛，在绝望中等死。在主管医生尼尔・芬格乐博士的支持下，吴慎对他们进行了音乐治疗。结果，意想不到的效果出现了，一些病人的机体得到恢复；另外一些无法治愈的病人，也延长了寿命，并在没有痛苦的状态中离世。

音乐疗病，不是新创，西方早已有之。吴慎的独特之处在于：他融天人合一的中华智慧与中西医疗理论，以及中西乐器于一炉，在形式上是超越前人，推陈出新，在实践上，又立足于权威的医疗机构，拿出了过硬的医疗数据。

据说（我只能是据说），他不仅使一些重症患者的生活质量大大改善，而且，经他治疗而完全康复的重症患者也大有人在。

难怪他能让中国音乐治疗顺利步入美国主流医学。

难怪他能在异域陆续收获诸如“最佳医学”“最佳气功”“最佳中医”之类的大奖。

近年，吴慎又挟“洋名”返归故国，所到之处，不乏热烈的欢迎、追捧。我没有听过他的讲座，也没有感受过他的音乐魅力，仅凭本能觉得，他在东方和西方医学的夹缝中开辟了一条新路，作为替代疗法或辅助疗法，自有其广阔的远景。

思绪飞开，想到了多重“宇宙假说”，以及“太阳系是外星人的实验室假说”，以及……我们的世纪可谓脑洞大开，天文界的假说愈多，愈使我感到人有命，也有运。从现实看，人类的文明肯定仍处在低级阶段。我只能感悟，我们的身体就像一台精密构造的仪器，时时在随着宇宙的律动而律动。我相信万物有灵，在不同的维度。因此，我相信声波能作用于身体，就像文学、绘画、舞蹈、书法、运动、气功，乃至美言、美食，同样能怡情、悦性。

即如现在，我把星语、风言、涛音汇成一支美妙的乐曲，它将陪我一直到天明，在“平行天堂”的梦乡。

注：那日航班在纽约落地，收到老伴发来的一条微信，内中说：“你忘了带胡思升的《精彩人生：美国华裔名人写真集》。”

噢！真遗憾！胡先生是我研究生时的老师，二十世纪八十年代还是九十年代移居纽约，他的这本大著，是我从某旧书网上淘得的，本来计划带在身边，作为旅途写作时的参考。

胡老师书里写了十位杰出华裔，我依稀记得的就是上述两位。啊，还有一位是赵小兰，匆匆一翻，浮光掠影，印在脑海里的只有一条：她忙于工作，无暇恋爱，四十岁才结婚。

以哥伦布为鉴

——重提霍金的警示

游轮从劳德代尔堡起航，五天来，一路围绕着加勒比海转悠，这儿处处都有哥伦布的足迹。

我找出随身携带的《哥伦布传》（孙立军主编），大略翻了翻。

一四九二年四月，意大利航海家哥伦布和西班牙王室签订如下协议：

第一，唐·克里斯托夫·哥伦布可以成为凭借自己的能力发现的任何海洋和大陆领地的海军上将。他本人及后嗣可永远担任这个职务以及享有特权。

第二，唐·克里斯托夫·哥伦布可以成为在此次航海中发现、获得的一切陆地和岛屿的副王。他统辖的官

劳德代尔堡

员中，可以任命三名候选人，国王及女王则可挑选其一。

第三，在上述给予唐·克里斯托夫·哥伦布所辖的范围，未来生产、交换等得来的一切财富，他都有权征收十分之一的利益，且永远免税。

第四，无论发生何种诉讼和争执，唐·克里斯托夫·哥伦布或其代理人都要进行裁定。

第五，唐·克里斯托夫·哥伦布可为每次驶向他管辖的岛屿和陆地交易的船只，提供一部分装置，并从中获取利益。

基于此，一四九二年、一四九三年、一四九八年、一五〇二年，哥伦布在西班牙王室的资助下，开启了四次向西横渡大西洋的航行，既定目标是印度、中国，据说那里盛产黄金、珍宝和香料。由于低估了地球的直径，算错了到印度的距离，结果，仅仅才抵达美洲的巴哈马群岛、古巴岛、海地·多米尼加岛、特立尼达岛，以及洪都拉斯、巴拿马等部分地区，离亚洲还隔着茫无际涯的太平洋，就以为到达了目的地印度群岛。

是以，哥伦布把当地的土人称之为印第安人。

哥伦布执行的第一件要事，就是占领。因为按照协议，他本人则自动升任该地的海军上将及副王。

且看，一四九二年十月十二日，在辽阔的大西洋上航行了两个多月的哥伦布船队，首次发现了陆地。我手头的这本《哥伦布传》写道：

哥伦布手持西班牙国旗，表情肃然地踏上他发现的新大陆，其余人等依次上岸。阳光和煦，旗帜飘扬，哥伦布带领大家集体下跪，感谢神的恩典。

祷告结束，哥伦布首先起身向大家宣布：

“请葛吉艾利斯先生在旁记录——1492年10月12日，唐·克里斯托弗·哥伦布发现这座岛屿，谨以西班牙国王和女王的名义永远占领。”

哥伦布决定将这个岛屿命名为圣·萨尔瓦多岛，意思是耶稣基督之岛。

书载，“圣·萨尔瓦多岛四周分布着很多大小不一的岛屿，船队驶向深处，看到许多美丽的海岛，那里气候宜人，土壤肥沃，非常适合人类居住。哥伦布的船队经过三个岛屿，他将它们命名为‘圣玛利亚’‘斐迪南’‘伊莎贝拉’”。

稍后，哥伦布发现了海地岛，他“选择在岛的西海岸登陆，并且将这个海湾称作‘圣·尼古拉斯湾’，北部湾叫作‘康赛普辛湾’。海湾围绕的岛屿上矗立着高山，分布着丛林，还有广袤的草原和潺潺溪流，一切是那么美好，哥伦布站在岛上好像回到了西班牙。”

这就是强盗的逻辑。

这就是殖民者的霸权。

哥伦布在尔后陆续发现的其他岛屿、陆地，一律作如是处理。

占领就是统治。手段不外奴役、搜刮、抢劫，乃至奸淫烧杀。哥伦布垂涎的是黄金。让他失望的是，这些小岛只有金砂，没有大块大块的黄金。他只能就地取材，捞到什么就是什么；其中也包括了烟草、马铃薯和玉米。这些农作物，后来因他的推广而遍布全世界。

若问：“对于哥伦布们的蛮横占领，当地土人不反抗吗？”

当然反抗，没有谁天生喜欢当奴隶。

只是，当地土人还处于原始社会后期的新石器时代，赤身露体，木弓骨箭，刳木为舟，无法抵挡欧洲十五世纪末的骑士铠甲、刀剑枪炮和三桅帆船。落后就要挨打。印第安人后来几乎被消灭殆尽，这是一开始就注定了的。

位于迈阿密海湾的哥伦布塑像

在哥伦布们眼里，土人不过是混沌未凿的低等动物。

在土人眼里，哥伦布们不啻是从天上下来的外星人。

历史上对哥伦布的评价，历来有正负两种。

正面的：人类历史上伟大的航海家，最早发现新大陆的英雄。

我手里的这本《哥伦布传》，就是这么写的。它在封面上疾呼："像他那样，不畏艰险"；在封底告白："在人生的海洋上，最痛快的事就是勇往独航，最悲惨的事却是回头无岸。"

哥伦布自然是回头有岸的了。

如今，在美洲，每年的十月十二日，或十月的第二个星期一，是许多国家的"哥伦布日"，以纪念他的地理大发现。

查一查，这些国家的主人，基本是欧洲殖民者的后裔，操的是英语、法语、西班牙语、葡萄牙语、意大利语、德语……是因哥伦布而获得新大陆的既得利益者。

负面的：人类历史上最大的侵略者，他带给拉美土著的是长达一百五十年的"种族屠杀"。

这自然是站在印第安人的立场，也可说是站在人性的人道的立场。

还有貌似不偏不倚，实则附和第一种观点的论调，他们认为，以现代的标准来评价哥伦布，有失公允；历史人物的衡量标准，往往不在于其道德是否完善，而在于其对人类历史的影响和贡献。

我嘛，站在游轮的甲板上，眺望着波翻浪涌的加勒比海，我不想纠缠哥伦布的功过，这一刻，我想的是人的德性，想起了霍金的遗言。

人这种动物，脱离愚昧进入智识时代也不过几千年，步入科学并高速发展的时代才不过两三百年，但人自大，认为自己不仅是地球的灵长而且是太阳系的灵长，也很好奇，很想知道在太阳系之内尤其是之外，是否也有别的高级生命。人类为了寻找外星人，作出了种种异想天开的尝试。举个最突出的例子：

一九七二年和一九七三年，美国先后发射了"先驱者"十号和十一号、"旅行者"一号和二号宇宙飞船，探寻遥远的外太空。"先驱者"

十号和十一号，各带有一封“写”在镀金盘上的问候信。“旅行者”一号和二号，各携带了一张直径三十点五厘米，名为“地球之音”的镀金唱片，并有放音设备，上面录有六十种语言的问候语、一百一十三幅描绘地球风土人情的编码图片（其中一张有万里长城）、三十五种地球自然音响、二十七种世界名曲。“旅行者”宇宙飞船携带的“地球之音”还有美国总统卡特签署的给宇宙人的一份电文：“这是一个来自遥远的小小星球的礼物。它是我们的声音、科学、形象、音乐、思想和感情的缩影。我们正在努力使我们的时代幸存下来，使你们能了解我们生活的情况。我们期望有朝一日解决我们面临的问题，以便加入到银河系的文明大家庭。这个‘地球之音’是为了在这个辽阔而令人敬畏的宇宙中寄予我们的希望、我们的决心和我们对遥远世界的良好祝愿。”

人类的这种好奇心，不光是某些科学家的，恐怕是整体性的。人类感到了孤独，是的，以宇宙之广漠，之无穷，总得有邻居，有亲戚，有朋友吧。

此事，迄今为止，尚未有任何结果。

人类不会死心，肯定还会想方设法继续寻找。

但是，霍金，这位当代最伟大的物理学天才，在二〇一八年三月去世之前，留给人类的忠告是：“千万不要主动接触外星人，更不要回复他们发出的任何联络信号！”

霍金为什么会发出这样的忠告？

我不是理工科出身，我对科学，包括天文学、宇宙学、生命学，连一知半解也算不上。但仅凭我肤浅的常识，在太阳系之内，目前看来，应无超越地球人的高级生命。倘有，他们早就应发现并光顾地球。

那么，希望是在银河系。银河系有多大，据说直径有十万光年。光速每秒约三十万公里，十万光年，这是难以想象的距离。任何一种居于银河系的高级生命，倘若接收到人类发出的信息，并快速飞来地球，按照人类的时空观念，起码得花几十、几百光年。他们的时空和我们不一样，他们的飞行器，也许是超光速、超超光速。这样的一种地外生命，其科学技术必定把人类甩出了几千几万条街，如果他们真的来到地球，我们能确信他们的思维早就摆脱了物竞天择、适者生存的进化法则，像天使一样，与人类其乐融融，甚至帮人类走出弱肉强食的困境，融入银河系的宇宙大同。

有可能。但这是小概率。多小？或许是百分之一，又或许是千分之一。

为什么这么悲观？

不要问别人，只要问你自己。拿起镜子照照。

德国作家西拉姆说得实在：“人类假如想看到自己的渺小，无需仰望繁星闪烁的苍穹，只要看一看在我们之前就存在过，繁荣过，而且已灭亡了的古代文明就足够了。”

这个时候，我就自然而然地想起了哥伦布。

谁能保证来访的不是外星球的哥伦布，而我们就成了他们眼中的印第安土人？

甚至连土人也比不上，就是一群蚂蚁！

你见过有几人善待蚂蚁？

美国南端地标

G

以前世那棵老树的直觉

——『一号公路』的倒影

昨晚没睡好，今晨一上车就打盹儿。坐在最后一排，大巴颠簸得厉害，摇摇、晃晃、醒醒、昏昏，终于还是强制睁开眼皮——舍不得错过窗外的风景。

这是北美大陆东部一号公路的神经末梢，从迈阿密到西礁岛，全程二百六十公里，由四十二道跨海大桥与三十二座岛屿无缝衔接，“沉沉一线穿南北”，一个世纪前的杰作。海鸥掠过，靓丽属于海鸥，我来观光，靓丽属于我。

我贴着左侧车窗而坐，劈面而来，是疾疾转转的绿野、黄花、白墙、红瓦。应该还是城市郊区吧，望不见的大西洋，犹在地平线之外惊涛拍岸，嗅嗅，透过半开的窗户，隐约扑过来一片咸腥的气息。右侧窗外，类似一片沼泽地，丛生着密密麻麻的灌木，一眼看不到边，两眼也看不到边。在灌木和公路之间，流淌着一条小溪，

美国一号公路起端

水清沙白，灌木的倒影摇曳多姿——啊，枝干未摇，是水在动，加上阳光的折射，杂乱无章的草木顿时荡漾如太虚幻境。

那遍野的灌木霍霍而过，我听到一株才绽出几颗嫩芽的树苗对一株弯腰曲背的老树说："这人眼光特别，他没嫌咱们丑，反而夸咱们的倒影美。"

"没准他前世也是棵树。"老树的哑嗓追着大巴飘过来。

我的前世？倘若我真有前世，而且是棵树，我倒宁愿如它们这样，坚守海滩，年复一年地与飓风、海啸抗争，哪怕叶枯枝折，那怕东倒西歪，也决不后退一步。

前方出现了大西洋，烟波浩渺，横无际涯。

大西洋对我来说是个遥远的存在，而它现时就近在咫尺。啊不，我确信曾跟它打过多年的交道，以前世那棵老树的直觉。

水面高高跃起一条飞鱼。它不是为了越过大桥，我想，桥东、桥西，虽然划分为大西洋和墨西哥湾，但桥底的水是相通的，用不着费这么大的劲。那么，它为什么如此激动？最浪漫的解释，就是为了抬高眼界，好生看看我。对于它们来说，我也是一个遥远的存在，隶属不同的地域、不同的时区、不同的物种，今日有缘，四目瞬间相对。

果然，因为它的带动，水面又跃起了数条飞鱼。我赶忙取下凉帽，摘掉墨镜，让它们瞧清我的"庐山真面目"。"看啊！"跳得最高的那条飞鱼说，"他的祖先和我们的祖先是表兄弟，他现在成了人，而我们还是鱼。"

"这就是达尔文的进化论，兄弟……"

我的话尚未说完，就被导游打断。她专注于本门的职责，没有听到我正在和飞鱼对话。导游说："大家看，这座小岛比足球场大不了多少，本来十分荒凉，但自从被桥跟陆地拴在一起，就成了抢手的度假宝地。"

"这儿靠近热带，"导游又说，"冬天和春天，是度假的旺季。再过两个月，飓风一来，人就撤走了。"

"我们永不撤退。"说这话的不是鱼，而是眼前这座不知名的小岛，它用的是密音传语，"没有桥，不撤退；有桥，也不撤退。"

我向它投去尊敬的目光。

“你们每个人，其实都是一座小岛。”

“这话，听海明威说过。”我表示多少也有点儿学问。

“海明威就是在这儿听我讲的。”它说。

噢，原来如此！海明威，独得天地之造化。

“人与人之间的友谊，全仗桥来传递，桥在，友谊在，桥断，友谊断。”

这话，我懂。

“国家与国家之间，也是这样。”

这话题扯大了。前些日，在游轮的甲板，我写罢基辛格，顺手又写了华盛顿。这两天，我反复考虑，还是把后者删了，文中多有涉及中美两国“桥梁”的侃侃说论，这属雷区，似乎不宜在游记中触碰。

“哈哈，你不说，我也知道，你那篇文章提到华盛顿的告别词：‘我们要对所有国家遵守信约和正义，同所有国家促进和平与和睦……最要紧的，乃是不要对某些国家抱着永久而固执的厌恶心理，而对另一些国家则热爱不已；应当对所有国家都培养公正而友善的感情。’华盛顿的伟大，就在于他总是有先见之明。当今之世，人与人、族与族、国与国之间亟需桥梁；无需木石，无需钢筋和水泥，要的，只是灵犀一点。”

“你是知音。”我不由得生出几分感激。

“大家看，这已到了另外一座小岛，”是导游在讲，“房子的一楼，只有钢筋水泥的立柱，中间是空的，因为海啸一来，一楼就会被淹掉。大家再看，房顶是金属的，结构特别牢固，目的就是抵抗飓风。”我向苍翳掩映中的蓝色别墅瞅了一眼，其中有两扇窗玻璃，正好冲着日头，反射出烁烁不定的强光，让人觉得那就是它炯炯的双眸。我想听听它怎么对我说。

别墅无语。

只一秒，大巴就窜过去了。回头看，那所别墅化成了一只蓝蝴蝶，贴着大巴随我一道向前飞。

它是想再看看我。

美国一号公路的七英里大桥

还是让我再看看它。

愈是异质的存在，愈是引发好奇。

大巴进入一号公路的华彩地段。导游介绍：“这就是著名的七英里长桥。电影《真实的谎言》就是以它为背景。前面那处断桥，早先已被飓风腰斩。拍电影时，为了追求真实的效果，又把它焊接起来，然后再炸毁。”

这就是电影昭示的真实。

这就是谎言赖以瞒天过海的真实。

新桥和旧桥并行。我们行驶在新桥，旧桥已为陈迹，有人在上面垂钓。居然有一株松在钢铁的旧桥桥面上扎根，且已蹿出一人多高。

种子是飞鸟衔来的吗？

还是叫飓风刮来的？

它真是太了不起了！

有人把七英里长桥称为“世界第八大奇观”，这株松就是奇观中的奇观。

“谢谢你的夸赞！”嘿，是那株松在向我传语，“我证明了，生命在任何地方都可以存活。”

导游又接着介绍。“导游，请您停一停好吗？”我在心里说，“我在跟那株松树交谈呢。”导游听不见我的心里话，她仍在滔滔不绝如飞流直下。我只好戴上耳机听音乐，尽量减少她音量的分贝。我跟松树对话，用的是另一个频道。

“前面就是基韦斯特，你们中国人喜欢意译成西礁岛。那里有一号公路的起点，竖着‘0 公里’标志牌。那里有浓烈的古巴风情。我知道你没有去过古巴，这是一大遗憾，以后要争取补上。这次，你先在西礁岛隔空体会吧。那里还有海螺共和国的传说和遗迹，让你领略美国人的幽默和滑稽。对了，还有你心仪的作家海明威的故居，你一定要去瞻仰一下，它会给予你意想不到的灵感。”

说到海明威和灵感，我立刻想起了马尔克斯。

马尔克斯年轻时，在巴黎当记者。彼时，他有两位创作上的偶像，一位是福克纳，一位是海明威。两位都是获得“诺贝尔文学奖”的大师，但风格迥异，前者“发人深省，热情而疯狂”，后者“严谨过人，零件就像货车的螺丝一样看得清清楚楚”。马尔克斯觉得两种都好，都伟大，拿不定主意到底偏向哪一家。

那是一九五七年。一天，马尔克斯在街上遇见了海明威，他是那么壮硕，又是那么素朴。马尔克斯是哥伦比亚人，说西班牙语，英语很蹩脚，所以犹豫着，不敢贸然上前打招呼。眼看海明威就要消失在人群中，他鼓起勇气，把双手罩在嘴上，隔着马路，叫了一声“大——师！”海明威听到了，迅疾停步，特意转过身来，冲他说了一句“朋友，再见！”

一次偶然的路遇，改变了马尔克斯的心境。他回忆，海明威给我留下一种印象，仿佛在我生命中发生了什么事，而且这种印象从此总是萦绕在我的脑海。

二十多年后，马尔克斯凭借《百年孤独》，也获得了“诺贝尔文学奖”。

“好哩！”我大声谢过松树的指点。我相信，凭着我的第六感相信，海明威故居也在那儿等我。

随后，我把头伸出窗外，可着劲儿往前瞧。我看到一座愈来愈真切的大岛，影视镜头般拉近，再拉近。我看到天空的白云在向海面下坠，乳白色的游轮昂首驶入云霄，天风浪浪，海山苍苍，在天空和大海之间，我看到，一条巨大的飞鱼凌空跃起，在海平面上划出了一道漂亮的弧线，然后，又潇洒地钻入水中。谢天谢地，在它还没有来得及钻入水中之前，我用手机把它拍了下来。虽然距离有点儿远，但形状还是清晰可辨。我准备找内行人看一看，它是否就是海明威在《老人与海》中描述的那种大马林鱼。

西礁岛三题

珊瑚虫定律

西礁岛是 key West 的意译。Key，英文指“钥匙”，喻岛的形态；或曰在最早登岛的西班牙语中，发音近似珊瑚，意为珊瑚岛。West，英文的含义是“西”，这里指的不是美国之西，而是连接它的佛罗里达群岛之西。

珊瑚虫很小，状如米粒，谁也不会把它放在眼里，人的眼里根本没有它。珊瑚虫也不会把人放在“眼”里，犹如蚂蚁全然漠视人的喜怒哀乐。太大，太小，相互都

西礁岛风光

看不见。珊瑚虫虽小，却是自然界的愚公，专职造山。它们实行群居制，捕食沧海里的浮游生物，当然是比它更小的，吸收海水中的钙和二氧化碳，然后，分泌出石灰石，变为自己生存的外壳。每一条珊瑚虫贡献的石灰石，是微不足道的，但一群一群集中起来，一代一代延续下去，积少成多，聚沙成塔，就形成了今天热带海洋中的许多礁石和岛屿。

人们习惯说“礁石效应”“岛屿法则”，可有几人认真想过“珊瑚虫定律”。

走在大街上，感觉不到这里和陆地有什么区别。只有来到海边，看到由珊瑚的微粒铺成的白沙滩，才恍悟它的来历：这岛屿，是珊瑚虫大军构建的。时间从人的手指缝中一点点滑落，却在珊瑚虫的尸体上一点点凝固，人死了肉体便化为虚无，珊瑚虫死后却成了坚实的存在。我们来到西礁岛，欣赏它的热带风情，欣赏它的人工奇迹，千万别忘了，也顺便思考一下“珊瑚虫定律”。

建筑髹漆的是目光

建筑是用来使用的。建筑的知名度，一般与它的高大有关。比如这岛上的“第一高度”灯塔，走在哪儿都能看见，即使你不想看，也得看，自然口口相传，名声在外。其次，与它的位置有关。比如，西礁岛因地处美国的最南端闻名，这岛上最南端的一家饭店，则因其南中之南的极端方位而吸引八方游客，其中包括十七位美国总统。此外，也是最重要的，与它的主人有关。

眼前这几座白色的别墅小楼，如果不看它铁栅栏外立着的标志牌“Little White House”，谁也不当它是主要景点。是的，看了牌子才晓得，它就是小白宫，具有和华盛顿白宫相媲美的政治色彩。有人说，一战时，发明大王爱迪生曾在这里歇脚。

我没有进去，只是隔着栅栏投去短暂的一瞥。这一瞥也就够了。我感受到前面游客留下的目光。而且，我还看到，眼前的白墙、白窗、白屋顶，连同环绕它的草坪、绿树，也迅速闪了一下，像掠过一道闪电——它摄纳了我的目光。

西礁岛小白宫

热带的雪

街道两旁飘扬着海螺共和国蓝色的国旗。

拐角有嵌着海螺共和国三角形国徽的旅馆。

路上跑有打着海螺共和国旗号的巴士。

风里刮着关于海螺共和国的传说。

西礁岛地处边境，是走私和非法移民的首选地。美国边境巡逻局为了打击犯罪分子，于一九八二年四月，在西礁岛通向佛罗里达的一号公路设置边检关卡，强行对驶往内地的车辆进行盘查。这一盘查不打紧，路上滞留的车辆形成长龙，最长的时候，达到二十九公里。岛民外出，也要出示相关证件，证明自己不是偷渡客。游客想进，一堵就是半天，根本进不来。这可怎么办呢？市长瓦洛紧急飞往迈阿密，要求联邦法院撤销封锁令。反复交涉，法院不理。这下，美国佬的脾气爆发了。瓦洛市长当即向在场的媒体宣布："既然你们把我们当成外国人，我们就当外国人好了！

从明天中午起，佛罗里达所属的诸岛将脱离美国联邦，正式独立！”

这瓦洛是说干真干。第二天，也就是一九八二年四月二十三日，十二点，他与一帮支持者出现在城市广场，宣读了《海螺共和国的成立宣言》。瓦洛自任总理，任命助手沃德罗为首相，并宣布接管联邦在西礁岛的海军基地。说罢，新任总理瓦洛拿起一根事先准备好的古巴长面包，向身边一位联邦海军战士宣战，打响了武装起义的第一“枪”。

随后，你猜怎么着？新任首相沃德罗立即向在场的联邦海军投降。作为战败国，他要求美国提供十亿美元外援。

这一招很妙。我投降，你接不接受？你接受了，就表示对海螺共和国的承认。你不接受，也表示对海螺共和国的承认。

联邦政府哭笑不得，知道这是一场变相的抗议，于是下令撤销封锁，但对海螺共和国云云，一句话也没说。

你没说，就等于事实上的承认。哈哈，海螺共和国由是诞生。

迈阿密门罗落日余晖

三十多年来，海螺共和国一直在煞有介事地活动。他们成立议会，制定宪法，确定国旗、国徽、国歌，选定国花，发行海螺货币，颁发公民护照、外交护照，还想方设法打进国际首脑会议，争取外国政府的承认。你别说，还真有一些国家，比如瑞士、印度等，承认了它的合法地位（美国未予以承认）。

谁都明白，这是一场闹剧。对此，美国政府始终睁一只眼闭一只眼，听之任之，不加干涉。反正你也跳不出如来佛的手掌心。这也是美式幽默、宽容的一种轻松大度吧。

走进一家商店，这里出售海螺共和国的纪念品。

要价最高的是护照，公民护照一百美元，外交护照九百美元。

我拿起一面国旗，底色为海蓝，形状作长方，中部图案为海螺和海葵，环绕其上的十二颗五角星，代表其管辖的十二个岛屿，旗帜上端印着海螺共和国的名称“Conch Republic”，底部印着“We Succeeded Where Others Failed”——在别人失败的地方，我们成功了。

什么成功了？独立呀！

真滑稽！

美国政府之所以不闻不问，也许是想把它作为一种促销的手段吧。

我嘛，啥都没买。但自觉带回了一捧热带的雪，在心头。

迈阿密海湾散记

一艘巨无霸的游轮施施穿过海湾，就像一位冕服的帝王在领地迈着方步，那威风是四方八面的。按照牛顿的万有引力，两侧的大小船只，自动以游轮为中心，保持适当的距离。太近了不行，质量大的物体引力大，斥力也大；太远了也不行，除非你存心脱离“保护”，甘作“化外之民”。

这只是刹那的幻觉。我揉揉眼，换个角度，海湾又是另一幅画面。一只小帆船，是比赛用的那种，在远处的海面上随风飘荡，我看不清海浪，但我能看清风，是帆的倾斜泄露了风的导向。驭者要想破浪前进，就必须学会乘风借势，这是自然和社会通行的法则。

想起了莱蒙托夫的《帆》：“在那大海上淡蓝色的云雾里，有一片孤帆在闪耀着白光。它寻求什么，在遥远的异地？它抛下什么，在可爱的故乡？……”不用说，能合上我思维节拍的读者，多半是二十世纪五六十年代成长的，是广场舞大妈的前一茬，那是中苏友好的蜜月，是俄罗斯文学席卷华夏大地的“喀秋莎”季。

一艘以草篷为顶的画舫，又把我的思绪拉回来。它正行驶在中流，向左前方的大桥远去。在墨西哥的科斯塔玛雅港，我曾看到当地的遮阳伞，就是以茅草覆顶。我说过，它以玛雅文化为背景，戳在那儿恰如其分，倘若搁到迈阿密的海滩，就未免大煞风景。现在看来，我是判断失误，往往越是洋派的所在，越爱土色斑斓的点缀。江南的游客放着现代化的快艇不坐，偏要选择乌篷船，体会鲁迅、周作人兄弟笔下的缓慢、闲适，其道理是一样的。这事再次提醒我，切记目空一切，自以为是。周围某些人物，说话总是斩钉截铁，不留余地。我佩服他们的决绝。我做不到，我行文，即使笔下没有明说，暗里也常含“然而、但是、也许、可能”，一己的认知毕竟有限，而事物、世界又是那么无垠。

我听到身后有嘁嘁喳喳声，断定是公园一侧的那株老榕树。它年岁比我大多了，精神依然健旺，绿发蓬勃，苍髯纷披，铁干劲挺，大有遮日蔽月、宿风屯雾的气概。想到开曼群岛乔治城那株树冠被修剪成圆形帽状的老榕，觉得还是它幸福。首先是自然生长，听命阳光的召唤，顺从风雨的意志，得大潇洒、大自在；其次是坐镇公园，面对海湾，尽管一步未挪，但见多识广，学问绝不在走南闯北的你我之下。

沿着公园小径散步，这儿，那儿，立着不少人物雕塑，想必是当地的名人。我无心上前辨认，反正认识了也记不住，记住了也未必有什么用。互联网时代，知识的爆炸也带来了垃圾的爆炸。发达国家的垃圾自己处理不了，听说往发展中国家运。大脑的垃圾又往哪儿送？打住，我并不是说这些雕塑是垃圾，它们立在这儿，是神祇，在咱中国，叫土地神，掌管这一方的风水。地载万物，地润万物，它们在神界的级别虽然不高，重要性却无可置疑。我嘛，只是不想给宝贵而有限的脑库再增加无用或无聊的信息，我知道它曾经被塞满了形形色色打着知识旗号的垃圾，我要警醒、要自爱、要清静、要自由，从今而后，能不向里面装就不装。

居然有人识透我的心思。谁？草坪上的一位流浪汉。此公睡足了觉，爬起来，伸伸懒腰，迎风哈哈大笑——这笑声正好接着我自释的心绪，让我禁不住大吃一惊。注意，迈阿密的流浪汉，不同于东京的流浪汉，更不同于中国的乞丐，内中藏龙卧虎，大有能人在。我得对他们高看一眼。想当初，那是一九八〇年，卡斯特罗为对抗美国的“人权”，一声令下，向迈阿密倾泻了十五万社会渣滓。那些被清洗出境的人中，有些，本来就是古巴的流浪者，而绝大多数，到了迈阿密，都成了无家可归的流浪人员。孰料数十年过去，他们竟成了繁荣迈阿密的功臣。正如但丁的名言“垃圾只是放错地方的宝”。眼前的这一位，还有散落在草坪别处的许多位，当然不是二十世纪八十年代初的那一批。他们从哪儿来，我不知道，我也不想知道。之所以选择流浪，原因各别。有的因为破产，无路可走，暂借流浪栖身；有的因为厌世，看破红尘，毅然“出家”；有的则为摆脱刻板、僵化的生活，追求无拘无束的自由；有的，说不定就是现代版的梭罗。晋朝人陶渊明弃官还乡，给朋友写信，

迈阿密地标建筑——自由塔

“常言五六月中，北窗下卧，遇凉风暂至，自谓是羲皇上人。”这已是高级别的散淡了，哪里能比得上彼辈坐拥公园，幕天席地，纵意所如。

手机振响，点开，见若干信息。一组图片，是驴友传来的。今天，我们二十四人的一团分作两拨，一拨逛市内，一拨逛小哈瓦那与大沼泽地公园，图片便是由后者发布。一则新闻，来自纽约的朋友，告知特朗普正在他的迈阿密庄园度周末，并且针对政府停摆、美墨边境围墙事件发表了强硬谈话云云。在流浪汉的眼里，特朗普哪里是在度周末。人一旦当上总统，就没有了周末。特朗普说，他每天忙得只睡四个小时，有病理学家说他长此以往，易患老年痴呆，像他的前任里根、老布什——果若如此，他也不会羡慕流浪汉的闲云野鹤，政治家自有政治家的宿命。

离约定集合的时间尚早，一行人沿着公园兜圈。此园位于市中心，一面朝海，三面是高楼大厦。有同伴进草坪拍照，不小心踩着了一坨狗屎，大呼“倒霉”。我笑着安慰：“狗屎也不是白踩的，老祖宗讲，这叫狗屎运，吃点儿亏，后面会有意想不到的大便宜。”经我这一说，对方也就泰然。这就是语言的魔力。人嘴两张皮，咋说咋有理。“华盖”本指帝王的伞，“华盖运”却为背时。“狗屎”本是秽物，“狗屎运”却指向否极泰来，柳暗花明。大抵华盖乃帝王家事，与庶民无涉，狗屎乃农家肥料，得之为宝，老百姓从一己的感受出发，便褒“狗屎运”而贬“华盖运”的了。

继续兜圈，转过一个拐角，在两座锃光闪亮的摩天大楼的夹缝中，露出了矮小而灰黄的自由塔。流水是后浪推前浪，地标是新楼超旧楼。从前，我指的是一九二五年，自由塔（起初是《迈阿密新闻》总部，后因二十世纪八十年代改作古巴移民的逗留站而得名）一柱擎天，是迈阿密的制高点。如今，它已成了钢铁丛林中的小不点儿。倘若错开这位置，前走数步，或后退数步，眼前就只有大厦，没有自由塔。此刻，我很想知道那个“平行宇宙”中的我是怎么思考的。平行宇宙？你不明白？啊，这是老话题了，是休·埃弗莱特在二十世纪五十年代提出的。他认为，在大宇宙的深处，有着和我们的宇宙一样的世界，同样的星球，同样的动植物，同样的人——简而言之，那里也有一个同名同姓的我——只是思想方式和发展轨道有别。这是一个很引人入胜的学说，不是吗？在我正这么想时，同伴已向前走出好远，我不得不拔脚追上去。遗憾，临了忘了跟自由塔说一声“再见”。

作者与宗灵燊夫妇于迈阿密合影

纸钞上的『美国历史』

卞玉清

己亥年新春，我们一行二十四人驴友团，正在加勒比海的开曼群岛上旅游。天高云淡，春和景明，花开叶茂，给人一种“世外桃源”之感。瞧，这张照片上的黑人司机为何拿着美元在拍照？原来他怀疑春晓老师支付的美元有假！左看右看，正看反看，就是放不下心来。真是“好事不出门，坏事传千里”，难道这万里之外的“天涯海角”，他们也知晓中国的“造假”水平。

我团部分驴友与黑人司机合影

数天后，回到迈阿密，我一时心血来潮，也拿出身边的美元瞧一瞧。一美元纸币上，印着一位普通的中年西方男士的头像，长卷发，目光如炬，神态自若。他是谁？美国的开国总统——华盛顿（1732—1799），一位英格兰的移民后裔，其父是个大农场主，家境富裕，其家族在英国声望非凡。这么伟大的人物，居然印在最小面额的纸币上？我们的广西人就可以骄傲地说，印在二十元人民币纸币上的“桂林山水”，比印在十元人民币纸币上的“长江三峡”要“贵一倍”哦！原来美国人不以贵为尊，而在两百多年前，一美元是流通最广、使用最频繁的纸币，因而和华盛顿总统“见面”的机会也是最多的了。

面值 1 美元的纸币

回到公元一七七五年，时任北美殖民地大陆军总司令的华盛顿领导北美人民，打响了北美独立战争的第一枪，列克星敦的枪声如同战斗的号角响彻全世界！其意义犹如“阿芙乐尔”巡洋舰上传来的炮声，给古老的东方送来了马克思主义！想一想，此时此刻，需要何等的魄力，何等的勇气，何等的胆识！殊不知，当年的大英帝国，正独步天下，傲视群雄，怎能容忍“逆子”造反，声言要绞死北美殖民地的起义者！

一七七六年七月四日，划时代的《独立宣言》问世，宣告一个新生的独立、自由的国家——美利坚合众国的成立。经过多年殊死鏖战，直至一七八九年，胜利后的华盛顿被选举为美国第一届总统。一七九六年第二届任满，华盛顿激流勇退，开创了美国总统只能连任两届的先例。退隐后，于一七九九年，在他的家乡因病溘然长逝，享年六十七岁。两百多年来，为了纪念这位伟人，以“华盛顿”命名的城镇多达一百余座，首都就以“华盛顿”命名。

华尔街华盛顿塑像

出于好奇，我把不同面值纸币上的头像都研究了一番。

面值 5 美元的纸币

五美元纸币上的头像，双目炯炯有神，面颊瘦削，是美国大名鼎鼎的第十六任总统——林肯（1809—1865）。他出生在肯塔基州一个普通的农场家庭，九岁时丧母，仅上过几天学，十五岁时，就喜欢做政治演讲。他的丰功伟绩：一是废除奴隶制，解放黑奴；二是领导了南北战争，维护了国家统一。美国独立初期，还是一个风雨飘摇的年代，南北双方，两种制度，矛盾对立，兄弟反目成仇。在一八六〇年，代表北方工商资产阶级的共和党，反对扩张奴隶制，而代表南方奴隶主阶级的民主党，则声称“如果没有奴隶，谁来种植棉花！”在林肯当选总统的当天，美国的内战正式爆发。四年血战，直至一八六五年，以林肯领导的北方胜利而告终。他演讲的《解放宣言》已永远同林肯的名字联系在一起，受到美国千万民众的敬仰和怀念。在中国广为流传的电影《乱世佳人》，演绎的正是美国南北战争时期的故事。一八六五年四月十四日，林肯在华盛顿福特剧院看戏，被一个支持奴隶制的演员枪杀，年仅五十六岁。

俄国伟大作家托尔斯泰说：“林肯有独特的精神魅力和伟大的人格，他的地位相当于音乐中的贝多芬，诗歌中的但丁，绘画中的拉斐尔和人生哲学中的基督。”美国著名的历史学家房龙说：“在美国最危险的时刻，一个杰出而仁慈的伟人——林肯，拯救了美国。”

林肯纪念馆

一座用洁白的花岗岩和大理石建造的古希腊神殿式林肯纪念堂，在其塑像的上方，铭刻着一句题词:“林肯拯救了联邦,人民永记心间”。

面值 10 美元的纸币

再看十美元纸币上的头像,英俊、潇洒、年轻、淡定、绅士风度。他叫汉密尔顿(1755—1804),美国的金融之父,首任财政部长。他在独立战争时期就崭露头角,是美国宪法起草的主要负责人之一。他出生在西印度群岛一个破落的贵族家庭,十二岁时成了孤儿,在独立战争时期就深得华盛顿的信赖和欣赏。

一七九二年前后,围绕着汉密尔顿和杰斐逊在治国思想上的公开冲突,美国政坛形成了以汉密尔顿为首的联邦党和以杰斐逊为首的民主共和党两大政治派系,开启了美国党派政治的先河。

尔后,一八〇一年,在美国第三任总统竞选期间,汉密尔顿转而支持他的对手杰斐逊,使得他以微弱多数当选,使得美国政权和平交接另一政党,而对他的同党派总统竞选人——伯尔,则进行连篇累牍的人身攻击!对此,伯尔认为是对他的人格侮辱,提出与汉密尔顿决斗。这是中世纪欧洲贵族流行的“游戏”,俄国天才诗人普希金也倒在决斗的枪下。一八〇四年七月十一日清晨,他们来到新泽西州。在决斗中,汉密尔顿率先开枪,没有命中对手,而伯尔毫不犹豫地一枪将其击毙!这年,汉密尔顿才四十九岁,他的离奇死亡,给后人留下了千古之谜。

但是,美国人民并没有忘记他对美国建国初期所作出的丰功伟绩。

二十美元纸币上的头像,为美国第七任总统杰克逊(1767—1845)。他面容尖瘦,神情冷峻。他出生在卡罗莱纳边疆地区,父母系北爱尔兰移民。他被视为边疆的行伍英雄,也是美国历史上第一位平民出身的总统,因性格刚毅、固执、桀骜不驯,而被

面值 20 美元的纸币

部下称为“老核桃树”。

他给美国的政治生活带来了新的变化，主张实行官职轮流制，向广大普通人敞开仕途大门。同时，他也将成千上万的印第安人逼上了苦难与死亡的“眼泪之路”，通过购买、兼并、战争等种种手段，大肆地进行疆域扩张，把西部边界推进至太平洋沿岸。因此，杰克逊成了美国人心目中的英雄。

五十美元纸币上的头像，为第十八任总统格兰特（1822—1885）。南北战争时期，他是林肯手下的一员大将，一八六八年当选总统，在政治和经济上都没有显赫建树，卸任后，环球旅游，倒与中国大臣李鸿章交了朋友。为何在五十元纸钞上选中他，本人不知究竟，也许是为了纪念他在南北战争时，立下了赫赫战功。

面值 50 美元的纸币

面值 100 美元的纸币

再看最大面值——一百美元纸币上的头像，为富兰克林（1706—1790）。他出生在波士顿，父亲系英格兰移民，家境贫寒，从小只读过两年书，十二岁就进了印刷作坊当学徒，十九岁时，出版了费城第一份报纸《宾夕法尼亚报》，开始了自己的事业。而后，他成功制造出世界上第一个避雷针。在一七三六年涉足政坛，曾任邮政总长，一七七六年，为起草《独立宣言》的五人委员会成员之一，后又身负重任，赴法谈判。在他的游说下，法国和美国终于结成铁血盟友，这当中固然少不了他的如簧巧舌，纵览天下大势。但不得不说，世界上没有无缘无故的恨，法英两国可以说积怨甚久。早在公元一三三七年就爆发了欧洲历史上最长的一次国际战争——史称“英法百年战争（1337—1453）”。当历史的脚步迈到十七世纪，英法两国的战争又几乎持续了一个百年，直至一七六三年英国大获全胜为止。现在机会来了，此仇不报，更待何时？作为昔日世界上第一个日不落帝国——西班牙，想想一五八八年被英国毁灭的“无敌舰队”，怎能不气冲云霄！再加上荷兰，早在一六二四年，就买下了曼哈顿，称其为“新阿姆斯特丹”，凭什么你英国人又从我手中夺走？新仇旧恨，促使法国、西班牙、荷兰相继对英国宣战！即使贵为当时的世界第一强国，大英帝国四面楚歌，也不得不在一七八三年和美国代表富兰克林签订《巴黎和约》，成全了他一生中最为伟大的历史使命。

他为美国的独立作出了卓越贡献，成为唯一同时签署美国三项最重要法案文件——《独立宣言》《巴黎和约》，以及一七八七年《美国宪法》的建国先贤。菲利普·弗瑞诺赞美他说：“帝王们垮了一批换一批，寻找继承者很容易，举世无双的富兰克林啊，很少有人能指望比得上你，你横扫了暴君的威风，使九天的怒雷回避！”他既是一位政治家、外交家、实业家，也是一位伟大的科学家，而他的墓碑上只简略地刻着：印刷工富兰克林。

而二美元纸币上的头像，为美国第三任总统杰斐逊，不知何故，现已停止发行。

面值 2 美元的纸币

纵观这七张纸币上的头像，五位是总统，两位是建国初期的功勋，这些总统基本上都与建国以及国家统一的历史相关。可见，美国人民也是非常敬仰和纪念他们的先祖，吃水不忘挖井人，在这一点上，中美人民拥有一个共同的信念！

尼尔·麦格雷戈在《大英博物馆世界简史》说：“逝世的统治者依然长存，他们的身影留在我们的货币上。如果此刻一个外星人同时拿着中国与美国的货币（比如说一元纸钞），大概会认为这两国的现任领导人，一个是毛泽东，一个是乔治·华盛顿。而从某种意义上说，这正是两国领导人所希望的，政治伟人为面对巨大问题的现代国家带来稳定的氛围、合法性以及不容置疑的权威性。”

哈佛塑像前哈哈一乐，立地成佛

阴差阳错，迈阿密机场，一次航班取消，迫使路线改道，从直飞纽约改为迂回波士顿。

白天白地，高天茫茫的是白雾，平地皑皑的是白雪，提醒你这是北国，纬度介于沈阳、长春之间，冷，冷，冷，尤其是刚从热带飞来，从火炉落进雪乡——啥滋味？不怕，不怕，踏雪访哈佛，更添豪兴。

没有围墙。门，当然有的，在两座楼房之间，宽仅容两人并行，许是旁门，决非左道，人来人往，川流不息。导游为了赶时间，因午后还有南下纽约的四百公里长途要跑，是以蜻蜓点水，走马观花，然而，有一处他不能不停下脚步，从头仔细道来，这就是哈佛塑像。

美国有四座雕像最受游客青睐，分别是纽约港手持火炬的自由女神像、华盛顿林肯纪念堂巍然高踞的林肯像、费城科学博物馆内（一说自由纪念馆前）的富兰克林石雕，再就是眼前这座哈佛铜像。

我团在哈佛像前合影

铜是青铜，因了一夜大雪，妆成白冕白袍。一人高的大理石基座，刻着三行字：约翰·哈佛；创校者；一六三八。

导游说，这是三个不实之词：

其一，坐像并非哈佛本人。一八八四年，著名雕塑家弗伦奇应邀为哈佛塑像勒铭，其时，哈佛已逝世两百多年，生前未留下任何图像资料，因此，谁也不知道他长的是啥模样。弗伦奇无奈，只好找了一位具有古典美的学生作模特。

其二，哈佛只是捐助办学者，而非大学的创始人。

其三，哈佛大学创办于一六三六年，而非一六三八年。

这有什么关系吗？没有，一点儿也没有。游客来到哈佛铜像前，争着和他合影，这情形，就像西方人拜上帝，拜耶稣，东方人拜如来，拜观音，拜的只是神，只是佛，而不在乎他们的真容。

假如哈佛大学不是一流中的一流，即使我们面对的是哈佛本人，又能有几分庄严感、朝圣感？

历史上的哈佛于一六〇七年十一月生于伦敦，毕业于剑桥大学伊曼纽尔学院，一六三七年岁末来到波士顿，卒于次年九月，仅仅活了三十一岁。哈佛是牧师，临终前，将七百八十英镑外加四百册图书，捐献给波士顿草创中的第一所学院。

这在当时，是一次开创新风的捐赠。

波士顿隶属的马萨诸塞州，是英国最早的北美殖民地，居民都是渡海而来，志在开疆攫土，追逐金钱、财富，很少有人关注教育，更不用说给予资助。哈佛这是破了天荒，是头一炮。其历史意义、精神更大于实物（即使就实物而言，也已远超政府四百英镑的拨款）。

殖民地政府抓住了这个“亮点”，于一六三九年三月，将初创中的新学院命名为哈佛学院；一七八〇年，又将学院升格为大学。

哈佛生前，际遇非常坎坷。他的父亲和兄弟姐妹都在伦敦的一场火灾中丧生。本人到了新大陆，又被疾病过早夺去性命。虽婚，但并无子女。如今，无论英伦，还是北美，都很少有人姓哈佛。

死后，哈佛却沾了他捐助的大学的光，革凡登圣，名标青史。

世人，学子也好，游客也罢，冲的就是哈佛大学头上那圈神圣的光环。

即如此刻，我，立在哈佛的铜像前，脑海里急速闪过的是：

这儿见证了华盛顿领导的美国独立战争。在战事最为胶着、吃紧的阶段，哈佛的一座二层小楼，充当了华盛顿的临时指挥所。

这儿走出了八位美国总统，分别是约翰·亚当斯、约翰·昆西·亚当斯、拉瑟福德·伯查德·海斯、西奥多·罗斯福、富兰克林·罗斯福、约翰·肯尼迪、乔治·沃克·布什，以及贝拉克·侯赛因·奥巴马。

这儿走出了数十位诺贝尔奖、普利策奖获得者。此外，还培养了一大批知名的学术创始人、世界级的学术带头人、文学家、思想家，如拉尔夫·爱默生、亨利·梭罗、亨利·詹姆斯、亨利·基辛格。

这儿也走出了中国的胡刚复、竺可桢、赵元任、陈寅恪、林语堂、梁实秋、梁思成等一代大家。

适才经过哈佛图书馆，导游介绍："一九一二年四月十五日，哈佛的一位学子，哈里·埃尔金·韦德纳，随泰坦尼克号殒命汪洋。哈里是一位富家子弟，生前热爱藏书，溺亡后，其母拟将他的藏书悉数捐献给哈佛。哈佛这边却很为难，因为学校没有足够大的空间能容纳那批图书。哈里的母亲索性决定捐赠一座图书馆，条件是：一、以哈里·埃尔金·韦德纳命名；二、建筑外观不能更改；三、凡入馆的学生，都得学会游泳（ 也许是为了吸取哈里不善游泳的教训，唉！ ）。"

现在看来，一、二两项都已得到遵守。校方为了不改变图书馆的外观，只好大力向地下发展。第三项，考虑有些残疾生无能为力，渐渐也就放弃。

而我，也想起了与图书馆有关的一则传说：哈佛当初被馈赠的四百册图书，在一七六四年的一场大火中化为乌有。唯有一本，叫《 基督教针对魔鬼、俗世与肉欲的战争 》，被一位新生违规带出图书馆（ 珍本只能在馆内读 ），得以逃过一劫。

这位新生叫约翰，当他还书时，校长以手加额，无比庆幸，庆幸珍贵的文物总算留下了一本。校长对约翰表示郑重感谢。但感谢归感谢，规章

我团在哈佛图书馆合影

归规章，稍后，他又以私自带书出馆、违反校规为准则，将约翰开除。

更精彩的还在后边：约翰次年考入哥伦比亚大学，后来出息为数一数二的大律师，参与了美国《独立宣言》的起草。他被哈佛除名，但却成了践行哈佛精神的杰出代表。

前面导游讲的故事，我认为比较靠谱。后面这则中文网上的心灵鸡汤，来历颇为可疑，记得我本世纪初来哈佛游历，搜集了不少资料，内中，根本没有这一说。

另外，参与美国《独立宣言》起草的五人中，叫约翰的只有一位——约翰·亚当斯。此人的确念过哈佛大学，但没有中途遭遇除名，而是一直念到毕业。约翰·亚当斯当时的身份，是哈佛大学所在地马萨诸塞州的代表；并且，继华盛顿之后，当选为美国第二任总统。

近来，一则“哈佛校长查尔斯·艾略特以貌相人，与利兰·斯坦福夫妇擦肩而过，从而催生对手斯坦福大学”的逸闻，也在中文网上广为流传：

某天，一对老夫妇没有事先预约，就直接去拜访哈佛大学的校长。女的穿着一套褪色的条纹棉布衣服，而她的丈夫则穿着布制的便宜西装。

校长的秘书在顷刻间就断定，这两个乡巴老土根本不可能与哈佛有业务往来。

老先生轻声地说：“我们要见校长。”

秘书很礼貌地回答：“他整天都很忙。”

女士回答：“没关系，我们可以等。”

过了几个小时，秘书一直忙自己的事，把他们冷落在一边，希望他们知难而退，知趣地离开。他们却固执地在那里等。

秘书终于决定通知校长：“也许他们跟您讲几句话就会走开。”校长不耐烦地同意了。

校长接待了这对夫妇。

女士告诉他：“我们有一个儿子曾经在哈佛读过一年书，他喜欢哈佛，他在哈佛的生活很愉快。但是去年，他因意外而身亡。我丈夫和我想在校园里为他留一座纪念碑。”

校长并没有被感动，反而觉得可笑，粗声说：“夫人，我们不可能为每一位曾读过哈佛而后死亡的人建立雕像和墓碑的。如果我们这样做，我们的校园看起来不就和墓园一样了吗？”

女士说：“不是，我们不是要树立一座雕像，我们是想捐一栋大楼给哈佛。”

校长再次审视了一下乡巴佬身上的条纹棉布衣服及粗布便宜西装，然后吐了口气：“你们知不知道建一栋大楼要花多少钱？我们学校的建筑物价值超过750万美元。”

这时，那位女士沉默了。校长终于如愿以偿，可以把他们打发走了。

这位女士转向她的丈夫说：“只要750万美元就可以建座大学？那我们为什么不建一座大学来纪念我们的儿子？”

就这样，斯坦福夫妇离开了哈佛，来到加利福尼亚州，成立了斯坦福大学以纪念他们的儿子。

我见过这则逸闻的原始版本，叫《哈佛的故事》（中国电影出版社，2005）。

我判断它是伪造的。且不说行文中处处有破绽，校长与斯坦福夫人的问答也是驴唇不对马嘴。单讲这位利兰·斯坦福先生，曾任加利福尼亚州州长，时任联邦参议员、中央太平洋铁路公司总裁，是合众国名列前茅的大亨。这种人物和他的夫人，必然有相应的风度、学识、气质、气场——设想我们的顶级富豪夫妇去见北京大学或清华大学的校长，会是什么场面——纵令前者刻意伪装，也成不了乡巴佬，那气质是遮掩不住的。我曾说过，美女披了一件麻袋，也依然是美女。

查斯坦福大学历史资料，真相是：斯坦福夫妇的独子小利兰·斯坦福死于一八八三年，年仅十五岁，根本没有上过哈佛大学，死因是伤寒，不是出于意外。次年，斯坦福夫妇的确曾拜访了哈佛大学的校长查尔斯·艾略特，询问有关在加利福尼亚州建立“另一所哈佛”所需资金的事宜，而他们得到的答案是五百万美金（1884 年的市值）。

网络时代，文字造假有胜于商品造假，难怪打假英雄应运而生。只是，读者宁愿耽其假，真相往往不被欢迎。

回想昨晚，在迈阿密机场。我们乘坐的是边疆航空公司的班机，目的地是纽约，人都上去了，飞机也上跑道了，发动机不停地轰鸣。我塞了耳塞，埋头看书，一册《你不知道的纽约》，已经翻完了，仍旧不见起飞。到了晚间九点，忽然宣布：发动机故障，飞机停飞，航班取消。

广播通知，大意是，赔偿是有的，每人五百美元，如改签其他航班，也会有最高不超过四百美元的补贴，另外，还将给予数百美元的优惠券，限在边疆航空公司内部使用。

那优惠券对我们难得来一次的外国人来说，岂不等于零。

关键是：一、今晚怎么办？管住宿吗？（比照国内）二、明天的航班，能给安排吗？（又是比照国内）

这是妄想，人家统统不管的。

我们已在纽约预订了旅馆，不能退。明天在纽约的安排，全部泡汤。关键是后天下午从纽约返回上海的机票，也已经订好，不能改签。如果不能在后天上午赶到纽约，那麻烦就大了。

现场紧急咨询，明天飞纽约的所有航班，基本客满，无法消化我们一行二十四人的团体。

怎么办？怎么办？怎么办？

“人生而自由，却无往不在枷锁之中。”这是卢梭的名言。航空予人瞬息千里的自由，机舱却是划地为牢的枷锁；飞行突然取消，续航迟迟无着，在枷锁外又关上一扇大门；美国号称“自由之邦”，却陷我们于叫天不应、叫地不灵之逆境，这更是对自由无情的嘲弄。

哈佛大学校景

大伙儿困在机场，一夜无眠，焦灼不安。

谢天谢地，黎明时分，总算从纽约地接社传来消息：改乘六点五十分飞波士顿的航班，旅行社派大巴接机，下午返回纽约。

回到本文开头，大伙儿对边疆航空公司的“大撒手”本来憋了一肚子气。到了波士顿，因为我和其他人的建议，加上导游、司机善解人意，遂有了计划外的哈佛校园一游。

昨夜的憋屈、郁闷、焦躁，也因圣地之游而烟消云散。

来到哈佛塑像前，照例要合影。合照完毕，还要单拍。当然是和哈佛塑像一起拍。又是循例，人站在像的左侧，伸出右手，摸着哈佛的左脚。瞧啊，铜铸的左脚皮鞋，已被游客的手摩挲得锃亮。这是有说法的，摸左脚，交好运。我们在迈阿密触了霉头，在哈佛这里要找补回来。

我不能免俗，也和哈佛先生单拍了一张。右手嘛，也是摸着他金灿灿的左脚。一边摸，一边禁不住哈哈大笑，嘴里哈出一股热气，叫冷风一激，散成缕缕白烟，直冲牛斗——果不其然，在哈佛铜像前哈哈一乐，心旷神怡，宠辱偕忘，立地成佛。

八百里路风和雪

大巴离开波士顿，顶风冒雪向南，不，向西南疾驰。昨夜一宿未眠，上午又踏雪寻访哈佛大学，此时正值午后，人困马乏，面对单调而又无聊的八百里长途，正是抓紧补觉的良机，偏我没有这份能耐，在车上颠啊颠得睡不着，偏又坐在窗口，外界的风景，尤其是那密密匝匝的森林，一个劲地撩拨眼帘。这当儿，我唯有一种选择，就是把眼闭上，睡不着也别强睡，但可把目光投向内心。

内心也非死水一潭，意外访问哈佛大学使我喜不自胜，不能自已。我索性拿出笔，摊开日记本，把半上午的感受记录在册，题目是现成的："哈佛塑像前哈哈一乐，立地成佛"。

哈佛之行宁是上苍的安排。

记得飞机降落在波士顿机场，我首先想到的不是哈佛大学或哈佛本人，而是号称"美国孔子""美国文明之父"的拉尔夫·瓦尔多·爱默生（1803—1882）。此君是美国十九世纪的哲学家兼文学家，生于波士顿，毕业于哈佛大学。我很早就接触过他的诗文，早到什么年代？大学还是中学？说不清楚了。说得清楚的是，进入二十一世纪，我一度奉他的读书心得为圭臬：一、不读年内刚出版的新书；二、不读籍籍无名的书；三、不读与心灵抵触的书。

头一条堪称警世恒言：不跟风，不受宣传广告的蛊惑。

这也是拿教训换来的。二十世纪末，有公司砸出一亿元人民币，营销一千万册由老外编写的《学习的革命》，因为有庞大的利益驱动，各大媒介都放下身段，争相加入肉麻的吹捧。著名导演谢晋的一句广告词"读这本书，可以帮助我们改变孩子一生”，使我区区五口之家，竟然从不同的渠道购回了三本。你问怎样？还能怎样？当然是上了大当啦！谢晋老爷子经营了大半辈子的巍峨形象，从此在我心目中轰然倒塌。

鸟瞰波士顿机场

“权力可以用金钱买到，而灵感和智慧却是在世界任何地方用任何方式都无法买到。”爱默生毕竟明智，他进而指出，灵感有六条通道。哪六条呢？原话我记不住，大意是：首先来源于健康——这还用说？身体好，精神旺，底气足，文思自然畅达；其次来源于经验——当然！熟能生巧，老马识途，游刃有余；再次来源于安谧的环境、坚强的意志、独自与大自然对话，以及与水平相当的人士交流——这在当日，或许是空谷跫音，搁在今天，已经是老生常谈，然而——还然什么而？人人都知道，但不一定人人都能做到。

我还是要请出“然而”，我要说的是，除了爱默生指出的六条灵感通道，我还有另外三条纯属私人的曲径：一、构思时，斜躺在床上比坐在书案前好——道理让科学家去解释吧，我只晓得躺着时头脑更加空灵；二、乘飞机时，在万米高空思考——此时居高临下，又兼寂然凝虑，每每文思泉涌，若有神助；三、远适异国他乡——跑得越远越好，离开原来的气场，精神与灵魂会得到大解放。

这是私房绝密，不足为他人道也。

爱默生论述过许多学者、作家、艺术家，比如柏拉图、莎士比亚、歌德、蒙田、米开朗琪罗、弥尔顿、梭罗。他写柏拉图八十一岁垂睫大去，手指还捏着笔，这就是执着和坚毅；他写莎士比亚刻画一根睫毛也像刻画一座大山那样严谨，这就如狮子搏兔，全力以赴，一丝不苟；他写米开朗琪罗为西斯廷教堂的穹顶作画，整整耗时一年，每天站在脚手架上仰脖悬笔，竣工后，他已失去平视与俯视的能力，看任何东西都要把其举到头顶上方。爱默生是怎样写蒙田的，我忘了，但我记得蒙田在《直面自我》中的一段话，因为我多次跟别人复述过，所以记得很牢。

蒙田写道：

一天，马其顿国王阿盖拉于斯在街上走的时候被人泼了一身的水，看到的人都说国王应该惩办那人。但是他却说："是的，不过，他并没把水倒在我的身上，而是倒在他以为的那个人的身上了。"

有人警告苏格拉底有人在诽谤他，苏格拉底却回答说："他诽谤的不是我。因为他讲的那些东西在我的身上丝毫都不存在。"

这真是大胸襟，大智慧。

我们在逝去的一段时光中曾经特别强调修养——要我说，修养能修到这种份上，不是圣人，也是圣人。

真希望国人，尤其是居庙堂之高者，能把它置于座右。

爱默生是怎样写亨利·戴维·梭罗（1817—1862）的，我同样想不出。既然想不出，索性撇开爱默生，直接讲讲我了解的梭罗吧。梭罗和爱默生是乡党，都是生于波士顿（具体说，是波士顿的卫星城康科德镇），都是毕业于哈佛大学。梭罗是晚辈，当过爱默生的门生兼助手，都是以哲学和文学彪炳于世。

梭罗在文学上最大的成就，首推《瓦尔登湖》。十九世纪初叶，新生的美国在战胜原宗主国大英帝国之后，走上了快速发展的道路。工业大干快上，农业也要大干快上，干和快，都以掠夺自然资源和牺牲环境为代价。这时候，梭罗站出来了，他以敏锐的眼光，和超前的忧患意识，捕捉到若干年后恩格斯在《自然辩证法》中发出的警示："我们不要过分陶醉于我们人类对自然界的胜利。对于每一次这样的胜利，自然界都对我们进行报复。”为此，一八四五年，二十八岁的梭罗，选择在离家数里的瓦尔登湖畔隐居，过起自耕自食的原始生活，持续了两年又两个月。那期间，他就像开了天眼，洞悉自然和人类之间玄妙的二重奏。一八五四年，他推出散文体的“幽居实录”，用亲身体验告诉世人，大自然是纯美的、神圣的，与你我他的命运脉脉相通、息息相关，一旦遭致毁灭性的破坏，人类也将陷入万劫不复。

梭罗这部大作，被世人奉为他的老师，也就是爱默生提倡的超验主义的经典。

何为超验主义？从字面说，就是人能超越感觉和理性，仅凭直觉从大自然获取真理。它强调万物本质上的统一，万物皆受“超灵”制约，而人类灵魂与“超灵”一致。这种对人之神圣的肯定，是美国在脱离欧洲旧大陆的控制，取得政治上的独立之后，又一次精神上的独立，开创哲学上的人本主义和文学上的浪漫主义的先河。

“大自然在每一次成功中都占有最大的功劳，即使在拿破仑的成功里也是这样。需要那样一个人，那样一个人就出生了。”爱默生如是宣告。

爱默生晓之以理，梭罗则身体力行。

这本《瓦尔登湖》，我是在它出版一个半世纪之后才得以涉猎。经历了这么长时间的铁锤锻打，依然魅力四射，足证其历久弥新，开卷有益。

那次，我是在北京王府井书店的四楼席地而坐，一读就是半天——之所以披露这个纯粹私人的细节，我自觉，这坐姿、这最接地气的捧读，也是对梭罗一个迟到的敬意。

梭罗说得透彻：

“我愿意深深地扎入生活，吮尽生活的骨髓，过得扎实、简单，把一切不属于生活的内容，剔除得干净利落，把生活逼到绝处，用最基本的形式，简单、简单、再简单。”

“我步入丛林，因为我希望生活得有意义，我希望活得深刻，汲取生命中所有的精华，把非生命的一切都击溃。以免让我在生命终结时，发现自己从来没有活过。”

二十世纪九十年代，北京大学有一对年轻夫妇也选择在京郊密云的深山里隐居，一住就是二十多年。那男子后来说得更加透彻，透彻得令人绝望。他说：“我们的六触（指眼触、耳触、鼻触、舌触、身触、意触）已经遭到严重污染。灵魂以身体为基准，在相当长的时期内，灵魂不能脱离身体。那么，带着疾病的躯体却拥有高尚、纯净的灵魂，这是可能的吗？无论如何也讲不通。”

不信你就睁开眼来看看——哪里还需要看啊！

那次在北京王府井书店席地阅读梭罗的书时，还顺手翻了翻弗朗西斯·培根（1561—1626）的《培根随笔》（在书架上，与《瓦尔登湖》插在一起）。培根的随笔，世人引用得最多最滥的，是他在《谈读书》

作者于哈佛大学留影

中的隽语：“读史使人明智，读诗使人灵秀，数学使人周密，科学使人深刻，伦理学使人庄重，逻辑修辞之学使人善辩：凡有所学，皆成性格。”

当心，理论是理论，现实是现实。

人能因读史而明智？那要看它记录的是不是真实；倘若是胜利者的臆造与谎言，只能使人加倍愚昧。

爱默生沿着培根的思想寻路。

爱默生的重炮演讲，当属《美国学者》。时届一八三七年，地点为哈佛校园。因为对象是全美大学生荣誉协会，所以中心围绕学者。爱默生剖析：学者意味着拥有知识，“正常状态下，他是所谓‘思想着的人’。在糟糕的情况下，当他成为社会的牺牲品时，他就偏向于成为一个单纯的思想者，或者更糟一些，变为别人思想的鹦鹉学舌者。”

——环顾世界，无论从前还是现在，这样鹦鹉学舌的学者还少吗？

当然，学者中也不乏特立独行者，爱默生指出，这种人，甘于忍受寂寞、屈辱和贫穷。因为“他是一个将自己从私心杂念中提高升华的人，他依靠民众生动的思想去呼吸，去生活。他是这世界的眼睛，他是这世界的心脏，他要保存和传播英勇的情操、高尚的传记、优美的诗章与历史的结论，以此抵抗那种不断向着野蛮倒退的、粗俗的繁荣。”

爱默生由是呼吁：“一个人如果能看穿这世界的矫饰，他就能拥有这个世界。”

同时慰勉：“一个人如果在某一天内怀抱伟大目标工作，那么这一天便是为他而设。”

作为爱默生的追随者，梭罗在十二年后的一八四九年，也发表了一篇足以与《美国学者》相媲美的名文——《论公民的不服从》。梭罗开门见山，直截了当地说：

我由衷地同意这个警句——“最好的政府是管得最少的政府”

我希望看到这个警句迅速并且系统地得到实施。我相信，实施后，其最终结果将是——“最好的政府是根本不需要进行治理的政府”。

注意，梭罗明确表态：“现实地以一个公民的身份来说，我不像那些自称是无政府主义的人，我要求的不是立即取消政府，而是立即要有个好一些的政府。让每一个人都表明能赢得他尊敬的政府是什么样的政府，这样，也就为赢得这种政府迈出了一步。”

这里有必要交代一下背景：新生的美国，主要是由旧大陆（欧洲）的移民组成，他们中的多数都是冒险家、逐梦者，狂热、尚武、牛气、霸道，打仗是他们的最爱。这不，赢得对英国的独立战争没多久，又玩起与英国在海上的争锋，然后，把铁拳又砸向墨西哥。打仗就要花银子，这些银子从哪儿来？当然是从老百姓身上刮了——梭罗这哥们不乐意。当时，南方各州还保留奴隶制，联邦政府事实上选择容忍——对此，梭罗这哥们也深恶痛绝。梭罗不是政治家，国家大事他无能为力，但他是公民，公民有公民的权力。是以，在瓦尔登湖畔居住期间，政府向他征收“人头税”，这哥们认为是横征暴敛，坚决拒缴。你行使政府的权力，我抗法，你可以抓我。我坚持我公民的权力，你要我蹲监狱，我就乖乖跟你去，但我决不屈服。就这样，这哥们在监狱里待了一天一夜（第二天被人保释）。虽然系狱的时间不长，但他的灵魂被深深刺痛，促使他拿起笔，写出了上述向政府宣战的檄文——《论公民的不服从》。

梭罗写道：

人人都承认革命的权利，即当政府是暴政或政府过于无能令人无法忍受的时候，有拒绝为其效忠并抵制它的权利。

我绝对不能承认作为奴隶制政府的政治机构是我的政府。

我不得不做的是，无论如何都要确保自己不为我所唾弃的谬误效劳。

梭罗倡导的理性而和平的反抗，为后世的列夫·托尔斯泰、莫罕达斯·卡拉姆昌德·甘地、马丁·路德·金等人树立了光辉的榜样。更重要的是，它成了后世一切反专制反独裁者巨大的思想资源。

你也许认为这是他的缺点，个人怎么可以与政府对抗？然而（原谅我再次请出“然而”），正是因为他有这样的“缺点”，才造就了如此顶天立地的梭罗。

哦，我想起来了，爱默生在那篇回忆梭罗的随笔中称：“这哥们的本性中带有一种军人的气质，永远不会屈服，永远阳刚气十足，是一个真正的美国人。”爱默生由衷赞美：“钦佩他的人都称他为‘可怕的梭罗’，仿佛他在静默的时候也是在说话，即使是走开了也还是在场。”

巴士拐了一个大弯，又一个大弯。

暮色苍茫，地平线上的纽约城隐隐在望。

从波士顿一路行来，陪伴我的不外是风和雪，风是寒冷的西北风，隔着玻璃窗，也能感受到它的凛冽，雪愈下愈小，进入纽约州境，已仅见昨日或前日残存的零星积雪。

同伴说，今天是中国的元宵节，等着看美国的月亮究竟圆不圆。

附注：本篇涉及的部分引文，事后参考了文晓、程丽平等先生的译著。

纽约客舍望月

来到纽约，打算见见王鼎钧，哪怕是通个电话也行——电话号码是事先就打听好了的。鼎公曾送我四册一套的“回忆录”，冲这一点，也理应还礼；何况，他是纽约我最敬重的华文作家，木心去后，没有第二。

但是，迈阿密—纽约航班的临时停飞与改飞，打乱了行程的节奏，昨晚本该出现在这里的，房间早已预订，且不能退，按计划，今天，我有充裕的时间在纽约逍遥复逍遥，其中就包括联络一两位老友。结果呢，昨晚纽约的房间空敞着，我在迈阿密的机场苦熬着，今晨，纽约的清风自吹着，我在波士顿的白雪中干冻着，直到傍晚，才长途跋涉疲累不堪地赶到白白浪费了一夜的客舍。临睡之前，我走到院里，眼里欣赏着美国的月亮，心里念想着中国的元宵节——说实话，美国的月亮使我感到荒凉、清冷，我不在乎它圆不圆。

王鼎钧写过一篇《闰中秋华苑看月》，文章极为粹美。事情小来兮，一九九五年，阴历闰八月，有两个中秋节，他去纽约上州华苑赏月。第一个中秋，天公不作美，

远眺曼哈顿

连宵冷雨，密云遮月。也罢，好在天上有闰，人间的失落还有机会挽回。第二个中秋，车到华苑，月正中天，光华扑面，纤尘不染。王鼎钧用诗一般的语言铺排道：

月缓缓走去。月下，高尔夫球场在失眠。苹果在捉迷藏，葡萄嬉笑，马场如一张宣纸等待落墨，西点军校排列着英雄梦，庄严寺檐角高耸指月为禅，无雪，滑雪胜地先铺上一层幻觉。华苑有湖，月到湖心，天如水，水如天。湖面如镜，是放大了的团圞，微风引过，水纹以扫瞄释放皎洁，水月似空似色，似有为似无为，似人间似天上。湖畔月下，不知此身是水是月，恍觉此世是水也是月。想起洗礼，受洗者应该来此静坐，浴月重生，圣灵定会像鸽子降下来，我们也想化鸽飞去。

写月，写纽约月的文章相信不少，我记得的，只有鼎公这一篇。

我抬头望月。月中没有嫦娥，没有吴刚，也没有桂树与玉兔。我知道这一切本来是有的，在华夏民族的眼里，今晚，他（它）们把我当成了异邦人，故意隐身不现。月亮是一架放映机，它没有国籍、立场，转到哪儿就自动播送哪国的演义。今晚，它播送的是……啊不，我从文字中看王鼎钧，王鼎钧正从月亮上看我。看着，看着，他忽然摇身一变为陈之藩。陈之藩与王鼎钧同龄，老一辈的电机工程专家，也写散文，而且写得相当出色。陈之藩写过纽约的月吗？不清楚。他长期生活在美国，写过这儿那儿的月，是肯定的。不过这无关紧要，紧要的是他写过爱因斯坦。他举过两个让人高山仰止、过目不忘的例子：其一，爱因斯坦刚到普林斯顿大学，主事人问他一年要多少薪俸，他说五千美元差不多了。当时，年薪五千美元是物理系刚毕业的大学生的水准。主事人很为难，说：“你若只要五千，别人的薪俸怎么发，请你务必站在我们的角度，通盘考虑一下。”于是，爱因斯坦勉强接受了一万五千美元的年薪。其二，读爱因斯坦的讲话集，给人一个强烈的印象，他在物理学上获得的巨大成就，并非出于个人努力，而是因为有了甲的帮忙，或是源于乙的相助。就连谈及那篇前无古人、完全独创的“狭义相对论”，他也要插上一句：“感谢同事、朋友贝索的‘时相讨论’。”

陈之藩还写过胡适，也是让人一诵三叹、不忍释手。胡适慷慨大度，一生助人无数，陈之藩即是之一。那年，胡适从美国回台湾，得遇青年才俊陈之藩。胡适鼓励他赴美留学。陈说没有经费。胡适就给了他四百美元，作为留学保证金。陈之藩去了美国，通过半工半读，赚了一些钱，遂把借胡适的四百美元还了，并附上一封感谢信。胡适回函，说："之藩兄：谢谢你的来信和支票，其实你不应该这样急于还此四百美元，我借出去的钱，从来不盼望收回，因为我知道我借出的钱总是'一本万利'，永远有利息在人间。"

王鼎钧的月亮写得好。你来看月，月也一定看你。你将从月中看见一切美：正在拥有的美、业已失去的美、尚在幻想的美。陈之藩的大师风范也写得好，以三言两语而胜多多，以光风霁月而烛照大千。前者明净如霜，秋水文章不染尘；后者表里澄澈，一湾溪水清无沙。王鼎钧写的是天上的月，陈之藩写的是胸中的月——那是人世间最纯洁的冰心玉壶，是道德天空、人格云际的一轮又大又圆的皎月。

我不知此时吾身在哪一个月，我迷失在纽约的风里。

牛气是怎样冲天的

背井离乡！时为一九八七年，离开祖辈栖息的意大利西西里岛，闯荡大西洋彼岸的纽约，也算是个“纽漂”吧。啊！作为一个怀揣美国梦的雕塑家，他，亚托罗·迪·莫迪卡，要如何出手才能在这座人海茫茫、欲浪滔滔的西方顶级都市一鸣惊人，一飞冲天，打下一片属于自己的天地？

他在租赁的工作室焦思苦想。

他在纽约的长街短巷寻寻觅觅。

一天，他转悠到华尔街。这是美国的金融中心，也是世界金融市场的晴雨表。

边走，边瞧。哈，名气这么大，街道原来这么小！长，约莫五百米；宽，约莫十一米。华尔街，往昔之所以能呼风唤雨，推涛作浪，仗的是，两旁林立的银行和证券交易大楼。而今呢，自打十月十九日的“黑色星期一”导致股市崩盘，经济失去景气，大楼也跟着晦气——眼见进进出出的人员一律眉头紧锁，表情阴郁，默对花岗岩和大理石的冷面。

华尔街铜牛像

莫迪卡脑际如电光一闪——噢，有了！有了什么？正是这触目的萧条、冷落，给他送上突如其来的灵感。

他想起股市的术语：牛市、熊市。

牛市，形容股价一路上扬。熊市，意味股价持续跌落。

人情，都是厌“熊”而喜“牛”。

那么，作为雕塑家，他立马想到可以为华尔街创作一头牛——作为他献给纽约同时也献给美国股民的一份大礼。

这头牛要足够高大，高大才能引起强烈的视觉冲击。这头牛要足够威猛，威猛才能体现直面艰难、一往无前的勇气和力量。

这头牛要放置在华尔街。是的，只有和华尔街紧紧捆绑在一起，才能引发“月亮效应”。华尔街好比太阳，他的作品就是月亮。嘻嘻，这比喻，你懂的。

莫迪卡之长，在于艺术。纽约之长，在于机会。

拼创意、拼技巧、拼辛苦、拼金钱，莫迪卡拼搏两年，耗费巨资，拼出了一头长近五米、高达三米四、重逾六吨的铜牛。然后，赶在一九八九年的圣诞节之前，选择一个更深人静的午夜，伙同一帮好友，动用十八轮大卡车，将铜牛悄悄运去华尔街。

行至纽约证券交易所，这儿是华尔街的核心地带，发现它门前的小广场，新放了一株二十米高的圣诞树，挡住去路。宁是天意！莫迪卡当机立断，把铜牛卸在圣诞树下。趁巡逻的警察过而未返，随即倒车调头，溜之大吉。

人的一生，总要偷偷摸摸地做几件光明正大的事。

豪赌的时刻到了！数年创作，数年热望，成败在此一搏。

清晨，莫迪卡心怀“牛”胎来到华尔街。但见，铜牛四周围满了人：当班巡逻的警察、闻讯赶来的记者、看热闹的市民。这正是莫迪卡期待的。警察出于职责，正联系把这座“违章建筑”搬走。莫迪卡适时现身，声明这是自己创作的“冲锋的公牛”，是献给纽约市的一份礼品，寄予对股市来年牛气冲天的祝愿。警察见着“肇事者”，倒也客气，只是叫他赶紧搬走，免得阻碍城市交通。

搬走？哪能呢！那样一来，两年心血岂不白费！莫迪卡开始了他的演讲。这是他策划中重要的一环——与其说是面对警察，莫如说是面对记者、市民。他强调：把雕塑“冲锋的公牛”放在这儿，不是一时心血来潮，而是华尔街的需要、纽约的需要、美国民众的需要。它象征的是一种大无畏的精神，是藐视挫折、努力开拓美好明天的心愿。

这时，一位附近保龄草地公园的园主出来圆场。此公目射金光，分明看中了铜牛，他对莫迪卡说，愿意免费把雕塑安置在他们的公园里。

这倒是事先没有想到的。莫迪卡脑筋急转：平心而论，这方案不是太坏，但也不是最好。在纽约这个大舞台，该公园仅比篮球场略大一点儿，够不上“恒星”级别，至多算作“小行星”吧，铜牛围着它转，转不出他设想中的光彩夺目。

莫迪卡委婉谢绝。他提醒自己：关键时刻，一定要挺住，不能后退一步，就像贝多芬说的那样，“扼住命运的咽喉”。于是，他再次宣称：一、铜牛是捐献给纽约市政府的；二、条件是必须安放在华尔街；三、本人享有肖像权。

你说捐献给市政府？好，欢迎！欢迎！至于搁在什么地方？对不起，市政府自会通盘考虑，不能由你现在就说了算。警察着手驱散人群，强行把铜牛拉走——拉去郊区一个废弃的车场。

次日，如莫迪卡所料，纽约多家媒体，都报道了“冲锋的公牛”和它的创作者的故事。

莫迪卡成了新闻人物。

事情渐渐发酵，他坐观进一步的发展。

果然，一石激起千层浪。莫迪卡塑造的公牛精神和纽约市民压抑的情绪一拍即合，一点就燃。广大读者纷纷投书报社、致电市政府，赞扬莫迪卡的创作主旨，接受他的美好祝愿，强烈要求把“冲锋的公牛”留在华尔街。

这简直让莫迪卡喜出望外。舆论能排山倒海！舆论能力挽狂澜！纽约市政府面对汹汹民意，欣然接手这头“冲锋的公牛”，郑重拍板：把铜牛请回华尔街。

至于安放的具体地址，考虑到纽约证券交易所门前的小广场正当四方交通的要冲，诸多不便，遂改到百老汇大街与华尔街斜交的路口，也就是保龄草地公园的前门外。虽说离开了华尔街的中心，但在冠名上予以补救，径称为“华尔街铜牛”。

至此，莫迪卡梦想成真，他的大名一夜爆红。

“马太效应”出现了。

首先是游客捧场。华尔街除了建筑，别无引人注目之处，自打有了铜牛，就有了地标式的风景。好事者编出说词，诱使游客和铜牛互动：摸牛角，升官；摸牛蛋（睾丸），发财。

还有什么比升官发财更能勾起游客兴味的呢。

于是，你摸，我摸，天天摸，年年摸，摸来摸去，那牛角，成了灿灿的金角，那牛蛋，成了煌煌的金蛋。

其次是某些商人、艺术家跟风。在某种程度上，铜牛如今已不是月亮，月亮只是地球的卫星，铜牛现在自己也成了一颗小恒星，更多小月亮、小小月亮，开始来沾它的光。比如，有厂商给铜牛穿上花衣、内裤，为他们的产品促销；有女权主义者雕塑了一位小女孩像，双手叉腰，微昂着头，和铜牛像遥相对峙。

新的花样相信还会层出不穷。

莫迪卡遂得初心，一举成名。他创作的“冲锋的公牛”，摇身一变为招财进宝、鸿运当头的吉兆，找他订货的人络绎不绝，用个形象的说法——都踏破了门槛。

奥黛丽·赫本是怎么说的：“万事皆有可能，不可能的意思是：不，可能。”

牛气就是这样直搏云天的。

天机乍现

航班从上海起飞，绕道白令海峡，驶入加拿大国境。夤夜，我曾数次从舷窗朝外看，下方是一色黯青怅灰的白云，是的，糅点儿青，糅点儿灰，但仍不失其白。

黎明，再次凭窗探视，啊，还是滚滚滔滔的白云，染点儿金，染点儿银，这是朝霞的热吻。正叹赏间，云海豁地露出一方空隙，下界是一片冷蓝——那是湖面，结了薄冰的湖面，我断定。这厢是纯然的白，茫然的白，一望无尽再望仍无尽的白，偶尔有不规则的残红、颓蓝一闪一闪，估计是人家的屋顶。那厢是山梁，其实我看不清山的模样，只是根据那一座座的金顶（晨曦的光照），推测那是山的群落。一架小型飞机，轻快地掠过湖面，那么流畅，那么潇洒，像一羽神话中的仙鹤。俄而，又一团烟岚涌来，遮蔽了我恋恋不舍的视线。我不死心，继续聚精会神，朝机翼下方窥探，期待下一幕的天机再现。

多出来的一天

八号中午从上海登机，在空中御风而行了十多个小时，抵达纽约，依然是八号中午。

凭空多出来一天，让我不知所措。

我想把它存银行。不行，银行不接受。

我想把它送人。你想，要是送给秦皇汉武，唐宗宋祖，以及诸如此类的千古英雄，他们谁不在坟墓中笑出了声。别以为一天很短，对于他们，哪怕是一小时，哪怕是一分钟，一秒钟，也是既出凡尘便万劫不复的啊！

无奈，我送不出——他们谁都得不到。

这一天只属于我。由于地球的自转和东西半球的划分，我陡然成了时间的富翁。我得仔细花，一秒掰成八瓣花，让它更富有含金量。因为，我知道，这多出的一天迟早得缴还，除非我永远留在西半球。

粉丝

同机而来的有演艺界的明星，云表之上，没注意，想必人家坐的是头等舱。

出关，忽然见到一群华人小女孩——也许成年了吧，在我眼里，还是小女孩——手里挥动彩旗、鲜花，激动地大喊。

喊的什么名字？听不清。我是局外人，我是老土，不熟悉时代风向标。

喊的什么口号？也听不清。反正是热烈崇拜，比如“我爱你”“我爱‘死’你了”之类的意思。

那男士，威风凛凛地出来了，戴大号墨镜，着翻领长大衣。有女孩抢步上前，边跟边说，男士带理不理——这就是派。

国内机场，似乎少有这等追捧；至少，我没碰到过。

看来，演艺界有点儿名望的角色，还是要到国外来，尤其是到纽约来，这儿盛产 fans，中文译作常见的那种用绿豆、红薯淀粉制作的“粉丝”。

眼见并不为实

法尔茅斯，街头一角。

天空特别蓝，太阳特别烤，房顶特别青，墙壁特别白，树叶特别绿，花朵特别红，但是欠香，我判断。因为我看见一个白种女郎，把头低下去，低下去，使劲嗅——浓郁的花香是用不着深嗅的，老远就会闻到。

“也许特别香，”翊州说，“她是想把香气深深吸进肺翼。”

阿基果

牙买加最美味的水果，叫阿基果。它长在高大的树上，叶亮丽而舒展，果紫红而似荔。此乃当地的国果，与鳕鱼烹炒是为当地的一道国菜。

原产西非，没有这么闻名，十八世纪落户牙买加，身价大增。

“阿基”为玛雅语，意为蜜果——蜜蜂是它的知音，最懂它的甜蜜。

刚结出的阿基果，色呈淡黄，不能食；慢慢转成鲜红，依然不能食。它的果肉含有足以致人死命的毒素。要等它嘴巴张开（果壳开裂），笑着露出三粒黑色的大牙（种子）时，才可进入收获程序——果肉中的毒素已随风释放。

毛泽东说：“让人讲话，天塌不下来。”此乃真理。反之，总让人把一肚子话卡在嗓子眼，迟早会憋出气胸。

这就是成熟的阿基果的启示。

世外桃源

这薰风，这椰林，这浓荫下的吊床，这温柔细腻的沙滩，这清澈见底的海水，这花开花落云卷云舒如太初的宁静，要是搁到三亚，将使新马泰的旅游业减少七成；要是搁到东京，将因游客的爆挤和各种附加设施的涌进，而加速陆地的下沉；要是搁到法国的海滨，将使普罗旺斯相形见绌，豪富弃城，巴黎的香水、防晒霜畅销十倍。

是故她羞怯怯地躲在这里，躲在科苏梅尔岛的一隅。当地没有工业污染，也没有多少人口嚣杂，外地人即使想来，也隔着左一程山右一程海的关卡——难怪桃源总是隐在世外。

墨西哥湾的落日

从西礁岛返回迈阿密，落日一直在大巴车屁股后边撵，愈撵愈低，愈撵愈近，近到挨着路边的树梢。

行至一岛（上马泰坎伯礁 Upper Matecumbe Key），导游果断停车，让大家下车看日落。

岛的西侧岸边有一广场，广场上正在举办婚礼。赶在落日时分进行的婚礼也是西洋一景。

一片排山倒海的紫云，铺开来，铺开来，护送一丸火球缓缓入水，海波托起一幅金黄与墨蓝相间的锦缎，迎接这位阿波罗神的暮归。海天交接处，款款衬着数影淡黑的鸥鸟，一艘单桅的帆船。

蜡烛点亮，乐曲响起，新郎、新娘和嘉宾翩翩起舞。

落日是祝福，也象征着一段旧时光的逝去，新岁月的诞生。

一本书的取舍

当初相中它，因为作者是同胞，曾在迈阿密留学、创业。那是在北京王府井书店，我随手一翻，看到下面一段话：

迈阿密，人称“拉丁美洲首都”，百分之六十六的人讲西班牙语。有些社区讲西班牙语的人的比例高达百分之九十五。……上初中时，就知道了佛罗里达，有书介绍说，作为人类进化的证据，大沼泽国家公园边上的人还长着一条尾巴；上大学时，又知道了风流浪漫的迈阿密海滩。

因为我正要去迈阿密，就顺手把它买下了。

这回看衰它，是在返程的迈阿密。为了携带旅途陆续增加的衣物、纪念品，我得减负，处理掉一些可有可无的书籍、资料。当我翻开此书，眼前正好溜过一句：

在美国生活，连婚都没有离过，还算到过美国吗？

这是作者为自己婚姻破裂写下的辩护词。得，就冲这一句，我不假思索，把它抛入了旅馆的垃圾箱。

与迈阿密出租车司机合影

迈阿密的出租车司机

早餐后，我们一行六人乘出租车去迈阿密海湾公园。下车时，跟司机约定，午后一点来接。

一点过十分，车未来。我们着急，请巴士站的保安跟司机通话，对方答说“马上就到”。这一“马上”又是十分钟，车仍未来。再请保安联系，答说“路上堵，等会儿就到”。这一等又是十分钟，终于到了。司机一个劲儿地道歉，立刻拉我们去下一站：商场。

到了商场，我给司机付费。他说不忙，待会儿我送你们去机场，一起结账。

好。约定四点。

我们四点从商场出来，司机早在门外等了。他说，为了不耽误我们候机，三点半就赶来这里。

这下，倒弄得我们有点儿不好意思了。

“生死线”及其他

“美国有五十个州，因为是联邦制，各州法律相对独立。比如，新泽西州的税率是百分之六，纽约州是百分之八。因此，大巴司机在跑纽约长途之前，都要在新泽西把油箱装满。”清晨，在加油站，导游如是介绍。

“再比如，新泽西有死刑，纽约没有死刑。因此，一些在新泽西犯下死罪的亡命徒，就往纽约跑。大家看——”导游指着连接两州的河底隧道，说，“这前方有一道蓝线，是两州分界的标志，亡命徒把它叫作‘生死线’，越过它，新泽西的法律就拿你没奈何，你的生命就没有危险。”

难怪，美国各州对控枪的要求不一样，对赌博的监管力度也不一样。这就使百姓多了选择，也使不良分子有了空子可钻。

然而，自由呢，民主呢，公平呢，公正呢，岂不一样也要面临尴尬的选择？

时代广场

时代广场，又叫时报广场，因《纽约时报》坐落于此而得名。认真来说，它的出名，广场的因素很小，那只是百老汇大街、第七大道和四十二街交叉而形成的一块三角地，与国人印象中空旷辽阔的这广场那广场相去甚远。

时代广场的繁华，不在广场，而在于它周边街区的影剧院、音乐厅、商厦、酒店、旅馆，以及著名财经、媒体等企业。有资料显示，这一带创造的国内生产总值（GDP），与匹兹堡、奥斯汀、波特兰等中等城市不相上下。

时代广场的耀眼，又不在其建筑本身，而在于那集高科技与商业于一体的巨幅电视广告。尤其是夜晚，成百上千的彩色视频交相辉映，令人目眩神迷，叹为观止。

时代广场，又被称为“世界的交叉口”。其广告词曰：“无论你来自何处，只要你在这儿站上半小时，肯定会碰到一个你认识的人。”

我在那儿逛过两次，若问我遇见了谁？告诉你，我遇见了来自中国的广告。

哈德逊是怎样名留青史的

一六〇七年之前，哈德逊大概三十五岁至四十岁，由英国一个普通水手历练成一名船长，但默默无闻，不为人知。

国家缘利益驱动，个人仗梦想作怪，一六〇七年与一六〇八年，哈德逊与英国“莫斯科公司”达成协议，率船走北冰洋线路，企图开辟从欧洲到亚洲的“东北通道”，结果，两次都被坚冰阻拦在俄罗斯的新地岛，折翼而归。

第三次，即一六〇九年，哈德逊为荷兰东印度公司雇用，驾“半月号”帆船，仍旧去探索未知的“东北通道”。但刚过挪威海面，他接受前两次失败的教训，擅自改变航向，掉头向西。既然地球是圆的，他想，就应该有对应的“西北通道”。

然而，当他抵达纽芬兰，没有北上向西，反而南下，沿北美大陆行驶，直到他拐进一个海湾，深入海湾内的一条大河，溯流而上一百五十多英里，确证此水不能通往遥远的中国，才停止冒险，返回老家。

第四次，也是最后一次。一六一〇年，哈德逊代表英国投资者，驾“发现号”帆船探寻“西北通道”。在现今加拿大东北部的海湾，船被冰雪围困，而且一困就是十个月。当天暖解冻，哈德逊下令继续前行。那些叫严寒、饥饿、疾病折磨怕了的水手发动叛变，将哈德逊及其儿子和几名病弱的水手，抛弃在冰原，不知所终。

哈德逊的结局令人扼腕，但他在地理大发现史上的足迹，却是那么辉煌显赫。你看，北美洲以他命名的水域，就有哈德逊河、哈德逊海峡、哈德逊湾。其他，在纽约州内，尚有哈德逊大学、哈德逊广场等等。那些背叛了他的船员，虽然平安返回家园，如今，又有谁记得他们是威廉还是约翰呢。

超越既得利益

华尔街联邦大厅国家纪念堂是美国第一届国会所在地，门口，耸着乔治·华盛顿的青铜塑像。

想起两件往事。

其一，乔治·华盛顿和托马斯·杰斐逊都拥有从祖上继承的大批黑奴，换句话说，都是奴隶主，但他俩又带头在倡导“人人生而平等”的《独立宣言》上签字（虽然没能一步废除奴隶制），为此，有人质疑他俩人格分裂。

我不这样看。华盛顿和杰斐逊被历史推到前台，他俩抓住了这千载难逢的机会，在终结过去、开启未来的文件上签了字，这说明什么？说明他俩能超越既得利益，恰恰体现了大英雄本色。

其二，二十一世纪初，游华盛顿市，瞻仰华盛顿纪念碑，得知其高耸的塔身内镶嵌着一块小型中文石碑，上面刻的是晚清福建巡抚徐继畬《瀛寰志略》书中的一段话：

按，华盛顿，异人也。起事勇于胜广，割据雄于曹刘，既已提三尺剑，开疆万里，乃不僭位号，不传子孙，而创为推举之法，几于天下为公，骎骎乎三代之遗意。其治国崇让善俗，不尚武功，亦迥与诸国异。余尝见其画像，气貌雄毅绝伦。呜呼！可不谓人杰矣哉。米利坚，合众国以为国，幅员万里，不设王侯之号，不循世及之规，公器付之公论，创古今未有之局，一何奇也！泰西古今人物，能不以华盛顿马称首哉！

晚清官员能有此等见识，不愧为开眼看世界的先驱。奈何朝廷容不了这种“西化”分子，徐氏自《瀛寰志略》行世（1848 年），就一再遭受贬黜，迄致此书今日仍默默无闻。

所幸徐继畬去世二十八年后，家族里出了一个男孩，有乃祖风，他就是名震华夏的徐向前。

桥梁

冬日，想从曼哈顿去布鲁克林，来到东河边，才发现，河面冰封，轮渡歇业。把手从兜里抽出来，哈口气，然后，再插回去——束手无策。

不是我，那是约翰·罗布林，一位德裔建筑师。不是现在，那是一八五二年。他在河边踱来踱去，想要在河上建一座大桥。

约翰·罗布林花了十五年时间，用于设计和筹备。一八六九年，万事皆备，大桥着手动工。

然而，怎么说呢，老天嫉妒他。一次勘探中，约翰·罗布林的双脚意外卡在渡轮和码头之间——这是对他的警告。

约翰·罗布林压根没放在心上，全力投入施工。悲剧发生了，脚伤居然恶化为破伤风，不治而逝。

以为这样大桥就会停工？

没门。约翰·罗布林三十二岁的儿子华盛顿·罗布林接过了总工程师的工作，继续推进大桥建设。

桥墩采用气压沉箱法建造，华盛顿·罗布林亲自下到水底作业，刚建好两个桥墩，就得了“潜水员病”，半身不遂。

看你怎么办？

华盛顿·罗布林每天在自家的窗口，用望远镜观察大桥施工，然后口述各项指令，由他的妻子爱米莉记录，转交给施工人员。

为此，爱米莉不得不自学高等数学和各种工程技术，担负起丈夫保姆兼总工程师助理的重任。

远眺纽约华盛顿大桥

这么一来，连河神也退避三舍，甘拜下风。

一八八三年，大桥胜利通车。桥梁全长一千八百三十四米，桥身由上万根钢索吊离水面四十一米，是当时世界上最长的悬索桥，也是世界上首次以钢材建造的大桥，被认为是“继世界古代七大奇迹之后的第八大奇迹”。

现在轮到我在河边踱来踱去了。东望，是烟波缥缈的大西洋；西望（越过美洲大陆）是横无际涯的太平洋。是的，我渴盼，毋宁说是祈祷，在我们人类的思想洪波精神水域之上，何时也能处处一桥飞架，变天堑为通途呢?

后记

唯有行者留其名

卞玉清

世界各地风光（一）

生平酷爱旅游，原因有二：一、大学专业为地质，心系高山大海；二、闭关日久，对他乡异国的风土人情、历史文化，本能地存一分向往，深信“百闻不如一见”。是以，近二十年来，我们驴友团，走南闯北，奔东穿西，见过非洲南端好望角的风暴，也见过挪威凌晨的北极星光，到过东方夏威夷的金色沙滩，也到过西欧罗卡角的浩瀚大海；走马观花了四十余国，唯独没涉足遥远的拉丁美洲。中学时代，就知道西班牙探险家哥伦布在十五世纪末发现了新大陆，而今年近古稀，尚未能实地一游，自然是不甘心的。于是，经过一年的精心策划、筹备，终于在己亥年二月八日，大年初四，一行二十四人，踏上了美东暨加勒比海巡航的神秘之旅。

中国古语，读万卷书，行万里路。故每次出行前，我都会到图书馆借来数十本参考书，对所经之国的政治、经济、历史、文化、风土人情、自然地理、游览胜地、趣闻轶事，一一作详细了解。因此，在冗长的旅途中，我便得以充当编外“导游”，深受驴友的欢迎。我也乐此不疲，兴趣盎然，不仅在爬山涉水中锻炼了体魄，陶冶了情操，开阔了视野，也对当今世界各国的前世今生，有了一个更加明了清晰的认知。

旅途中，偶尔也会有一些突发事件。即如这次从迈阿密飞纽约，因飞机发动机故障，航班取消，我们无奈地在航站楼坐守通宵，直到第二天清晨六点才改飞波士顿。我们每人五十美元的行李费，通宵达旦的煎熬，纽约一日行计划的泡汤，另外有两位驴友被迫自己承担机票的损失等等。耗时一年多，上海承接的旅行社才给予解决。维权，实在不是一件容易的事哦！

全团在墨西哥 Costa Maya 合影留念

世界各地风光（二）

放眼望世界，豪迈走全球，这是改革开放后才有的事。曾记得在夏威夷，美国警察深夜开车将迷路的驴友送回旅馆，孰不知，我们驴友连旅馆的名字都不记得，而且双方语言不通；在赞比亚，巡夜的安保将驴友遗忘在门外的钱包悉数归还；在加勒比海游轮上，朝夕相处的各国游客，普遍友好、热情、爽朗、助人为乐……他山之石，可以攻玉？当然。旅游开阔眼界，澡雪胸襟？绝对。你如果还没有走出国门？劝你赶快上路。

此行毓方兄及侄孙翊州的加盟，为团队增色。之前，毓方兄曾随我们去过西欧，去过美国，留下数篇耐人咀嚼的美文。这次，他竟然完成了整整一部书，令大家欢喜莫名。既把集体的记忆文字化、文学化，也是对当代游记写作的一大贡献——他不是流水账，不是资料汇编，而是实实在在的深入浅出、融会贯通、妙手偶得、天衣无缝。外国的作家我不了解，中国的作家中，像他这种写法的，好像是第一位。

最后，我还要特别感谢二十余年来，一直与我相伴出游的各位老师、朋友，诸如：叶鸣、周黎萍、庄孜、宋灵燚、李小燕、李兴林、黄建飞、黄珏、刘庆生、冯晓春、孙焰、裘立勤、郑风、牟晓红、赵劼、虞秋华、梁慧建、汪德清、沈涤萍、丁青、高华平、金贞兰、窦瀚修、韩世满、苏茂俊、唐翠英、周永永、张慧芳、徐蓉等等。李白说："古来圣贤皆寂寞，唯有饮者留其名。"哈哈，我们现在则是"宅男宅女皆寂寞，唯有行者留其名"。谓予不信，有书为证。

但愿人长久。希望在我有生之年，我们还能结伴去更远、更精彩的异域放飞！

二〇二一年金秋于沪